신정일의 동학농민혁명 답사기

신정일의 동학농민혁명 답사기

우리 땅 우리 강산

새야 새야 파랑새야 녹두밭에 앉지 마라· 녹두꽃이 떨어지면 청포장수 울고 간다·

신정일 글

머리말

그때도 갑오년이고 지금도 갑오년이다

아침은 오고 어김없이 저녁이 온다. 이렇게 오고 가는 시간의 반복 속에 지금은 2019년이 왔다. 1894년 갑오년 동학농민혁명이 발발하고 두 번째 갑오년을 맞았고, 그 뒤로 다시 세월이 흐른 것이다. 한국 근현대사의 새 장을 열어젖힌 동학농민혁명 백주년이 되던 해가 1994년이었다. 온 나라가 떠들썩하게 행사를 치르고 난 뒤 동학농민혁명은 사람들의 기억에서 멀어졌다. "잊어버릴 줄 모르는 이 마음이 슬픔이요"라고 주장하듯 사람들은 더 이상 그 의미에 대해 깊이 생각하지 않았다.

'잊어버리자. 그냥 모른 체하자. 이 세상에 얼마나 즐겁고 행복한 일들이 많은데, 그까짓 것 백여 년 전 일을 곱씹고, 곱씹는단 말인가?'

잊으려고 해도 가끔씩 생각이 들쑤시고 일어나는 까닭은 무엇인가. 동학농민혁명은 우리가 어떤 민족인가를 보여주는 희망인 동시에 아픈 상처의 역사이기 때문이다.

그러다가 2019년 우여곡절 끝에 드디어 많은 지역, 많은 사람들이 마음이 합하여 국가로부터 황토현에서 동학 농민군이 대승을 거둔 5월 11일을 동학농민혁명 국가 기념일로 선포되었다.
동학은 경상도 경주 사람인 수운 최제우가 창시했다. 수운이 우여곡절 끝에 깨달음을 얻고 한울님으로부터 처음으로 들었다는 계시가 '오심즉여심吾心卽汝心' 즉 '내 마음이 네 마음이다'라는 말이다. 최제우가 동학사상을 펼쳤던 시대는 암흑의 시대였다. 그가 펴고자 했던 사상은 국가적으로 보면 이단이었다. 그러한 시대에 모든 사람의 마음속에 한울님이 있다고 설파한 그의 사상은 얼마나 불온한 것인가. 결국 그는 대구 장대에서 비참하게 최후를 맞았고, 그의 글과 사상은 그늘진 세상을 떠돌아다녔다.

> 봄소식을 고대하나 끝내 봄빛은 오지 않았네. 춘광호(春光好: 당唐의 곡조)가 없지 않으나 봄이 오지 아니하니 때가 아닌가보다. 이제 절기가 다다르니 기다리지 않아도 스스로 오는구나. 간밤에 봄바람이 불어 온갖 나무가 일시에 깨쳐 하루에 한 송이가 피고 이틀에 두 송이가 피어 삼백예순 날에 삼백 예순 송이가 피니 온 몸이 온통 꽃이요, 온 집안이 온통 봄이다.

봄은 아직 멀었지만 봄이 오면 여기저기 꽃이 피어나길 갈망했던 수운의 뒤를 이어 동학의 2대 교주로 동학을 재건한 사람이 해월 최시형이다. 동학에 대한 거듭되는 탄압에도 굴하지 않고 수많은 피난처를 찾아서 잠행했던 최시형이 1896년, 청주의 신도 서택순 집에 들렀다. 그때 방에서 베 짜는 소리가 들리자 그 신도에게 물었다.
"지금 누가 베를 짜고 있는가?"

"우리 며느리가 베를 짜고 있습니다."

해월이 다시 말을 이었다.

"지금부터 누가 묻거든, 우리 며느리가 베를 짠다고 하지 말고, 일하는 우리 한울님께서 베를 짠다고 하게."

해월이 말하는 '인내천人乃天' 즉 '사람이 한울이다'는 말은 '모든 사람의 마음속에 한울님께서 상주하고 계신다'는 뜻이다. 며느리 마음속에도 한울님이, 시어머니 마음속에도 한울님이, 자식들의 마음속에도 한울님이, 선생님과 제자, 이 세상 모든 사람들의 마음속에 한울님이 계시는 것이다.

"내가 만나는 사람 모두의 가슴속에 한울님이 계신다."

얼마나 가슴 벅찬 일인가. 사람들은 섬긴다고 말한다. "우리는 섬김을 받으러 온 것이 아니고 섬기러 왔다"고 『성경』에도 실려 있지 않은가. 모두가 모두를 섬기는 세상에서는 어떠한 불신, 무시, 미움도 없을 것이기에 전쟁도 없을 것이다.

"나는 밥이다. 나를 먹고 내 피를 마심으로써 나를 기념함으로써 평화를 얻고 영원한 생명을 얻으라"라고 예수는 말했다.

수운은 "흙이 똥을 마다하지 않는 것은 오곡이 풍성하게 열릴 것이기 때문이다" 이어서 "사람이 바로 한울님이니 사람 섬기기를 한울님같이 하라"고 하였다. 이것이 수운과 해월이 설파했던 동학의 핵심사상이다.

안타깝게도 동학사상은 사람들에게 널리 알려지지 않은 채 전봉준, 김개남, 손화중이 활약한 1892년에서 1894년까지의 동학농민혁명만 부각되고 말았다. 사람이 한울이라고 설파한 가장 민중적인 사상인 동학을 깊이 공부하지 않은 보통사람은 구체적인 내용을 알지 못하니 얼마나 모순인가.

동학농민혁명이 실패로 돌아가고 뒤를 이어 화엄적 후천개벽사상을 설파한 증산 강일순은 “선천시대는 양陽의 시대이고 후천시대는 음陰의 시대가 될 것이다”라며 후천 세계에는 여자를 대장부大丈夫라고 부르게 된다고 했다. 이것은 오늘날의 여성해방선언이었다.

> 이때는 해원 시대라 수천 년 동안 남자에게 시달림을 받았던 여자의 원을 풀고 이후로는 새로운 법을 만들어 여자의 말을 듣지 않고는 함부로 남자의 권리를 행하지 못할 것이다.

동학에서는 사람의 덕의 표준을 ‘말이 없고 어리숙하고 서툰 것’에 두었다. 우리 민족 대대로 이어져 온 인간이 지녀야 할 가장 큰 덕목이었다. 지금 그렇게 살아서는 생활을 꾸려나가기도 어려울 것이다.

동학의 현장을 찾아다닌 지 어언 삼십여 년, 그 사이 세상은 많이도 변했다. 1980년대 후반까지만 해도 ‘동학’이나 ‘황토현’이라는 말만 나와도 색안경을 끼고 보았고, ‘요시찰’ 인물로 낙인을 찍었다. 정부에서 ‘동학’을 인정한 뒤 ‘유족회’를 비롯한 여러 단체들이 우후죽순 생겨나 공식적으로 활동하고 이곳저곳에 기념물이 세워졌다.

더욱더 놀라운 사실은 당시에는 꿈도 꾸지 못했던 여자들이 주도하는 음의 세상이 온 것이다. 그러나 아직까지도 수운이, 해월이 꿈꾸었던 세상은 도래하지 않았고 이 세상도 아프지 않은 곳이 없다. 해월은『개벽운수開闢運數』에서 다음과 같이 말했다.

> 이 세상의 운수는 개벽의 운수라 천지도 편안치 못하고 산천초목도 편안치 못하고 강물의 고기도 편안치 못하고 나는 새, 기는 짐승도 다 편안치 못하

리니 유독 사람만이 따스하게 입고 배부르게 먹으며 편안하게 도를 구하겠는가. 선천과 후천의 운이 서로 엇갈리어 이치와 기운이 서로 엇갈리어 이치와 기운이 서로 싸우는지라 만물이 다 싸우니 어찌 사람의 싸움이 없겠는가?

해월의 예언대로 사람과 사람이 싸우고 사람이 자연을 거스르며 사는 것이 오늘날 세계의 추세이다. 현실은 그렇더라고 우리가 추구해야 할 진실은 그 너머에 있다고 믿는다. 농민혁명을 가능하게 했던 동학사상을 다시 생각하고, 한울인 사람이 어떤 대접을 받고 있는가 돌아보고 살펴야 할 때가 지금이다.

수운 선생과 동학의 지도자들과 농민군이 찾아 나섰던 그 머나먼 길을, 다시 찾아 나선 세월들. 그 길에서 만났던 수많은 앞서간 사람들과 함께 걸었던 도반들에게 이 글을 바친다.

"겨우 한 가닥 길을 찾아 걷고 걸어서 험한 물을 건넜다. 산 밖에 다시 산이 나타나고 물밖에 또 물을 만났다. 다행히 물 밖의 물을 건너고 간신히 산 밖의 산을 넘어서 바야흐로 넓은 들에 이르자 비로소 큰 길이 있음을 깨달았네."

2019년 7월 초 아흐레.
전주에서 신정일 드림

차례

쓰러져가는 국운을 살리려는 마지막 전투

공주 주미산 동학농민군의 죽음과 부활을 바라본 산

갱도를 위해 죽는 것은 조금도 원통하지 않다

정읍 입암산 패하고 들어간 전봉준을 받아들인 산

사람을 섬기고 모시러 이 세상에 왔다

경주 구미산 동학을 창시한 최제우의 산

신정일의 동학농민혁명 답사기

동학농민혁명은 현재진행형이다

고부 두승산 동학농민혁명의 봉화를 올린 산

동학농민혁명, 한국 근현대사에 우뚝 솟은 봉우리

우리나라 근현대사의 출발점이라고 부를 수 있는 동학농민혁명 전적지 답사. 언젠가는, 누군가는 꼭 해야 할 일이었다. 미루면 미룰수록 유적지는 옛 모습을 잃게 될 것이다. 미뤄야 할 이유도 명분도 없었다. 나는 오랫동안 떠나 있던 고향을 찾아가는 나그네의 심정으로 그곳에 가기로 했다.

겨울 지리산 산천재에서, 『토지』의 배경이 된 악양 벌판 평사리에서, 흰옷 입은 한 무리의 사람들이 뒤따라오는 환영을 보았다. 매일의 떠남과 돌아옴이 때로는 삶이 되고, 때로는 죽음이 되었다. 희망과 절망 사이의 메울 수 없는 간격이 세월과 역사의 이름으로 화해하는 것을 보았다.

아침이 뿌옇게 밝아오는 창문 앞에 서서 한 줄도 써지지 않는 배반의 밤을 용서하며, 유리창에 알아볼 수 없는 글자를 쓰다가 지워버린다. 흩어진 낱

말들을 주워담듯 짐을 꾸려 어서 가보고 싶은 마음 하나로 문을 나선다. 백여 년이 지난 지금, 과연 흔적은 남아 있을까? 질문은 필요 없다. 생각은 길을 나선 뒤에 해도 늦지 않다.

새야 새야 파랑새야
녹두밭에 앉지 마라.
녹두꽃이 떨어지면
청포장수 울고 간다.

한 서린 참요만을 남기고 역사 속에 묻혀버린 동학농민혁명은 부르는 사람에 따라, 어떤 성향을 지녔느냐에 따라 이름도 여러 가지다. '동학난'이라 하여 폭도로 규정한 제국주의 사고는 오래전에 지나갔다. '갑오농민전쟁', '동학혁명', '1894', '갑오동학농민혁명' 등 시대의 흐름에 따라 다양한 이름으로 불리었다. 오늘에 와서는 '동학농민혁명'이라는 명명에 많은 이들이 뜻을 같이했다. 이름을 무엇이라 부르든 갑오년의 항쟁을 한국근현대사와 민중해방운동사에 우뚝 솟은 봉우리로 평가하는 데는 그 누구도 망설이지 않는다.

동학농민혁명의 봉화가 하늘을 찌를 듯 치솟던 곳이 두승산 아래 고부다. 두승산에서 우금치 피노리에 이르는 야트막하지만 역사의 발자국이 뚜렷하게 찍힌 산들을 만날 것이다. 그 산자락 아래에서 살아가는 사람들의 진솔한 삶과 '사람이 곧 한울'인 갑오년 농민군의 맑은 정신을 만날 수 있기를 바라며 길을 나섰다.

두승산은 바라만 보았지 올라본 적은 없다. 며칠 전에 내린 눈이 다 녹지 않아 도래솔 사이로 희끗희끗 눈발이 보였다. 밟으면 밟을수록 질척한 흙더미가 등산화에 더덕더덕 붙어서 등에 멘 배낭보다 더 무거웠다. 열이 오른 이마에 차갑게 스쳐오는 겨울바람 덕분인지 지치지도 않고 어느새 산 중턱에 이르렀다. 온갖 잡목과 소나무가 서로 어울려 나를 맞아들이는가 싶었는데 앞에 어느 한 사람이 산을 오르고 있다. '이고 진 저 늙은이 짐을 벗어 나를 주소. 늙기도 설워라커던 짐을 조차 지실까'라는 누군가의 시조처럼 서너 되는 됨직한 쌀 보따리를 어깨에 메고 지팡이를 다리 삼아 구부정 굽잇길을 오르는 노인이었다. 유선사에 불공을 드리러 가는 길이라고 한다.

"내가 두승산 절에 첨 왔을 때가 서른쯤일 게여. 절에를 안 가면 몸이 아프고 혀서 찾아 다녔는디, 댕기다 보니 안 갈 수도 없고 허드란 말이시."

노인의 말로는 지금의 유선사는 지어진 지 십여 년이 갓 넘었다고 한다. 전에는 오막살이집이나 다를 바 없어 말이 두승산 절이지 옹색하기 이를 데 없는 불공터여서 스님들도 서로 꺼려 도망치기 일쑤였단다. 불공드리러 올라가면 밥그릇은커녕 수저 하나 안 남기고 다 팔아먹어 절만 덩그러니 남아 있을 때가 한두 번이 아니었다고 하니 퇴락한 절의 모습이 눈에 선했다.

노인은 말을 마치고 무슨 일로 이런 산중에 올라왔느냐고 물었다. 퍽이나 다행스런 질문이었다. 삼십 년 넘게 불공드리러 찾아올 정도라면 노인은 이 고장의 터줏대감이 아니겠는가. 동학년의 이야기를 많이 들어왔을 것이다. 산에 오른 연유를 말하자 노인은 대뜸 얘기했다.

"응, 전봉준! 어려서 동학당 이야기는 들은 게 별로 읎어. 그런디 거그는 가봤구만. 체신공무원을 할 때 친구허고 별생각 읎이 황토현인가를 갔었넌디, 참 이상한 생각이 들더구만. 거 머시냐. 제폭구민, 척양척왜. 글씨 그 소리

고부의 진산인 두승산의 유선사.

가 나라를 해치는 일 같어서 겁이 덜컥 나지 않겠남. 내가 멀 몰라서 그렇겠네만 아무튼 가심이 뛰더구만. 하여서 친구도 냉겨두고 몰래 빠져나와 이 두승산을 바라봉께 맘이 진정되드만 그려."

"……."

"사람은 머시던지 믿는 게 있어야 혀. 내가 일흔일곱이 다 되드락 부처님을 믿고 살았듯이 동학당 전봉준이도 머신가를 그렇게 믿긴 믿었을 것이구만."

믿음이 없었다면 어느 일에 떨쳐 일어나겠는가. '사람이 곧 한울이다', '보국안민, 척양척왜'. 그것을 현실로 이루어낼 믿음이 없었다면 어떻게 맨 상투로 봉화를 올릴 수 있었겠는가.

두승산의 어깨인 유선사에 금방 당도했다. 신선이 승천하는 모습을 보고 의상대사가 나무를 꽂아주면서 절을 지으라 했다는 전설이 있다. 그러나 어디를 보아도 천 년의 자취는 찾을 길이 없었다. 의상대사가 꽂았다는 느티나무 한 그루만 천 년의 몸짓으로 하늘을 향해 승천하는 모습이다.

지금 모습은 퇴락한 절도 과거의 영화가 깃든 절도 아니었다. 3층으로 된 현대식 구조물, 대웅전이나 종각들이 절의 모양새를 하고 있긴 해도 잘 치장된 별장이나 호화 민박집 같은 느낌을 주었다.

호남의 명산 두승산은 정읍시의 고부면, 덕천면, 이평면, 영원면, 소성면 등 5개 면에 걸쳐 있다. 옛날에는 고소산, 영주산 또는 도순산으로 불리었고, 부안의 봉래산, 고창의 방장산과 함께 두승산은 영주산이라는 이름으로 호남의 삼신산에 꼽힌다.

전설에 의하면 고부 일대가 모두 물에 잠겼을 때 이 산만 두둥실 떠올랐다고 해서 두둥산으로 불렀다고도 한다. 암석으로 된 이 산의 줄기는 남동쪽에서 북서쪽으로 완만한 경사를 이루며 길게 뻗어 있다. 북동쪽은 가파르며,

북쪽은 천태산과 이어져 있다. 이 산에는 아홉 개의 봉우리가 있다. 석두石斗와 석승石升이 있어 산 이름을 두승산斗升山이라 했다는데, 석두와 석승은 1883년경 나무꾼의 장난으로 없어졌다고 한다. 남동쪽의 선인봉은 옛날에 귀인봉으로 불렸다. 풍수지리설에 의하면 선인봉 아래 좋은 터가 있다 하여 여러 곳에서 사람들이 이사 와서 살았다고 한다. 평지 돌출의 비교적 단조로운 산이라서 울창한 나무숲은 없지만 소나무와 잡목이 어우러져 가을 단풍은 제법 그럴듯할 것 같았다.

산 정상에서 바라보는 전망이 매우 인상적이었다. 어머니의 산 모악산이 북쪽에 자리 잡고 있으며, 호남정맥에서 뻗어 나온 내장산, 입암산, 방장산이 한눈에 들어온다. 서쪽으로 쪽빛 칠산 바다가 조기떼를 거느리고 나타나고, 백제 부흥운동의 한이 서린 변산이 다가온다. 모든 산맥들이 용솟음치다가 숨을 가다듬는 그 자리에 가장 큰 호남평야가 백산평야, 배들평야, 부안평야, 김제만경평야를 아우르며 눈부시게 펼쳐져 있다.

전두환이 세운 황토현기념관

고부 두승산 아래에서 19세기에 걸출한 인물들이 태어나고 살다 갔다. 전봉준을 비롯한 동학농민혁명의 지도자와 덕천면 신월리 손바래기 마을에서 태어나 증산교를 창시한 강일순이 바로 그들이다. 고부는 참다 참다 못 참은 조선의 민중들이 봉건체제의 모순과 제국주의 침탈로부터 나라를 구하고자 동학농민혁명의 서장을 연 곳이기도 하다.

두승산 말봉 바위 위에 앉으니 저 아래 평야가 바다로 보였다. 드넓은 평야에 듬성듬성한 산들이 일렁이는 파도가 되어 출렁거린다. 간간이 내리는 눈발과 소나무 가지를 스치는 바람 소리, 안내문은 없어지고 껍데기만 남은 게시판이 두승산을 더욱 애처롭게 했다. 수두목승水斗木升이라. 되로 퍼 주고 말로 퍼 주는 후덕한 산이라 했지만 농업이 주산업이었던 시절이 지난 지금 평야가 어디 후덕할 여유가 있겠는가. 산자락마다 빼꼼히 고개를 내밀고 있는 푸른 물살 저수지며, 어디론가 달려가고 있는 자동차 행렬이 현재의 역사였다.

산죽 나무가 양옆으로 기립해 있는 능선을 내려와 원통암으로 가는 비탈길로 접어들었다. 소나무 숲길을 헤치고 조금씩 내려가니 원통암이 나왔다.

원통암은 그냥 바라봐도 서러운 풍경으로 다가온다. 늙은 은행나무 한 그루, 부서져 가는 슬레이트집 한 채, 잡초로 뒤덮인 돌담집, 마른 우물터, 치성을 드리는 장소로 사용했음 직한 돌집 안에 먼지를 뒤집어쓴 초 한 자루가 눈길을 붙잡았다.

붉은 기운 사위어가는 명감열매 넝쿨을 헤치며 내려가자 소나무가 병풍을 두른 너른 산자락 아래 행주 은씨 묘소와 영묘각이라는 제각이 나타났다. 삶과 죽음의 그림자가 한순간에 우리를 스쳐 간다. 호화롭지 않으면서도 포근한 저 무덤들. '행주 은씨 고천동 제각'이라 쓰인 영묘각에는 '두승산 남쪽 아래 누대에 걸쳐 선친을 모셨다'는 한 줄의 글이 시구처럼 걸려 있다. 집은 허물어져 가고 문짝은 너덜거렸다. 먼지가 수북한 방바닥에서 제기를 담은 포대 서너 개가 위세도 당당했을 옛날의 영화를 전해주었다.

귀인봉에 올라 다시 두승산을 바라보다 고부 소재지로 접어들었다. 그 옛날의 고부는 어디로 갔는가. 초라한 현대식 건물 몇 채 사이로 간간이 시내버스가 사람을 내려주고 태우며 갈 길을 갔다. 역사책과 자료가 아니면 누가

황토현에 서 있는 동학농민혁명 기념탑

고부를 전주 감영 다음의 큰 고을이었다고 믿어주겠는가. 혁명이 지나간 거리치고는 너무도 스산했다. 남아 있을 가능성은 거의 없었지만 행여 못다 찾은 자료가 있을까 싶어 면사무소에 들어갔다. 이것저것 뒤적거리고 있자 웬 중년의 사내가 나에게 물었다.

"무슨 자료를 찾고 계시요?"

"동학에 관련된 고부와 두승산에 대한 글을 쓰려고 혹시 자료가 남아 있나 싶어 찾고 있습니다."

"무슨 자료가 있겠습디여. 있어도 진작 없어졌을 것이고만요. 내 고향은 원래 고부요. 서울로 이사 간 지 몇 년 안 되었는데, 고향에 온 김에 호적초본

고부 군자정. 고부군수들이 풍류를 즐기던 정자로 선정비들이 하나도 성한 것이 없이 부러져 있다.

한 통 떨라고 들렀구만요. 그런디 말이요, 선상님. 동학 허면 정읍이고 정읍이면 이 고부가 아니겄소. 내 고향이 고부인 것이 자랑스러울 때도 있소만. 혹시 황토현기념관을 만든 전두환이 할아버지가 고부 출신이란 사실을 알기나 하시요?"

듣긴 들었다. 진실인지 아닌지는 역사가 증명해줄 것이지만 그 말은 이곳저곳에 떠돌아다녔다. 그는 이렇게 덧붙였다.

"자랑인지, 부끄러운 일인지 모르겠지만 원래 전두환이 할아버지가 고부 사람이었고 동학당이었다고 합디다. 그는 전봉준이를 따라 댕겼는디 동학이 실패로 끝나자 전봉준이는 잽혀 가고 전두환이 할아버지는 줄포로 도망을 갔다지요. 그곳에서도 관헌들이 뒤따라 댕기자 헐 수 없이 합천인가 거창인가 하는 경상도 땅으로 도망을 가버리고 말았답디다. 결국 전두환이 뿌리는 전라도 따라지고 그것 땜시 전두환이가 대통령이 됨시로 황토현기념관을 크게 짓고 전봉준 동상도 세웠지, 그렇지 않으면 멋 땜시 전두환이가 동학, 동학 했겠소."

그의 말이 맞는지 틀리는지 모를 일이다. 하지만 '동학'이라는 말만 나와도 경기를 일으키던 시절을 지나 동학기념관이 당당하게 들어선 것만 가지고도 얼마나 대단한 상전벽해가 이루어진 것인가? 그와 작별하고 군자정을 지나치며 세월의 무상함을 느꼈다.

5·18 광주민중항쟁만 놓고 본다면 그는 이 땅에서 용서받지 못할 사람으로 낙인찍혀 있다. 우리들이 알지 못하는 사이 여기저기서 그에 대한 긍정적인 평가가 나오는 것도 사실이다. 동전의 양면 같은 얘기지만 훗날 역사가 스스로 증명하리라 믿는다. 그러면서도 지금 갑오년 역사의 한복판 고부에 서서 그날의 일을 더듬어보고 있다.

거슬러 올라가면 고부는 마한의 땅이었다. 백제 오방성五方城의 하나가 되는 중방고사성中方古沙城이 있던 곳으로 정치군사의 중심지였다. 백제가 아름다운 나라 마한을 사냥한다는 핑계로 도성을 습격하여 고부는 백제에 편입된다. 이어 백제는 고부에 '고사부리古沙夫里'라는 성을 쌓았다. 백제의 운명도 그리 오래 가지는 않았다. 형제의 나라인 신라와 당나라 연합군에 패망하고, 고려 때에 이르러 영주라 개칭하고 관찰사를 두었다. 그 고을 터가 정읍에서 고부 오는 길가의 입석리 부근이다. 조선조 말엽 전주 다음으로 번창했던 고부가 일개 면소재지로 전락해버린 이유를 무엇으로 설명하겠는가.

탐관오리 조병갑에 맞서 사발통문을 돌리다

조선 영조 때 소론에 들었던 이인좌가 일으킨 반란에 경상도 안의 사람 정희량이 주동 세력으로 끼었었다. 그 벌로 안의 땅 절반은 거창에, 절반은 함양에 쪼개주고 안의 사람의 벼슬길을 막았던 적이 있다. 고부 역시 마찬가지가 아닐까. 철도이설이 정읍을 통과하면서 정읍이 중심지가 되었고, 교통문제 때문에 고부가 면으로 전락할 수 밖에 없었다는 또 다른 강변도 나왔다.

고부는 1914년 행정구역 개편 당시 정읍군 고부면으로 편입되고 만다. 지금 고부에 남은 자취라곤 1403년에 지어진 고부향교와 조병갑이 기생을 끼고 놀았다는 군자정만이 언제 그런 일이 있었냐는 듯 갑오년에 대한 글귀 하나 없이 서 있다.

동학농민혁명을 발발케 한 조병갑의 본관은 양주楊州, 영의정 조두순趙斗淳의 서질庶姪로, 관찰사 조병식趙秉式의 일족이었다. 그는 나라 곳곳의 여러 주군州郡을 돌아다니며 수령을 역임하는 동안 탐학 행위를 저질렀으며, 1892년(고종 29) 4월 고부군수가 되었다. 1893년 호남지역에 흉년이 들었는데도 농민들에게 강제로 세를 징수하였고, 부유한 농민들을 잡아들여 갖가지 죄명을 씌워 2만여 냥의 재물을 빼앗았다. 그리고 태인현감을 지낸 아버지 조규순의 공덕비를 세운다고 강제로 1,000여 냥을 거두기도 하였다.

조병갑의 탐학은 그것으로 그치지 않았다. 고부군의 농민들을 강제로 동원하여 정읍천 변에 있던 구보舊洑 밑, 동진강 변에 신보新洑인 만석보萬石洑를 쌓게 하고, 추수기에 수세水稅를 거둬들여 700여 섬을 착복하였다. 조병갑이 고부에 와서 자행했던 일을 황현은『오하기문梧下紀聞』에 이렇게 적고 있다.

> 계사년에 충청우도 일대가 가뭄이 극심하여 세금을 거둘 수조차 없었는데, 고부는 산과 바다가 서로 엇갈리는 지형으로 북쪽은 흉년이 들었지만 남쪽은 그런대로 추수를 하였다. 병갑은 가뭄에 대한 보고를 받고 각 고을을 순시하면서 북쪽 4개 면의 세금을 탕감해주었다. 그러나 각 고을에는 가뭄의 재해로 세금을 탕감하지는 않는다.
> 북쪽 지방의 세금을 남쪽 지방에다 옮겨 부과하고 실제보다 배나 되게 독촉하여 받아들였다. 그리고 북쪽에는 세금을 다른 지방에 옮겨 부과한 것을 자랑하면서 백성들에게 후한 보상을 요구하여, 논 백 이랑 당 거두어들인 것이 백말이나 되었다. 이것이 실제로 국세의 세 배나 되었다. 또 자기가 관할하는 지역에 집을 짓고 첩을 사서 거기에 살도록 하였다. 그 집을 지을 때는 국가 공사보다 더 심한 닦달을 견딜 수 없었던 백성들이 약속도 하지 않았는데 수천 명이 모여서 사정을 호소하였다. 병갑은 급히 전주로 달아났다. 이것이 2월 초순의 일이다.

그 사건이 파문을 일으키자 조병갑은 1893년 11월 30일 익산군수로 전임되었다. 이은용이 고부군수로 발령 났으나 부임하지 않고 있다가 안악군수로 갔다. 계속 신재묵, 이규백, 하긍일 등이 고부군수로 발령받았지만 여러 가지 이유를 내세워 부임을 기피했다. 부임을 기피한 까닭은 영의정을 지낸 조두순의 조카이며 이조판서 심상훈과 사돈 관계에 있는 조병갑이 뒤에서 고부 마을을 떠나지 않으려는 유임 공작을 벌였기 때문이다. 조병갑 역시 익산군수로 부임하지 않았다. 이때 전라감사 김문현이 "고부 전 군수 조병갑은 포흠이 많아 점차 청산하고 있으며, 때마침 세를 받아들이려는 중인데 타읍으로 옮기게 되면 착오가 생길 우려가 있다"라고 장계를 올렸다.

고부향교

조병갑의 재부임에 고부봉기 결행

조병갑이 다시 고부군수에 부임하였고 그 과정을 지켜본 농민군의 감정이 폭발하였다. 그들은 사발통문을 돌렸고 드디어 말복장터 아래 모였다. 1894년 1월 10일이었다. 고부 봉기가 발발하자 정부는 할 수 없이 조병갑을 파면시켰고 임금이 다음과 같이 전교를 내렸다.

고부에서 민란이 일어난 것은 오랫동안 백성들의 원망이 쌓이고 정치가 제대로 기능하지 못한 까닭이지 일조일석에 일어난 일이 아니다. 이런 사태를 불러온 해당 관리가 직책을 망각하고 일을 그르친 것은 말하지 않아도 알 만하다. 지난번에 유임을 상신한 관리가 끝내 파직을 당하니, 앞뒤의 일이 어찌 이렇게 다를 수 있는가. 전라감사 김문현은 먼저 봉급 삼등을 감하는 조치를 시행하고, 전 군수 조병갑은 난을 불러일으키고 뇌물을 받은 죄를 범하였으니 의정부에 잡아들여 죄를 다스리도록 하라. 장흥부사 이용태를 고부 안핵사로 임명하여 그로 하여금 하루빨리 부임하여 엄중히 사실조사를 하여 보고토록 하라. 또 용안현감 박원명을 고부군수에 임명하니 난민을 수습토록 하라.

고부 관아는 1926년에 발간된 〈조선의 고적보도〉에 한 장의 사진으로만 남아 있다. 일제 때 대다수의 관아 건물이 초등학교나 면 소재지로 변한 것처럼 고부초등학교로 바뀌고 말았다. 아이들은 이 땅의 민중들이 한 서린 눈으로 바라보았을 고부관아터의 고부초등학교에서 무엇을 배우고 있을까. 당시 한양에는 "자식을 낳으면 호남에 가서 벼슬하게 하는 것이 소원이다"라는 노래가 유행했다고 한다. 들리는 말로 7만 냥을 주고 고부군수를 사가지고 왔다는 조병갑의 수탈 내용을 전봉준은 공초에서 이렇게 밝히고 있다.

一. 민보(民洑) 아래 필요도 없는 보를 다시 쌓고 과중한 보세를 징수하여 7백여 석을 착복하였고,

一. 농민들에게 5년간 면세를 약속하고 황무지 개간을 허가하고는 가을에 강제로 세금을 거뒀으며,

一. 부유한 군민들을 잡아들여 불효 불목이니, 음행 잡기니 하는 허무맹랑한 죄명을 씌워서 그들의 재물을 빼앗은 것이 2만 냥에 이르렀으며,

황토현에 세워진 전봉준 장군 동상

一. 대동미를 쌀로 받는 대신 돈으로 거두고, 그 돈으로 질이 나쁜 쌀을 사서 상납하고 차액을 횡령했으며,

一. 그의 부친이 일찍이 태인군수였음을 내세워, 부친의 비각을 세운다고 강제로 거둔 돈이 1천 냥이나 되었고,

一. 보를 쌓을 때 산주의 승낙도 없이 수백 년 된 거목을 마구 베어 썼으며 노역을 시킨 농민들에게 임금 한 푼 주지 않은 점이다.

황량한 고부에서 사발통문모의탑이 세워진 주산리로 향했다. 녹두장군이 눈 내리는 날 밤 짚새기를 신고 걸었을 그 길을 찾아갔다. 주산마을이 환히 내려다보이는 바람 부는 언덕에 어설프게 만들어진 동학혁명모의탑이 서 있었다.

얼마 전 이 모의탑을 찾아온 적이 있다. 이 자그마한 탑은 동학농민혁명을 모의하고 사발통문을 썼던 것을 기념하기 위해 후손들과 뜻있는 사람들이 힘을 모아 세웠다. 높이는 3m가량, 4층으로 된 받침대 위에 정사각의 대리석 비가 세워진 형태였다. 4면으로 된 비의 뒷면에는 사발통문에 서명한 20인의 이름이, 좌측면에는 사발통문의 내용이, 우측면에는 비문이 각각 적혀 있다.

> 조선 말엽 국운이 일요(一搖)하여 간신이 득세하니 그 위력 팔로(八路)에 뻗쳐 탐관오리의 폭정 자행으로 인권은 유탁되고 인민은 도탄에 빠져 원성의 아우성은 방곡에 퍼졌도다. 어허! 우국우족의 불타는 단심 여기 죽산(竹山)에 결합되어 드디어 대의의 꽃을 맺었어라. 고종 30년 계사(癸巳) 최시형 문하 20명 의협 동지는 국정 개혁을 모의하여 보국안민의 혁명 기치를 고부성에 휘날렸도다. 풍운 일어 시운 없고 국운이 기괴하여 외세 가담으로 대의는 꺾여 한을 천추에 남겼도다. 인걸은 가되, 그 정신 그 의지는 청사에 남거늘 어찌타 세속은 기구하여 초토에 묻혀, 우금 80성상이라. 이에 한 덩이 돌을 세워 숭고한 동학의 혁명 정신을 길이 추모함이로다.
>
> 1969년 4월

고부 일대의 농민들이 조병갑의 탐락을 진정하는 합법적인 등소를 올린다. 오지영은 『동학사東學史』에서 등소과정을 이렇게 적고 있다.

고부의 백성들은 극도의 격분이 생겨 고부 16면 수백 동리에 있는 수만 명이 일시에 일어났다. 그 백성 중에 장두로 나선 사람은 전창혁(전봉준의 아버지), 김도삼, 정일서 등 세 사람이며, 세 사람 중에 전창혁이 수장두(首狀頭)가 되었다. 고부 백성들은 여러 가지 원통한 사정을 들어 본군수 조병갑에게 등소를 하였다. 군수 조병갑은 이것을 난민이라고 하여 장두 세 사람은 곧 때려 가두고 전라 감영에 보장(報狀)을 올려 세 사람을 감영에 이수하게 하고 백성들은 두들겨 몰아냈다. 이때 전라감사 김문현은 장두들이 많은 백성들을 충동시켜 난을 일으킨 것이라며 엄형으로써 장두들을 징벌한 후 다시 영을 내려 고부 본옥에 이수하고 엄형납고 하라 하였다. 장두 세 사람은 모두 고부군에 내려와 중장을 맞고 옥중에서 체수 하였던 바, 전창혁은 마침내 옥중에서 죽고 말았다.

전봉준을 비롯한 농민들은 고부면 신중리 주산부락 송국섭의 집에 모여 사발통문을 작성했다.

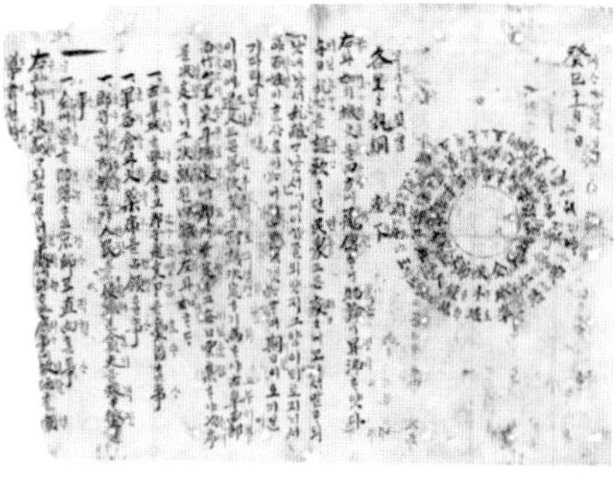
사발통문

癸巳 十日月 日

各里 집강 좌하

右와 如히 檄文를 사방에 飛傳하니 物論이 昇沸하얏다. 每日 難忘을 謳歌하던 民衆드른 處소에 모여서 말하되 '낫네 낫네 亂離가 낫서, 에이 참 잘 되얏지 그냥 이대로 지내서야 百姓이 한 사람이나 어디 나머 잇겟나'하며 期日이 오기만 기다리더라.

이때에 道人드른 善後策을 討議決定하기 爲하야 古阜 西部面 竹山里 宋斗浩家에 都所를 定하고 每日 雲集하야 次序를 決定하니 그 結義된 內容은 左와 如하다.

一. 古阜城을 擊破하고 郡守 趙秉甲을 梟首할 事

一. 軍器倉과 火藥庫를 占領할 事

一. 郡守의게 阿諛하야 人民을 侵奪한 貪吏를 擊懲할 事

一. 全州營을 陷落하고 京師로 直行할 事

右와 如히 決意가 되고 따라서 軍略에 能하고 庶事에 敏活한 領導者될 將 ....

사발통문을 작성하고 울분으로 결행했던 고부 봉기를 한 일본인은 견문기록에 이렇게 적고 있다.

10일 닭이 울기를 기다려 동진강 어귀에 모인 농민군은 흰 무명으로 머리를 두르고 5척 길이의 죽창을 갖고 있었다. 처음 모인 숫자는 약 500명 정도이고 수령 이하 모두 도보로 행진했다. 성부의 관문을 어렵지 않게 통과하여 조당(朝堂)이라 칭하는 군수가 사무를 보는 곳 전면에 나섰다. 침소로 쳐들어가 내부의 제가(諸街)를 돌파하여 면밀히 수색하였으나 밤을 타고 도망하여 찾을 수가 없었다. 먼저 서울로 가는 길을 추적했으나 찾지 못하고 정오쯤에 반대방향인 정읍을 거쳐 도망친 것을 알았다. 수령(7명 중 우두머리인 전기(全基), 출신지는 미상)이 먼저 조당에 들어가 이방 등 기타 중한 악정의 조력자를 소환하고 오지 않는 자는 체포했다. 진영은 정숙하고 호령이 명석하여 깃발만 꽂아놓고 자리나 지키는 다른 군대와는 다르다고 했다.

> 먼저 악정의 시말을 엄중히 취조하기 위해 매일 구류된 자들을 국문하였다. 부의 안팎에 진영을 치고 모두 휘장을 드리우고 밤에는 횃불을 밝혔으며 양식은 관아의 것에 의존했다. 수세로 거두어 놓은 양곡 1,400여 석을 위시해서 전부 그들이 사용하게 되었다. 11일, 12일, 13일, 14일에 가맹한 촌락 15개소, 군이 모두 1만여 명, 이 중에서 먼저 장정을 뽑고 노소는 돌려보내 각 촌에 5명씩을 두어 통솔하였다. 인근 도처에서 동정을 표시하고 악평을 하는 사람은 하나도 없었다.

통문을 읽는 사이 어느덧 하늘이 어두워지고 있었다. 두승산도 고부도 시야에서 멀어져갔다. 백여 년 전 그날 농민들의 단호한 결의처럼 우리가 살고 있는 이 시대에도 사발통문은 여전히 유효한 것일까.

천석꾼아 만석꾼아 주먹밥 썩 내놔라!

고창 소요산 녹두장군 태어난 당촌마을 뒷산

조선 황토의 아들, 김남주

김남주 시인을 생각한다. 그는 1994년 2월 13일 새벽에 췌장암으로 죽었다. 전남대학교 노제에 헌정했던 조시에서 김준태 시인은 김남주를 '조선 황토의 아들'이라고 명명했다. 김남주의 시 '황토현에 부치는 노래'가 생각난다.

> 죽어서도 감을 수 없는 저 부라린 눈동자, 눈동자는 80년이 지난 오늘에도 불타는 도화선이 되어 아직도 어둠을 되쏘아보며 죽음에 항거를 하고 있지 않은가.

녹두장군 전봉준에 대한 노래지만 시인의 삶과도 겹쳐 있다. 1988년 초겨울 광주 가톨릭센타에서 남민전사건으로 십 년째 복역 중인 김남주 시인 석방축구대회가 열렸다. 행사를 주관한 장효문·김준태 시인과의 인연도 있고 그의 시를 사랑했기에 전주의 몇 사람과 함께 참석했다. 그 밤 내내 빛고을 광주는 설명하기 힘든 분노의 열기에 휩싸여 있었다. 모두 그가 새벽같이 돌아오기를 기다렸고, 그해 12월 김남주 시인은 가석방으로 전주교도소에서 풀려났다.

고인과 공개적으로 만난 것은 1989년 여름 백산으로 올라가는 삼거리에서였다. '황토현문화연구회'가 주최한 네 번째 '여름문화마당'의 열림 강연에 시인을 강사로 초대했다. 출소 후 밖으로 나서는 첫 자리라서인지 수염이 더부룩하게 자란 시인의 얼굴에는 비극적인 역사의 그림자가 드리워져 있었다. 흰옷 입은 농민군들이 서면 백산이요, 앉으면 죽창이 솟아 죽산이 되었다는 백산을 우리는 함께 올라갔다. 정상에서 눈앞에 펼쳐져 있는 호남평야를 바라보며 그는 조용히 말문을 열었다.

"우리가 올라온 이 백산이 47m밖에 되지 않지요. 하지만 이 산에 올라서면 사방 오십 리에 이 산보다 높은 산이 없습니다. 저기 두승산 아래 고부가 있지요. 또 가물가물 보이는 저것이 만석보 말목장터가 있는 이평 소재지, 저기쯤이 녹두장군이 살았던 조소립니다. 보십시오, 푸른 물결 넘실대는 저 들판이 얼마나 넓은지. 저 들판을 가로질러 농민군들은 황토현으로 갔고, 그곳에서 관군들과 싸워 크게 이겼지요. 그날 농민군들의 정신으로 되돌아가 이 땅에 좋은 세상 한번 만들어봅시다."

그 후 그를 자주 만났다. 그의 목소리는 언제나 깊은 신뢰를 주었고 마주 잡은 손에는 사랑이 넘쳤다. 마지막으로 그를 만난 것은 인병선 선생이 개관한 '짚풀생활사박물관'에서였다. 술 한 잔을 나누면서 본 그의 얼굴은 유난히 검었다. 어디 편찮으시냐고 묻자 요새 위장이 좋지 않다고 했다. 한 달

후에 김남주 시인은 췌장암 선고를 받았고 몇 개월의 투병 끝에 그가 해야 할 더 많은 일을 우리들에게 남겨둔 채 떠났다.
"녹두의 피와 넋을 되살려라. 그리하면 좋은 세상 오리라"는 낮고도 굵직한 그의 음성이 지금도 가슴을 두드린다. 투사로서 전사로서 독재와 감옥에 맞서 싸우며 일생을 던졌던 김남주! 어쩌면 그는 이 시대의 전봉준이었는지도 모른다. 시인을 생각하며 쓸쓸한 마음을 안고 전봉준의 발자취를 찾아 나섰다.

전주에서 한 시간 남짓, 어느새 고창이다. 고창도 예전의 조용한 도시가 아니었다. 읍성인 모양성의 고즈넉한 향수를 떠올리며 여시뫼 창의문을 생각하다 보면, 어느새 고층아파트가 시야를 가리고 생각은 저만큼 달아나 버린다.
모양성으로 불리기도 했던 사적 145호로 지정된 고창읍성高敞邑城은 축성연대가 조선조 단종 원년(1453)으로 추정되고, 둘레가 1,680m 높이가 4~5m의 성이다. 전라 좌우도 장정들을 동원해서 쌓은 성이라고 석축에 새겨져 있는데 자연석을 이용하여 거칠게 쌓았다. 동, 서, 북쪽에 문루를 높게 세웠으며 문루 밖에 농성을 쳤다. 성귀에 여섯 군데의 치성이 있었으며, 성안에는 동헌과 각사 등의 관아건물 그리고 3개의 못과, 4개의 개울이 있었다고 한다. 지금은 공북루만 남아 옛날을 전할 뿐이다.
고창여고가 이곳에 있다가 시내로 옮긴 후 동문 터와 서문 터를 발굴하고, 등양루와 진서루, 풍화루와 동헌, 내아, 객사 등을 복원하였다. 하늘을 뒤덮은 늙은 소나무 숲과 여기저기 들어선 망종죽이 조화로운 자연경관과 어우러진 모양성은 사극 '삼국기'의 촬영현장이 되었다. 지금은 드라마나 영화

세트의 한 장면을 보기 위해 찾는 이들의 발길이 잦다. 그곳에는 한말의 풍운아 대원군의 척화비가 남아 있다.
고창읍성을 지나 고창읍 죽림리 당촌 56번지, 전봉준이 태어났다는 마을에 도착했다. 마음껏 멋을 부린 듯한 몇 그루의 소나무가 모정茅亭을 휘영청 휘감은 당촌 마을에 들어서자 집집마다 개들이 짖어댄다.

전봉준이 태어난 죽림리 당촌

전봉준은 이 당촌에서 철종 6년인 1855에 아버지 전창혁과 어머니 광산 김씨 사이에서 태어났다. 이름은 영준이라 불렀고, 자는 명숙이었다. 봉준은 어릴 때의 이름이고, 녹두는 키가 작아 불린 별명이었다. 그가 태어나고 자란 집은 없어졌다. 빈터에 세운 두 동의 비닐하우스가 전봉준의 어린 시절을 송두리째 삼키고 있었다. 역사의 한 페이지를 장식한 장군의 출생지는 푯말도 없이 보호받지 못한 채 방치되어 있었다. 전창혁이 아이들을 가르쳤다는 서당도 잡초만 무성한 언덕배기가 되었다.
여러 자료들을 보면 전봉준은 당촌에서 오래 살지 않았다. 꼬마대장 노릇을 한 예닐곱 살까지의 어린 시절을 제외하고는 전주 구미리, 정읍 감곡 등 여러 곳으로 이사를 다녔다고 전한다.
『전봉준실기』를 지은 장봉선의 글에 보인 전봉준의 모습은 "신장은 5척에 불과했지만, 담력은 산같이 컸고, 눈은 샛별같이 빛났으며, 목소리는 옥구슬처럼 낭랑했고, 힘은 보통사람보다 훨씬 뛰어났다"고 한다. 전봉준이 열여덟 살 되던 해에는 정읍시 산외면 동곡리 아랫지금실로 이사하여 그곳에

이평면 조소리에 있는 전봉준의 옛집

전봉준의 모습

서 사생을 결의한 동지 김개남을 만나게 되는데, 그때 젊은 나이에 어지러운 나라에서 어떻게 살 것인가를 고민했을 것으로 보인다. 그런 의미에서 어느 시기에 누구를 만나느냐가 인생을 결정짓는다는 것을 알 수 있다.

그 후에도 전봉준은 고부 양교리, 조소리 등으로 집을 자주 옮겨 다녔다. 필자가 1971년 12월 전봉준의 전기 자료를 탐방하고자 정읍군에 들렀을 때 유식한 70대 노인인 서병익 씨로부터 들은 바에 의하면 전봉준은 자기 집이 있는 조소리에서 한

정읍시 산외면 지금실에 있는 김개남 장군 가묘

5리 쯤 떨어진 두지리에서 한때 의료에 종사하고 있었다 한다. 조소리는 배들평야의 일각에 있는 꼭 새집같이 오목히 구석진 곳이다. 두지리는 시장이 있는 곳으로 네 갈래 대로가 교차하는 길목인 것이다. 이곳에다 방을 얻고 단을 마련하고 주머니를 천정에 걸어놓고 주문을 외우며 병을 고쳐주고 있었다고 한다.

조소리에 살던 전봉준이 그처럼 이곳저곳을 옮겨 다닌 것은 조선 말엽의 사회불안을 해소하려고 안식처를 찾아다녔기 때문이라고 한다. 그 무렵 조소리에서 지냈던 녹두장군의 생활 모습을 전해주는 한편의 글이 있다.

전봉준은 몸이 작지만 얼굴이 희고 눈빛은 형형하여 사람을 쏘는 듯하다. 평소 집에 머물 때는 동네의 소년들을 모아 『동몽선습(童蒙先習)』을 읽어주거나 천자문을 가르쳤다. 동네의 어른들이 찾아오면 고현(古賢)들의 사적을 들어 얘기할 뿐 세간사에 대해서는 말하지 않았다. 사람이 찾아오지 않을 때면 종일토록 묵묵히 앉았다 드러누웠다 하였다. 부모를 봉양함에 있어서 효성이 지극했다. 집안은 가난하였으나 농사를 지을 줄 몰랐다. 때때로 먼 곳에서 손님이 내방하면 며칠씩 묵어갔지만 동네 사람들과는 별로 어울리지 않았다. 다만 동네에 경조사가 있으면 먼저 찾아가 축하를 드리기도 하고 조문하기도 했다. 마을사람들은 모두 그가 심상치 않은 인물임을 알고 마음속 깊이 그를 존경했다.

菊池謙讓,「近代朝鮮史」

그러나 매천 황현은 유학자의 입장에서 전봉준을 이렇게 기술하고 있다.

봉준은 집이 가난하고 도움받을 만한 곳도 없어 약을 팔아 생계를 유지하면서 방술(方術)을 익혔다. 언젠가 지관을 조치하여 묏자리를 부탁하면서 "크게 왕성할 자리가 아니면, 아주 망하여 후사가 끊어지는 곳을 원한다"고 하였다. 그 사람이 이상하게 여기자 봉준은 탄식하면서 "오랫동안 남의 밑에서 살면서 구차하게 성씨를 이어가느니 차라리 후사가 끊어지는 것이 낫다"고 하였다. 그는 오래전부터 동학에 물들어 있었으며 요사한 지식에 미혹되어 늘 울분에 차 있었다. 고부에서 민란이 일어나자 사람들이 우두머리로 추대했다. 미처 그의 간교한 모의가 드러나기도 전에 난민들이 흩어져버렸으므로 봉준 또한 급히 도망쳐 숨었다. 얼마 후 수색이 심해지자 봉준은 피할 수 없을 것을 두려워하였다. 그리하여 그 일당 김기범, 손화중, 최경선 등과 화를 복으로 바꾸어준다는 꾀로 백성들을 유혹하고 선동하여 그들을 끼고 함께 반란을 일으키고는 큰소리로 "동학이 하늘을 대신하여 세상을 다스려 나라를 보호하고 백성들을 편안케 할 것이다. 우리는 살상과 약탈을 하지 않을 것이나, 오직 탐관오리만은 처벌할 것이다"라고 하였다. 어리석은 백성들은 이 말에 솔깃하여 우도 일대 10여 읍이 일시에 봉기하여 열흘에 수만 명이 모여들었다. 동학이 남민과 함께 어우러진 것이 이때부터였다.

전봉준이 언제, 어느 때부터 동학에 입교했는지를 알 수 있는 글이 〈동경조일신문〉 1895년 3월 6일 자에 실려 있다. 전봉준이 체포되어 서울 간 뒤 동학당 정토군 독립 제 19대대 사령관 미나미 소좌가 전봉준을 조선군으로부터 인계받아 일본 영사관으로 인도한 후 신문한 내용이다.

"너는 평소 어떠한 학문을 하고 있었는가?"

"나는 공맹의 학을 닦았다."

"동학에 언제부터 관계했는가?"

"3년 전부터다."

"어떠한 것에 감동했는가?"

"보국안민이라는 동학당의 주의에 감동하고 있던바, 동학인 김치도라는 자가 나에게 동학의 문건을 보여준 적이 있다. 그중에 <경천수심>이라는 문장이 있는데, 그 속에 대체정심이라고 하는 것에 감동해서 입당했다."

"정심한다는 점은 동학당에 한한 것이 아니다. 무엇인가 달리 너의 입당을 재촉한 이유가 없는가?"

"단지 마음을 바로 한다는 것뿐이라면 물론 동학당에 들어갈 필요가 없지만, 동학당의 소위 '경천수심'이라는 주의에서 생각할 때는 정심 외에 '협동일치'의 뜻을 포함하고 있기 때문에 경당 하는 것의 중요성을 본다. 마음을 바로 한 자의 일치는 간악한 관리를 없애고 보국안민의 업을 이룰 수 있기 때문이라고 생각한 것이다."

이 글을 보면 체포 날짜가 음력 1894년 12월 2일이었고, 심문을 받은 때가 음력 1895년 2월이었기 때문에, 1892년 초에 동학에 입당한 것으로 보인다. 그때가 손화중이 선운사 도솔암 마애불의 비결을 꺼내어 동학으로 사람들이 구름같이 몰려들던 그 시절이었을 것으로 추정된다.

다음은 전봉준이 황새울 마을에 살던 13살 무렵에 썼다는 '백구시'다.

스스로 모래밭에 마음껏 노닐 적에
흰 날개 가는 다리로 맑은 가을날 홀로 섰네.
부슬부슬 찬비는 꿈속 같은데
때때로 고기잡이 돌아가면 언덕에 오르네.
허다한 수석은 낯설지 아니하고
얼마나 많은 풍상을 겪었는지 머리 희었도다.
마시고 쪼는 것이 비록 번거로우나 분수를 아노니
강호의 고기떼들아 너무 근심치 말지어다.

사람은 가고 세월은 흘렀어도 한 편의 시는 사라지지 않았다. 시를 읊으며 동학농민혁명 지도자 전봉준의 탄생설화를 안고 있는 소요산으로 가기 위해 고샅길을 나왔다. 바람 부는 언덕 위에서 가오리연이 하늘로 오르고 있었다. 연 날리는 꼬마들을 보니 머리를 길게 딴 모습이 마치 소년 전봉준 같았다.

질마재 따라 오르는 소요산 길

고창군 부안면 소재지인 알뫼장터를 지나 소요산 가는 길로 접어들었다. 부안면은 1914년 전국의 군 통폐합 이전에는 흥덕현에 속해 있었다. 고려 때의 명장 강감찬 장군이 이 고을 현감이었다는 것을 자랑스럽게 여기는 흥덕현은 고부와 마찬가지로 고창군에 편입되었다.

저수지를 돌아 선운사 가는 길 직전에 '소요사 입구'라는 간판이 서 있다. 고개를 오르니 두 갈래 길이 나타났다. 되돌아가 마을 사람에게 물어서 가기로 했다.

몇 번 불러도 기척이 없다. 사람이 살기는 사는 모양인데 대답이 없다. 다시 부르자 뒷집에서 쉰 목소리의 할머니가 대신 대답한다. 소요산 올라가는 길을 몰라서 그런다고 하자 손가락으로 가리키며 알려주었다.

"저그 저 질이 질마재 넘어 가는 질이고 아랫질은 돌산 가는 질이요. 질마재를 올라가다가 산 쪽으로 난 질을 따라가면 소요산이요."

질마재! 5공 시절 '말당'이라는 별명으로 사람들의 입에 오르내렸던 미당未堂 서정주의 시편 '질마재 신화' 속의 질마재가 저 고개였다. 매운 재가 되어 폭

삭 내려앉은 눈물겨운 신부 이야기며, 질마재 상가수의 노랫소리가 절절이 밴 질마재마을이 저 고개 너머에 있다. 소요산에 올랐다가 내려오면서 그곳에 가보려고 가파른 길로 접어들었다. 잡목 사이로 겨울을 이겨낸 춘란이 마른 풀들을 젖히는 고갯마루에 들어섰다. 어느 산 어느 절인들 그렇지 않을까마는 소요산 역시 정상 가까이 날아갈 듯 들어선 소요사 덕에 정상 바로 아래까지 차 다니는 길이 나 있다. 산 동쪽 기슭에 위치한 절은 백제 성덕왕(554~597) 때 소요대사가 창건했다고 한다. 신라 말의 스님이었던 도선이 도를 깨친 다음 수도행각을 할 때 머물렀다.

전남대 이태호 선생 말로는 이 나라에서 가장 빼어난 사천왕상의 하나인 영광 불갑사 사천왕상이 원래는 소요사에 있었던 것을 뱃길로 운반해갔다고 한다. 이름난 스님을 여러 명 배출했다고 전하는 소요사는 정유재란 때 불타고 요사채만 남았다. 광해군 때 중창한 대웅전이 한국전쟁 때 소실되어 이름난 절의 면모를 찾을 길이 없다. 다만 화려한 절의 내력 때문인지 불공을 드리려는 사람들은 지금도 끊이지 않는다.

대웅전 아래 가파른 암벽에는 인촌 김성수의 아버지 김경중과 위세깨나 부렸을 법한 사람들의 이름이 새겨져 있었다. 이곳에 도착했을 때 서울에서 왔다는 사람, 전주에서 왔다는 사람, 또 어디 어디서 왔다는 불공드리는 사람들로 북적댔다.

전봉준의 태몽 설화를 간직한 소요산

절에서 정상까지 50m, 소요사는 그렇게 정상 가까이 있었다. 산신각 쪽으로 나 있는 어렴풋한 길을 따라 소요산 정상에 이르렀다. 전설에 의하면 고려 말 소요산 자락에는 팔만여 개의 암자가 있었다고 한다. 그 많은 암자의 수도승 중 응용대사라는 스님이 불도에 통달하고 풍수에도 조예가 깊어 명당을 잘 찾아낸다는 소문이 자자했다. 대사를 따르는 제자들과 명당을 잡아 달라는 사람이 늘어나 응용대사는 소요산 깊은 산중에 몸을 숨겨버렸다. 그럴수록 대사를 찾는 사람들은 골짜기마다 줄을 이었다.

몇 년 후 응용대사가 일찍 일어나 불을 피워 밥을 짓고 있었다. 아침 햇살 속에 연기가 소요산 자락으로 퍼져나가자 사람들이 우르르 몰려갔지만 대사는 온데간데없었다. 또 몇 해 뒤 응용대사는 소요산 깊숙한 곳에서 밥을 짓다가 그만 깜빡 잠이 들었다. 이를 발견한 추종자들은 곧바로 달려가 스님을 만났고 그때부터 그곳을 연기동이라 하고 응용대사를 연기대사라 불렀다고 한다.

소요산은 고창군 부안면 용산리에 위치해 있다. 인천강의 하류인 장년강을 사이에 두고 선운산 동쪽에 있는 산이다. 예로부터 선운산과 소요산은 기묘한 관계에 있었다. 선운산이 흥하면 소요산이 쇠락하고, 소요산이 흥하면 선운산이 쇠락한다는 이야기였다. 그 주기가 몇백 년씩 지속된다고 한다. 그래서 지금 선운산 자락의 선운사는 사람들이 인산인해를 이루고, 소요산에 있는 소요사는 쓸쓸하기 이를 데 없는지도 모르겠다.

북쪽에 취은처사 황세기, 귀암 황재중 부자가 독서하던 구인암 명옥대, 유선대가 있다. 남쪽 계곡에는 바위 위에 효자 김하익이 눈물로 쓴 '허백당虛白堂' 세 글자가 있다. 김하익의 효행에 감동해서 그런지 200여 년의 세월이 지났는데도 변하지 않았다. 기우제를 지냈다던 바위 위에는 타다 만 솔가지가 쌓여 있었다.

물결치듯 달려오던 산맥들을 뒤로하고 줄포만을 건너 변산을 바라보았다. 낮게 깔린 구름이 푸르게 빛나는 진실의 바다를 살며시 가로막고 있다. 시름의 바다에 정박한 침몰선처럼 죽도는 미동도 하지 않고 줄포만 언저리에 떠 있다.

소요산은 전봉준의 태몽 설화를 간직한 산이다. 전봉준이 태어나기 전 아버지 전창혁이 꾸었다는 태몽 설화 두 개가 전한다. 하나는 당촌에서 멀지 않은 이 소요산을 한 입에 삼키는 꿈을 꾸고 전봉준을 낳았다는 것이고, 다른 하나는 전창혁이 소요산 바위굴 속에서 도를 닦고 있는데 천인이 나타나 천서를 주고 가는 꿈을 꾸었다는 이야기다.

미당의 생가가 있는 질마재마을

산은 바다로부터 시작된다. 바닷바람이 불어오는 이 소요산 아래에서 긍정적이든 부정적이든 한 시대를 풍미했던 사람이 여럿 태어났다. 차천자라고 회자되었던 차경석이 연기동마을에서 태어났다. 인촌 김성수, 수당 김연수 형제는 고창군 부안면 봉암리 인촌마을에서 태어났으며, 미당 서정주는 부안면 질마재마을에서 태어났다.

화시산과 소요산 사이 인냇강가에는 풍수지리상 명당자리인 금반옥호金盤玉壺가 숨어 있다고 하지만 지금 그 이유로 소요산을 찾는 사람은 드물다. 선운사 동백꽃이 흐드러지게 피는 선운산 동쪽에 위치한 이 산은 녹두장군의 탄생설화만 간직한 채 후미진 곳에 자라는 춘란처럼 옛날의 정취로 남아 있다.

고창군 부안면 선운리의 서정주 기념관에서 본 소요산

쉬지 않고 질마재를 향해 내려갔다. 소나무 울창한 숲 사이로 붉은 황토 질척한 신작로가 질마재를 이루고 있었다. 소나무 숲을 빠져나오니 마을이다. 마을 입구에 들어서자 벌써부터 측백나무가 촘촘히 들어선 우하당이 보인다. 바로 그 집이 미당의 집이다. 지금은 그의 동생 서정태 씨가 살고 있다. 미당의 시 '자화상'이 스쳐 간다.

애비는 종이었다. 밤이 깊어도 오지 않았다.

파뿌리 같이 늙은 할머니와 대추 꽃이 한 주 서 있을 뿐이었다.

어매는 달을 두고 풋살구가 꼭 하나만 먹고 싶다 하였으나……

흙으로 바람벽 한 호롱불 밑에 손톱이 까만 에미의 아들.
甲午年이라든가 바다에 나가서는 돌아오지 않는다 하는
외할아버지의 숱 많은 머리털과 그 커다란 눈이 나는 닮았다 한다.
스물 세 해 동안 나를 키운 건 八割이 바람이다.
세상은 가도 가도 부끄럽기만 하더라.
어떤 이는 내 눈에서 罪人을 읽고 가고
어떤 이는 내 입에서 天痴를 읽고 가나
나는 아무것도 뉘우치진 않으련다.
찬란히 틔어 오는 어느 아침에도 이마 위에 얹힌 時의 이슬에는
몇 방울의 피가 언제나 섞여 있어 볕이거나 그늘이거나 혓바닥 늘어뜨린
병든 수캐 마냥 헐떡거리며 나는 왔다.

미당이 스물세 살 때 지었던 「자화상」은 얼마나 많은 문학도들의 가슴을 설레게 했던가. 그가 5공의 주역 전두환 대통령을 일컬어 '단군 이래 최고로 자비로운 미소'라고 극찬했던 말이 얼마나 많은 사람을 실망시켰던가. 그럼에도 그 또한 동학의 후예다. 시에서 얘기하는 것처럼 미당 선생 외할아버지도 김지하 시인의 할아버지처럼 동학농민군이었다. 우리들의 윗대 어른들도 자의든 타의든 동학당이었거나 추종자였을 것이다.
"거 누구 왔어. 어서 들어와!"라고 어디선가 컬컬한 그 목소리 들릴 법한데 들리지 않았다. 문은 굳게 잠겨 있었다. 어린 시절 바다로 떠내려간 그의 고무신이 다시 돌아오지 않는 이상 '대용품'일 수밖에 없는 신발 한 켤레만 가지런히 남아 집을 지키고 있었다. 뜰 안 가득한 난초가 꽃봉오리를 틔우고 있었다.

백 주년 맞아 재현되었던 동학농민혁명

1994년 2월 6일 정읍 시가지에서는 갑오농민혁명의 상황을 그대로 재현했다. 고부군수 조병갑이 트럭에 몸을 싣고 예쁘장한 옷을 입은 기생들과 시시덕거리며 천변으로 가고 있었다. 앞서거니 뒤서거니 이백여 명의 풍물패에 풍악을 잡히고 둥둥둥 울리는 북소리에 맞춰서 관군과 농민군이 사이좋게 춤을 추며 걸어갔다. 행사는 조병갑의 만석보 수세에 맞서 전창혁이 고부관아에 등소하는 것부터 시작되었다. 전창혁이 매 맞아 죽고 전봉준을 비롯한 농민군들이 사발통문을 돌렸다. 조병갑이 익산군수로 가고 여러 명이 고부군수로 발령을 받았으나 치열한 공작 탓에 아무도 오지 않았다.

정읍천 고수부지에는 몇천 명의 사람들이 추운 날씨에도 불구하고 돌아갈 줄 몰랐다. '시호시호이내시호'라는 최제우의 '칼노래'와 '녹두꽃'이 울려 퍼지고 칼춤과 군무가 난무했다. 사람이 한울이고 밥이 한울이었다. 원혼을 위로하고 살아남은 사람들이 새로운 세상을 향해 마음을 다지는 판 씻음을 하고 맑은 물을 몸 안에 받아들였다. 판화가 오윤의 칼노래 깃발이 밤하늘에 물결쳤다.

1894년 정월 초 고부군수 조병갑이 다시 부임해 왔다. 전봉준을 비롯한 고부 농민군들은 조병갑의 재부임에 분노했다. 1월 10일 밤, 수천 명의 농민군들이 죽창을 들고 말목장터에 모여들었다.

"아녀자와 노약자를 제외하고는 이곳을 떠나지 말라. 이 기회를 놓치면 영원히 후회하게 된다. 탐관오리를 물리치고 마음 놓고 살기 위해 고부관아로 쳐들어가자"라고 외치며 말목장터 감나무 아래 모인 농민들은 새벽을 틈타

정읍시 이평면 말목장터에 있는 감나무, 그 당시의 나무는 죽고, 새로 심은 나무다.

고부관아를 들이쳤다. 하지만 조병갑은 이미 도망가고 없었다. 농민군들은 원성의 표적이 된 만석보를 허물어버렸고 일부 농민들이 백산으로 달려가 백산성을 쌓았다. 새 군수 박원명의 회유책에 농민군은 해산했으나 안핵사 이용태는 상상도 못 할 만행을 저지른다. 전봉준은 태인접주 김개남, 무장접주 손화중, 원평접주 김덕명과 무장봉기를 준비한다.

고부관아 습격은 벌건 대낮에 버스를 타고 순식간에 이루어졌다. 고부관아에서는 관군과 기생이 결사적으로 저항을 했고 농민군은 그들을 무참하게 쓰러뜨렸다. 열화와 같은 함성이 고부향교에 메아리쳤다. 옥사를 헐고 무기고를 열고 곡식 창고를 열었다. 개선장군이 되어 도착한 이평초등학교에서 농민군들이 먹었을 주먹밥을 천여 명이 나누어 먹었다. 서편제의 주인공인 광대 김명곤의 판소리 한 대목이 사람들의 들뜬 마음을 휘어잡았다.
풍물패를 앞세우고 예동마을로 향했다. 사람들은 "천석꾼아 만석꾼아 주먹밥 썩 내놔라"라고 마치 백 년 전의 농민군처럼 목이 터져라 소리 질렀다. 고함소리 탓인지 랩에 싼 주먹밥 한 덩어리를 내놓았다. 입가에 밥알을 묻혀가며 한 입씩 먹는 사이 동진강가 만석보유지비 앞 배들평야에 황혼이 내렸다.
농민군과 관군의 접전이 있었고 차전놀이는 농민군의 승리로 끝났다. 보국안민 네 글자에 불화살이 꽂혔다. 불길이 하늘을 찌를 듯 치솟았다. 그 불길은 서울로 가지 못한 채 좌절당한 동학농민군들의 한숨인 양 눈물인 양 바람에 흔들렸지만 다시 이곳저곳에서 일어났다. 끊어질 듯 일어나는 들불들이 배들평야를 지나 백산 쪽으로, 무장 쪽으로 서서히 번져가고 있었다. 삼월이 오고 있었다.

서면 백산, 앉으면 죽산

고창 문수산 황토현 승전 낳은 무장기포의 목격자

문수산 아래 여시뫼에서 창의문을 발표하다

이른 봄 문수산으로 떠났다. 고수면 소재지를 지나 은사리 신기마을에서부터 고인돌이 나타났다. 옛사람의 무덤은 논 가운데나 밭 가장자리에, 혼자서 또는 무리지어 육중한 몸체를 부끄럼 없이 드러내고 있었다. 마을마다 사람들은 어디 갔는지 좀체 눈에 띄지 않았다. 빈집이 절반도 넘고 대숲만 바람에 이리저리 흔들렸다.

길이 험한 문수산 아래 첫 동네 칠성리까지 올라갔다. '문수산 500m'라는 안내판을 지나 꽤 올라가 고갯마루를 넘어서자 멀리 문수산 정상이 보인다. 거기서부터 내장산 단풍보다 울창하게 우거진다는 단풍나무숲이다. 아직은 헐벗은 나무 숲길이 끝나는 곳에 문수사가 있을 것이다.

"우리나라에서 문수사만큼 퇴락하고 쓸쓸한 절은 없을 것이네."

십몇 년 전, 문수산에 다녀왔다는 친구의 말이 생각났다. 흐르는 세월 속에 깊어질 대로 깊어진 문수사는 문수산 북쪽 기슭에 자리 잡고 있다. 사지寺誌의 기록에 의하면 백제 의자왕 3년(643)에 신라의 자장율사가 창건했다고 한다.

자장율사는 당나라의 청량산에 들어가 삼십칠 일 기도를 거듭한 끝에 지혜를 표상하는 문수보살의 가르침을 깨닫고 귀국하였다. 우연하게 이곳을 지나가다 산세와 수세가 중국의 청량산과 흡사한 것을 이상하게 여겨 산기슭의 암굴을 찾아 칠일 기도를 올렸다. 문수보살이 땅속에서 솟아나오는 꿈을 꾸고 그 자리를 파보니 화강암으로 된 커다란 문수보살상이 나왔다. 이후 취령산이라 부르던 것을 문수산, 청량산으로 이름 짓고, 절을 세운 후 문수사라 불렀다.

문수사는 문수보살상에 얽힌 전설과 문수도장의 창건 기록에 힘입어 대웅전보다 문수전에 더 비중을 두고 있다. 자장율사가 당나라로 갔던 때가 신라 선덕여왕 5년(636)이고 그로부터 8년 후에 귀국했다. 의자왕 3년, 백제가 멸망하기 20년 전이었다. 그때는 두 나라가 정치적으로 심하게 대립하던 시대였다. 시대적 상황으로 보아 과연 자장율사가 고창의 문수산을 지나갔겠느냐는 의문이 제기되고 있다. 신라의 고승이 백제 땅에 와서 절을 세웠다는 기록을 믿기는 어려우나, 당시 불교의 영향력을 고려한다면 충분히 그럴 수도 있다는 것이 개인적인 생각이다.

현 건물은 사적기에 의하면 1653년에 성오대사에 의해 중창되었다. 1764년에 한 번 더 중창을 거쳐 1835년에 우홍스님이 중창하여 오늘에 이르렀다.

덧없는 세월은 고색창연하게 서 있던 일주문을 사라지게 하고, 눈빛이 유난히 반짝였다던 나이 어린 행자승마저 제 갈 길로 가게 했다. 전라북도 유형

고창군 고수면의 문수사 대웅전. 자장율사가 창건한 절이다.

문화재 51호와 52호인 대웅전과 문수전이 있지만 돌보는 사람이 없으니 얼마나 버틸 것인가 예측할 수 없었다. 요사채로 쓰이는 한산전의 서까래만 남은 한쪽 지붕을 바라보다 "무너져 내리는구나!" 탄식을 내뱉었다. 그러자 한 스님이 팔짱을 낀 채 툇마루에 내려서며 말을 받았다.

"무너질 것은 무너져 내리는 게 세상의 이치 아닙니까. 무너져 내리면 새로 지어야지요."

40대 중반의 스님은 알고 보니 문수사의 주지이자 이 절을 지키는 마지막 스님(법연)이었다. "스님 혼자서 적적하시겠습니다" 말을 건네자, "적적한 맛으로 사는 게 인생이지요" 한다. 문답은 계속 이어졌다.

"예전에는 어느 절이나 그 절 나름대로의 문화가 있었는데 지금은 그렇지가 못합니다. 국보급 문화재나 보물이라도 몇 점 있는 절은 사세가 확장일로에 있지만 그렇지 못한 절은 침체될 수밖에 없습니다. 위치도 절의 사세와 직결됩니다. 국립공원이나 도립공원으로 지정된 산에 있으면 한결 낫지요. 이 근방의 선운사를 보세요. 선운산의 경치도 경치려니와 절의 짜임새를 보면 그곳에 가지, 누가 한적한 문수사나 작은 절을 기웃거려나 보겠습니까."

고개를 끄덕였다.

"그러면 이 절을 어떻게 지탱해 나가십니까?"

"글쎄요. 무형문화재라고 몇 점이 지정되었지만 그게 무슨 의미가 있겠습니까. 요새는 하도 문화재, 문화재 하니까 절에 있는 문화재도 도난당하기 일쑤입니다. 그래서 절 마당에서 뛰어놀고 있는 저 개 두 마리를 키우며 신도들의 시줏돈으로 밥은 굶지 않고 공부하며 살고 있지요."

그는 내가 만난 스님 중에서도 특히 합리적이었고 진보적이었다. 엄청나게 많은 독서로 단련된 사람 특유의 날카로움과 부드러움이 공존했다.

단청이 지워질 대로 지워진 대웅전을 바라보니 장날처럼 북적대는 화엄사와 법주사가 떠올랐다. 몇 날 며칠이고 사람이 오지 않아서 사람이 그립다는 문수사, 떠나면 또 언제 사람이 찾아올까. 그러나 아니 떠날 수 없다. 문수사도 스님도 뒤에다 두고 산길로 발을 옮겼다.

어디로 가면 산 정상에 닿느냐고 물어볼 사람이 없었다. 그저 산 쪽으로 나 있는 길을 따라갈 뿐이다. 단풍나무가 길 따라 이어지는 숲이 가을이면 핏빛 붉은 노을로 타오르리라. 가을 단풍이 아무리 아름다워도 찾는 이가 없으면 단풍이고 문수산이고 무슨 의미가 있겠는가. 내린 눈이 아직 다 녹지 않았다. 단풍나무숲이 끝나자 산죽터널과 싸리나무 군락이 이어지다 정상에 다다랐다. 정상을 천천히 돌며 한발 한발 걸어온 산자락을 굽어보았다. 저기는 광주, 저기는 무장, 저기는 영광. 중요한 것은 산 아래 그림 같은 저곳에서 사람들이 살다 갔고, 지금도 살고 있다는 사실이다.

문수산은 고창의 진산 방장산에서 시작한 노령의 산줄기가 여러 봉우리를 지나 양고살재, 솔재, 검곡재를 이루고 전라 남북을 가르며 뻗어 내린 곳에 우뚝 솟은 산이다. 한 가닥이 흘러서 고창읍 쪽으로 내려갔고, 산자락 아래가 모양성이다. 그보다 앞서 낮아져 구릉을 이루고 달려가다가 약간 솟아오른 산이 주곡의 백운산이다. 백양, 입암, 내장산이 차례로 지나가고 소요산, 선운산을 돌아 먼 구름의 산맥 아래 서해바다가 보였다. 영광 불갑산이 지척인 듯 눈 안에 포착되는 문수산 아래 무장과 장성 황룡촌에서 백 년 전 동학농민군들이 창의문을 발표하였고 관군들과 싸워 크게 이겼다. 박수소리 함성소리가 메아리로 돌아오고, 나도 덩달아 백 년의 세월 저편으로 타임머신을 타고 가서 창의문을 들었다.

창의문

세상에서 사람을 가장 귀하다고 여기는 까닭은 인륜이라는 것이 있기 때문이다. 군신부자는 인륜의 가장 큰 것이다. 인군(人君)이 어질고 신하가 곧으며 아비가 사랑하고 아들이 효도한 후에야 나라가 무강의 역(域)에 미치는 것이다. 지금 우리 성상은 어질고 효성스럽고 자상하고 자애하며 정신이 밝아 총명하고 지혜가 있으니 현량하고 방정한 신하가 있어서 그 총명을 보좌한다면 요순의 덕화와 문경의 다스림을 가히 바랄 수 있으리라. 그러나 오늘의 신하된 자들은 보국을 생각하지 아니하고 한갓 녹위만 도적질하여 총명을 가리고 아부와 아첨만을 일삼아 충성스레 간하는 말을 요언이라 이르고 정직한 사람을 비도라 하여 안으로는 보국의 인재가 없고 밖으로는 백성을 탐학하는 관리가 많도다. 인민의 마음은 날로 변하여 생업을 즐길 수 없고 나아가 몸을 보존할 계책이 없다. 학정이 날로 심하고 원성은 그치지 아니하니 군신의 의리와 부자의 윤리와 상하의 명분은 무너지고 말았다. 관자가 말하길 '사유(四維)가 펴지지 못하면 나라가 멸망하고 만다'고 했는데 오늘의 형세는 옛날보다 더욱 심하다. 공경부터 방백수령까지 모두 국가의 위태로움은 생각지 아니하고 자신을 살찌우는 것과 가문을 빛내는 데에만 급급하여 사람 선발하는 문을 돈벌이로 볼 뿐이며, 응시의 장소를 물건을 사고파는 시장으로 만들었다. 허다한 돈과 뇌물은 국고로 들어가지 않고 개인의 배만 채우고 있다. 국가에 누적된 빚이 있으나 갚을 생각은 아니하고 교만과 사치와 음란과 더러운 일만을 거리낌 없이 자행하니 8도는 어육이 되고 만민은 도탄에 빠졌다. 수재(守宰)의 탐학에 백성이 어찌 곤궁치 아니하랴. 백성은 나라의 근본이라. 근본이 쇠잔하면 나라도 망하는 것이다. 보국안민의 방책은 생각하지 아니하고 밖으로는 향제를 설치하여 오로지 제 몸만을 위하고 부질없이 국록만을 도적질 하는 것이 어찌 옳은 일이라 하겠는가. 우리는 비록 초야의 유민이지만 임금의 토지를 부쳐 먹고 임금의 옷을 입고 사니 어찌 국가의 존망을 앉아서 보기만 하겠는가. 8도가 마음을 합하고 수많은 백성이 뜻을 모아 이제 의로운 깃발을 들어 보국안민으로써 사생의 맹세를 하노니, 금일의 광경은 비록 놀랄 만한 일이기는 하나 경동(輕動)하지 말고 각자 생업에 편안히 하여 함께 태평세월을 빌고 임금님의 덕화(德化)를 누리게 되면 천만다행이겠노라.

갑오 3월 20일 호남창의소 전봉준. 손화중

고창군 무장면의 무장객사. 손화중이 무장접주였다.

빗방울이 떨어지기 시작했다. 빗줄기가 굵어지기 전에 황톳빛 무장을 향해 발길을 옮겼다.

손화중이 활동한 무장관아는 초등학교로

고창에서 무장 가는 길로 접어들었다. 비닐하우스가 줄을 지어 들어선 황톳길을 지나 무장지서 옆에 도착했다. 갑오년 당시에는 무장도 고창처럼 독립된 현이었고 무장초등학교도 고부와 마찬가지로 무장관아였다. 옛 모습 그대로의 객사와 동헌이 조화를 이루지 못하고 학교건물에 끼어 있다. 아이들이 아침저녁 오고 가는 운동장 옆에는 무장을 거쳐 간 현감 군수들의 선정비가 스무 개쯤 줄지어 서 있다. 아름드리 소나무며 느티나무는 그날의 역사를 가감 없이 지켜보았을 것이다.

손화중의 모습

무장은 금구, 원평과 더불어 동학의 세력이 가장 강한 지역이었다. 인근의 여러 고을에서까지 전폭적인 지지를 받았던 손화중이라는 접주가 있었던 까닭이다. 프랑스의 한 선교사가 사진을 보고 만들었다는 판화 속에서 손화중은 팔짱을 낀 채 빙긋이 웃고 있다. 그를 감시하는 병사도 아랫주머니에 손을 넣은 채 미소를 지었다. 죽음을 목전에 둔 사람과 그를 지켜보고 있는 사람, 각기 다른 두 웃음에 우리 민족의 비극이 담겨 있다.

손화중은 본관이 밀양이고 이름은 정석, 자는 화중, 호는 정읍의 옛 이름인 초산이었다. 그는 1861년 정읍현 남일면 파교리(현 정읍시 파교동)에서 아버지 손호열과 어머니 평강 채 씨의 장남으로 태어났다. 아버지 슬하에서 한문을 공부하였고 20대 초반에 처남 유용수를 따라 십승지를 찾아서 지리산 청학동으로 들어갔다. 그 무렵 영남지방에서는 동학이 요원의 불길처럼 번져가고 있었다.

동학이란 새로운 이데올로기에 빠져든 손화중은 입교 2년 만에 고향에 돌아와 포교에 전념했다. 처음 부안에 거처를 정하고 포교하다가 정읍 농소리, 입암 신금리, 무장 쪽으로 옮겨 다니며 여러 포의 접주를 했다. 손화중과 전봉준의 관계를 미루어 짐작하게 하는 이야기가 기록으로 남아 있다.

당시 다섯 살이었다는 손옹(손화중의 둘째 아들)이 어머니 류 씨 부인으로부터 들었다는 증언이다.

> 무장현 괴치리 사천마을 조그마한 오두막집으로 이사해서 한 일 년쯤 되었을 때부터 전봉준은 가끔 찾아왔었다. 출입하는 도인들 가운데 전봉준은 유독 키가 작고 샛별 같은 눈을 지닌 사람이었다. 교인들이 앉으면 으레 도학과 시국에 관한 이야기였다. 손화중은 '아직 일어날 때가 아니다'라고 주장하였다고 전한다. 잊히지 않는 기억은 눈발이 내리는 어느 겨울날 해 질 무렵 전봉준이 찾아와 뒷골방에서 그날 밤 닭이 울도록 격론을 벌인 것이다.
>
> 최현식, 『갑오동학혁명사』

1893년 근방에서는 동학 접주 손화중을 모르는 사람이 거의 없을 정도였다. 선운사 도솔암 암벽에 비장 되어 있는 검단선사의 비결을 꺼내고부터 그는 범상한 인물이 아니었다. 그가 한번 일어난다면 호응하지 않을 남접 접주들은 없었다. 동학 조직을 묶어 본격적으로 일어나려면 계기가 필요했다. 그때 안핵사 이용태의 폭거가 있었다. 전봉준의 집요한 설득으로 마침내 그는 무장 서남쪽 2.5㎞, 유정마을 뒷동산 여시뫼에서 전봉준, 김개남과 함께 창의문을 발표하기에 이른다.

마애불 배꼽에서 비결 꺼낸 손화중 장군

무장에서 늦은 점심을 먹고 손화중이 비결을 꺼냈다는 선운사 마애불로 향했다. 언제 내렸냐는 듯 비가 그쳤다. 해리, 심원을 거쳐 소요산 자락을 돌아 동백꽃은 아직 일러 피지 않은 선운사 입구에 도착했다. 가는 날이 장날이라고 마한백제문화연구소에서 유물을 발굴, 조사 중이라 5월까지 마애불 일대를 통제한다는 표지판이 세워져 있었다. 난감했다. 사진이라도 찍어야지 싶어 올라갔더니 조사단원들이 오후 새참으로 라면을 끓이고 있었다. 고려시대와 조선시대의 기왓조각만 한 무더기가 나왔다고 말하는 발굴조사단 책임자로부터 마애불에 얽힌 얘기를 들었다. 선운사 마애불의 배꼽속에 숨겨진 비결이 세상에 나오는 날 한양이 망한다는 전설이 오래전부터 전해져 왔다. 오지영이 동학사에 기록한 비결탈취 과정을 『녹두장군』을 쓴 송기숙 선생은 다음과 같이 풀어냈다.

동학농민혁명 초기 약사(음력), 미륵비결 설화

지금 고창군(당시 무장현) 아산면 선운사 동남쪽 3㎞ 지점에 도솔암이란 암자가 있고, 그 암자 뒤에 50여 척 높이의 층암절벽이 솟아 있는데, 그 절벽에 미륵이 하나 새겨져 있다. 이 미륵상은 3천 년 전에 살았던 검당선사(黔堂禪師) 진상이란 것으로 그 미륵의 배꼽에는 신비스런 비결이 하나 숨겨져 있다. 그 비결이 세상에 나오는 날에는 한양이 망한다는 것이다. 거기에는 비결과 함께 벼락살을 동봉해놨기 때문에 누구든지 그 비결을 꺼내려고 거기 손을 대면 벼락에 맞아 죽는다고 했고, 그 벼락살이 같이 봉해져 있다는 것이 사실이라는 것이다. 지금(당시)부터 130년 전에 전라감사로 내려왔던 이서구가 그것을 꺼냈을 때 벼락이 쳤던 것을 보아도 알 수 있다는 것이다. 이서구는 어느 날 선화당에 앉아 조용히 천지의 망기(望氣)를 보고 있자니, 서남쪽에서 매우 상서로운 기운이 한줄기 뻗쳐올라가고 있는지라, 예삿

선운사 도솔암 마애불. 비결탈취사건의 사연이 서려있는 마애불이다.

일이 아니라고 생각되어 말을 몰아 그쪽으로 달려가 보니, 그것이 선운사 미륵의 배꼽에서 뻗어 올라가고 있었다. 여기에 무엇이 들었기에 이러는가, 그 배꼽을 쪼아보니, 그 속에서 책이 한 권 나왔는데, 그 순간 뇌성벽력이 하늘을 찢는 바람에 혼비백산, 그 책을 도로 넣어놓고 회로 봉해버렸다. 그때 이서구가 본 것은 "전라감사 이서구 개탁(全羅監司 李書九 開坼)"이란 글자뿐이었는데 그 사건이 있은 뒤로 세상 사람들은 그 비결을 꺼내보고 싶어도 벼락이 무서워 꺼내보지 못한다는 것이다.

비결탈취사건

임진년 8월 사이의 일이다. 어느 날 손화중의 집에서 선운사 석불 비결의 이야기가 나왔다. 그 비결을 내어보았으면 좋기는 하겠으나, 벽력이 또 일어나면 걱정이라 하였다. 좌중에 오하영이라고 하는 도인이 말하되, "그 비결을 꼭 보아야 할 것 같으면, 벽력이라고 하는 것은 걱정할 것이 없는 것이다. 그러한 중대한 것을 봉해서 둘 때에는 벽력살이란 것을 넣어 택일하여 봉하면 후대인이 함부로 열어보지 못하게 되는 것이라고 하는 말을 들었다. 내 생각에는 지금 열어보아도 아무런 일이 없으리라고 생각한다. 이서구가 열어볼 때 이미 벽력이 일어나 없어졌는지라 어떠한 벽력이 또다시 일어날 것인가. 또는 때가 되면 열어보게 되나니 여러분은 그것은 염려 말고 다만 열어볼 준비만을 하는 것이 좋다. 여는 책임은 내가 맡겠다"고 하였다. 좌중은 그 말이 이치에 합당하다 하여, 청죽 수백 개와 새끼 수십 타래를 구하여 부계(浮械)를 만들어 석불의 전면에 안치하고, 석불의 배꼽을 도끼로 부수고 그 속에 있는 것을 꺼냈다. 그것을 꺼내기 전에 중들의 방해를 막기 위하여 미리부터 수십 명의 중을 결박하여 두었는데, 일이 끝나자 중들은 뛰어가서 무장관청에 고발하였다. 전날 밤에 동학군이 중들을 결박 짓고 석불을 깨뜨려 그 속에 있는 것을 도적질하여 갔다고 하였다. 그리하여 수백 명이 잡히었는데, 그중 괴수로 강경중, 오지영, 고영숙 세 사람이 지목되었다.

무장현감은 여러 날을 두고 취조하게 되었는데, 첫 문제가 비결 책을 바치라는 것이요, 손화중과 기타 주모자 두령들이 있는 곳을 대라는 것이었다. 갖은 악형을 가하면서 묻는다. 태장질, 곤장질, 형장질, 주뢰(朱牢)질에 볼기가 다 헤지고 앞정강이가 부러졌다. 그러나 소위 비결이라는 것은 손화중이 가지고 어디로인지 가고 말았으며, 여러 두령들도 어디로 다 도망갔는지 알 수 없다고 하여, 십여 일 동안 형벌을 받다가 관이 최조한 것을 전라감사에게 보고 하여, 강경중, 오지영, 고영숙 3인은 모두 강도 겸 역적죄로 몰려 사형에 언도되었고, 남은 백여 명은 엄한 곤장을 맞은 후 풀려나왔다.

....

그날 저녁 옥졸이 들어오면서 죄수 3인의 결박한 것을 모두 벗기더니, 모두 의관을 갖추어 나가자고 한다. 그 전에 만일 들은 말이 없었다면 사형이나 집행하자는 일이 아닌가 하고 걱정될 것이나, 대략 기미를 알고 있었던 터라 그다지 놀랄 것은 없었다. 옥문 밖으로 나서다 보니 수천 명의 사람들이 혹은 등불을 들고 혹은 횃불을 들고 관문 대로에 좌우로 갈라서서 앞길을 인도한다.

오리정 밖에 나와 한 도인의 집에 자리를 정하고 앉게 되었는데, 우리 형님 두 분과 각 두령이며, 촌에 있는 도인들이며, 읍에 있는 도인들이 차례차례 나와 그동안 고생한 일을 다 말한 후에, 일이 이렇게 된 이유를 물은즉, 형님은 말씀하되, 들은즉 무장현감 조경호가 무엇보다도 비결을 찾는다 하기로, 중들과 의논하여 불경책 한 권을 붉은 보자기에 싸가지고, 수천 명이 떠들고 들어오며 예리(禮吏)에게 통지하여, 무장현감에게 사모관복을 입고 잘 맞아들이라 하였다. 그리하여 이 고을 오리정에 당도하니, 무장읍에서는 장리 되는 몇 사람이 관에 아뢰기를 동학군 수천 명이 고을을 함성(陷城)하고 관리들을 죽인다고 말을 하여 자외방송(自外放送)이 된 것이라고 하였다. 그동안 경과로 말하면, 선운사 중들도 모두 동학 도인이 되고, 무장읍 아전들도 장교, 차사 할 것 없이 모두 도인이 되었다고 한다.

손화중이 왕이 될 것이라거나 세상이 뒤집어질 것이라는 소문이 줄을 잇고 손화중의 집에 사람들이 몰려들었다. 동학농민혁명 당시 남접의 중심포였고 가장 많은 세력을 규합했던 손화중은 전봉준, 김개남과 함께 황룡강 싸움에서 지대한 공헌을 한다. 그러나 2차 봉기에 그는 공주로 가지 않고 광주 일대를 지켰다.

우금치 싸움이 패배로 돌아가고 태인에서 농민군의 주력부대가 해산하자 그는 재실지기였던 이봉우에게 "그동안 내가 너에게 진 빚을 갚겠다. 나를 고발하여 큰 상을 받으라"라고 말했다고 한다. 손화중은 서울로 끌려가 재판을 받고 이듬해 전봉준과 한날한시에 처형당했다. 손화중의 손자 손홍렬 씨의 말에 따르면, 손화중의 아내는 동학혁명이 실패로 돌아가자 다섯 살 난 아들 응수를 손에 붙잡고 어린 딸은 등에 업은 채 옥구로 갔다. 부잣집에 들어가 성을 바꾸고 식모살이를 하여 목숨을 부지했다고 하는데 그 고통이 어떠했으랴. 비결에 건 꿈이 너무 컸던 것일까.

어쨌거나 비결탈취사건은 암울했던 시대의 모순을 극복하고 후천 개벽을 꿈꾸었던 민중들이 동학과 시대의 현실과 미륵설화를 절묘하게 조화시켜 농민전쟁의 발단이 된 것이다. 정작 마애불의 배꼽 속에서 꺼낸 것은 아무

것도 없었다는 얘기도 전해진다. 다산 정약용의 『경세유표經世遺表』와 『목민심서牧民心書』, 또는 『미륵하생경彌勒下生經』이었을 것이라는 말이 싱겁게 나돌기도 한다. 그렇지만 그것이야말로 이 나라 민중의 역사에 커다란 획을 그은 것이 아니었겠느냐는 말에 고개를 끄덕이고 상사화 푸른 잎이 무더기로 피어나는 선운사 골짜기를 내려갔다.

백산의 동학농민군 4대 강령

저녁노을이 붉게 타오를 때 백산에 올랐다. 노을 진 들녘에 서서 밥 짓는 연기 피어오르는 일망무제 들판을 바라보며 그날의 함성을 듣고 싶었다. 하늘에 가득한 비구름은 물러날 생각을 하지 않았다. 들불처럼 타오르는 평야를 보고자 했던 염원은 아랑곳없이 서서히 어둠이 내리고 있었다.
'앉으면 죽산竹山, 서면 백산白山'이라. 흰옷 입은 수천의 농민군들이 일어서면 백산이고, 죽창을 든 농민군들이 앉으면 죽산이 되었다고 알려진 이 산은 예로부터 만인을 살릴 수 있다는 전설의 산이었다. 원래는 섬이었고 앞 들녘은 온통 바다였다고 하며 심미산으로도 불렸다. 북쪽으로 동진강 건너편이 김제시 죽산면이고 백산은 부안군 백산면이다.
계화, 김제, 배들의 너른 평야가 한눈에 들어오는 천연의 요새 백산, 백 년 전 이곳에는 보국안민의 기치를 내건 농민군의 봉화가 솟구쳤고, 반봉건의 핏발 서린 격문이 벅찬 감동으로 농민들을 일깨웠다.

격문

우리가 의를 들어 이에 이름은 그 본의가 결코 다른 데에 있지 아니하고 창생을 도탄 속에서 건지고 국가를 반석 위에 두고자 함이다. 안으로는 탐학한 관리의 머리를 베고 밖으로는 횡포한 강적의 무리를 구축하고자 함이다. 양반과 부호 앞에서 고통을 받는 민중들과 방백과 수령 밑에서 굴욕을 받는 소리(小吏)들은 우리와 같이 원한이 깊은 자라 조금도 주저하지 말고 이 시각으로 일어서라. 만일 기회를 잃으면 후회하여도 돌이키지 못하리라.

갑오 삼월 호남창의대장소 재 백산

중의에 따라 대장에 전봉준, 총관령에 손화중, 김개남, 총참모에 김덕명과 오시영, 영솔장에 최경선, 비서에 송희옥과 정백현이 추대되고, 농민군은 본격적으로 '보국안민 척양척왜'로 무장했다. 백산 창의비 앞에 서자 격문을 소리 높여 읽던 녹두장군의 모습이 정자 아래 어른거렸다. 임실, 무주, 순천, 해남에서 한걸음에 달려오는 농민들의 함성소리가 귓전을 때렸다. 이곳에서 농민군 4대 강령을 선포했다.

一. 사람을 함부로 죽이지 말고 가축을 잡아먹지 말라.

一. 충효를 다하여 세상을 구하고 백성을 편안케 하라.

一. 왜놈을 몰아내고 나라의 정치를 바로 잡는다.

一. 군사를 몰아 서울로 쳐들어가 권귀들은 모두 없앤다.

혁명의 불길은 나라 곳곳에 끝도 없이 번져갔다. 깜짝 놀란 정부에서는 영관 이경호를 비롯한 감영군과 보부상부대 2천여 명을 급파했다. 동학농민혁명사에 분수령을 이루는 황토현 전투의 시발이었다. 백산을 떠나 황토현

흰옷 입은 농민군들이 서면 백산, 죽창을 든 농민군들이 앉으면 죽산이라는 말이 만들어진 부안 백산 창의비

으로 향했다. 황톳재라고 불리는 옛 싸움터는 정읍시 덕천면 하학리와 이평면 도계리 사이에 있다.

해발 35.5m, 계단을 올라가면 '제폭구민 보국안민'이라 새겨진 동학혁명 기념탑이 서 있다. 작은 언덕 비슷한 낮은 산에서 농민혁명에 길이 빛날 큰 싸움이 벌어진다. 그날 싸움의 정확한 위치는 아직도 확실히 모른다. 그런데 백 년이 지난 지금 정작 문제가 되는 것은 어느 곳에서 싸웠느냐보다 지명이다. 황토현은 예전에는 황톳재, 황토마루, 황토치 등 여러 이름으로 불리었다. 역사문제연구소의 이이화 선생은 황토현도 오랜 세월에 걸쳐 불려왔으니 고유명사가 되지 않았느냐고 하지만 몇몇 사람들은 이름에 대해서 단

황토현에 세워진 동학혁명 기념탑

호한 입장이다. 그러나 한번 지은 이름을 개명한다는 게 어디 쉬운 일인가. 황토현기념관 바로 근처에서 태어나고 자란 김영재 교수의 말에 따르면 근처에 있는 재만 해도 여럿이다. 외약골재, 자리고갯재, 하늘재(천치), 치재, 소리개재, 그 많은 재 중 왜 황톳재만 황토현이겠느냐고 했다. 김영재 교수가 어린 시절에 들은 바로는 농민군과 싸운 곳은 소리개재와 황톳재 중간쯤에 있는 여맹이뜰이었을 것이라고 한다. 그러나 탑은 황톳재 언덕에 새워져 있고, 비문은 다음과 같다.

제폭구민 보국안민과 척왜를 기치로 동학교문의 대혁명가 전봉준 선생의 영도 아래 일어난 갑오동학혁명은 우리 민족의 진로에 커다란 광명을 비추어 주었다. 전봉준 선생은 동학의 조직망을 통하여 농민 대중을 안아 들여 우리 역사상 처음 보는 대규모의 민중 전선을 이룩하고 위국위민의 뚜렷한 지도이념 밑에서 줄기차게 싸웠던 것이니 그의 의의와 영향은 진실로 지대한 바가 있다. 이 혁명은 농민 대중에게 정치적 의식을 깨우쳐 주었으며 고루하던 불합리한 봉건체제의 낡은 권위를 뒤흔들어 국민 생활의 근대화를 촉진시켰고 제국주의 일본의 침략에 민족전선으로서 항전하여 우리의 민족정기를 현양 시켜 뒷날 3.1운동의 선구를 이루었다. 갑오동학혁명의 거룩한 업적과 숭고한 정신을 뉘라서 추앙치 아니하며 찬양치 아니하랴. 갑오동학혁명이야말로 길이 세계 역사 위에 빛날 것이다.

1963년 10월 3일

위의 비문은 김상기 박사가 지었다. 또한 뒷면에는 '가보세 가보세 을미적 을미적 병신 되면 못가리'라는 참요讖謠가 새겨져 있다. 갑오, 을미, 병신년 절호의 기회를 놓치면 다시는 나라를 구할 수 없다는 농민군들의 절박한 심정을 단적으로 나타내는 노래다. 그 옆에는 '새야 새야 파랑새야'가 새겨져 있다.

기념탑이 서 있는 언덕 아래 소나무 숲길을 내려가면 황토현기념관이 제법 그럴듯하다. 육중한 정문을 밀치고 들어섰다. 왼편으로 정화기념비가 서 있는데, 뒤편 음기陰記에 새겨진 전두환 대통령의 이름이 짓이겨져 있다. 역사에 이름을 남긴다는 것은 그만큼 어려운 일이다. 또 하나의 문을 열고 들어서면 제민당과 기념관, 전봉준 선생이라는 어색한 사내의 동상과 사당이 있다. 동상 뒤편에 새겨진 출전하는 농민군들을 바라보면 웃음이 절로 난

김대중 대통령재직 당시 세워진 황토현 동학농민혁명 기념관

다. 엄숙해야 할 이 기념관에서 웃음이라니 무슨 망발이냐고 책할 사람도 있겠지만 제대로 바라보면 웃지 않을 수가 없다. 포동포동 살찐 사람들이 만면에 웃음을 띠고 소풍을 가는 듯한 모습이 전면에 가득 새겨져 있으니 어찌 웃지 않고 배길 것인가.

황토현 싸움의 승리를 전주성까지

4월 7일 농민군들은 화호나루에 있는 감영군을 백산 쪽에서부터 유인했다. 부안 쪽으로, 평교리로, 고부로, 도망가는 농민군을 쫓기에 지친 감영군은 그날 밤 술에 취한 채 여자들과 함께 잠들었다. 그 사이 봉홧불이 올랐다. 북소리가 둥둥 울렸다. 총이 불을 뿜었다. 영관 이경호가 죽고 영군 482명, 보부상 162명과 농민군 6명이 죽었다. 그 안개 짙은 밤 처절했던 황토현의 싸움을 오지영은『동학사東學史』에 이렇게 적고 있다.

> 선발대들은 건장한 걸음으로 기운 있게 내달아 바로 중봉을 향하여 올라서며 일성의 대포 소리를 발하였다. 이때 동진(東陣)에서도 따라 응포하였다. 선발대는 계속해 포를 쏘며 쳐들어갔다. 선발대의 뒤를 따른 부상군(負商軍)과 관병들은 가소롭다는 생각으로 승승장구로 평지를 밟듯이 쫓아 들어갔다. 선발대가 가는 대로 의심 없이 들어섰다. 동학군의 진지는 이미 비워둔 만치 관군은 동학군이 다 쫓겨 달아났다는 생각으로 함부로 덤비었다. 한참 이러할 즈음에 산 동서북 3면으로 나누어 은신하고 있던 동학군들은 일시에 에워싸며 관병의 뒤를 내처 들어섰다. 이겼다고 안심하고 있던 관병들은 졸지에 낭패를 당하여 꼼짝도 못 하고 멸망을 당하였고, 약간 도망한 군사들은 또 복병을 만나 함락 당하였다. 그 복병은 어떤 사람들이냐 하면 그들은 별 사람이 아니라 어제 백산에서 부안 길로 나누어 가던 일파인데 그 밤으로 돌아서 산 전후좌우 요긴한 곳에 몇 천 명씩 매복하였던 군사들이라. 궤산(潰散)하는 관병과 부상군은 다 죽어버리고 살아 돌아간 자는 불과 수십 명이 되지 못하였다.

농민군들은 황토현 싸움의 기세를 몰아 정읍현으로 쳐들어갔다. 그리고는 그곳에서 전주로 북상하지 않고 남쪽으로 내려가기로 결정했다. 이어 홍덕을 치고 고창을 휩쓸었다. 악질 토호들을 징치하고, 악의 대명사였던 아전 우두머리 은대정의 집을 불태웠다. 농민군은 기세를 몰아 무장으로 향했다. 남쪽으로 기수를 돌렸다가 마침내 전라도의 수도 전주성으로 입성하리라는 농민군들의 가슴속에는 호남가 한 대목이 서러운 강물처럼 흘렀을 것이다.

영광에 무혈 입성한 동학농민군

영광 불갑산 동학농민군 남진을 지켜본 영광의 진산

무르익은 봄날 떠난 동학기행

무장과 법성포로 향하는 날, 산에는 아카시아 꽃이 만발하고 푸른 이파리들이 눈부시게 반짝이는 봄날이다.

농민군들이 무장현에 진입한 것도 따듯한 봄날인 음력 4월 9일이었다. 농민군들은 무장관아를 부수고 갇혀 있던 동학교도들을 풀어주었다. 동학교도들을 심하게 탄압했던 읍리들을 잡아 처단하고 그들이 살고 있던 성내와 성외 칠거리에 불을 질렀다. 그 무렵 전주성에서 초토사 홍계훈은 자기 발을 자기 손으로 잘랐다. 김시풍을 효수하고 며칠 뒤 정석회를 처단한 것이다. 홍계훈은 자신의 기록인 '양호초토담록兩湖招討謄錄'에서 두 사람의 처형 이유를 설명했다.

무장초등학교가 있던 당시 초등학교의 정문이었던 무장읍성의 남문인 진무루

전 영장 김시풍은 성질이 완고하고 외람되어 종적이 서에 번쩍하고 스스로 비류의 우두머리라 하여 모이고 흩어지게 하는 것을 마음대로 하니 들리는 바에 의하면 낭자하여 심히 놀라지 않을 수 없다. 그런고로 본월 10일 밤에 잡아들여 조사하고 문초하였는데, 초달하는 마당에서 말하기를, 7월 보름에 불궤(不軌)의 말로 연연 대답하니 신하의 도리를 다한 것이 아니므로 곤장으로 토죄할 때, 힘을 쓰고 일어나 묶은 줄을 스스로 끊고, 군도(軍刀)를 탈취하여 용약 울부짖으며, 그 당(黨)을 크게 부르니 어떠한 사람 수십 명이 창검을 가지고 담장을 넘어 돌입하므로 군병이 막았으나 당장의 흉하고 간특함이 망극하여 이 같은 난적은 용서할 수 없었다.

감영 수교 정석희에 대한 부분도 나온다.

> 전라감영 수교 정석희는 본래 간활하고 흉휼(兇譎)한 인간으로, 고부군 민란 때 이들을 효유 퇴송하기 위해 영문(營問)의 영칙(令飭)을 가지고 세 차례 동학당이 모인 곳에 갔을 때, 난의 괴수 전명숙(전봉준)과 더불어 압거할 뜻으로 그에게 밀통하였던바 처음에는 듣지 않았다. 그러나 농민들이 다 흩어지려고 하자, 그는 이에 있어서 이들을 다 흩어지지 말게 하여 40~50명을 머물게 하고, 영읍의 동정을 살핀다는 핑계로 도리어 농민에게 붙어 난의 괴수를 달아나게 하고 농민을 즉시 해산시키지 아니하였으므로 오늘날 불측(不測)의 변으로 전성(轉成)케 하고, 또 돈 1천 2백 냥을 전명숙으로부터 받아 일부(一附)가 시끄러우니 듣기에 놀라지 않을 수 없다.

초토사 홍계훈의 기록은 얼마만큼의 진실성을 가지고 있는가. 당시의 전주 사람 정석모가 기록한 갑오약력은 그 사실을 다음과 같이 적고 있다.

> 관군(홍계훈의 경군)이 전주에 도착하여 전 영장 김시풍, 전 오위장 정석희를 목 벤 것은 대개 참소로 인한 오살(誤殺)이었다. 김. 정 양인을 상고하건대 본래 담략이 있고 또 경략이 있어 비록 늙었으나 기력이 강장하였다. 백산 싸움에 이 양인을 장(將)으로 하였더라면 낭패에까지는 이르지 않았을 것이다. 홍계훈이 전주에 도착하여 패군의 장을 목 베지 않고 군기를 숙정함에 있어 도리어 간사한 참언으로 갑자기 유용한 두 사람을 죽였으니 홍계훈의 명석하지 못함이 이와 같으니 어찌 능히 장수가 될 수 있겠는가? 홍계훈이 패한 것은 당연한 것이다. 두 사람의 죽음은 동학도로 하여금 안심하고 전

주로 들어오게 하였다.

동학농민군이 전주성에 입성한 후 홍계훈에게 글을 보냈다.

너는 여기에 와 무엇을 하려 하느냐? 임금의 사랑을 믿고 오로지 무력으로 위협하고 군대를 가지고 평민을 살략하니, 어찌 장병의 도리인가? 우리의 이간술에 넘어가 김시풍을 원통하게 죽였으니 너는 어찌 장략(將掠)을 아는 자인가? 너는 지금 두 길이 있으니 달아나면 살고 달아나지 않으면 죽을 것이니 양단을 가려서 처신하라.

위에 열거한 사실을 보면 홍계훈은 그의 무능함으로 실책을 범하였고, 어떤 의미에서는 동학농민군의 계략에 넘어간 것이었다. 밤마다 전주성 안에는 흉흉한 소문이 나돌았다. 완산칠봉에 도깨비불이 수없이 날아다니고, 선화당 지붕에 머리를 산발한 귀신이 칼바람 소리를 내며 날아다닌다는 소문이 꼬리를 물었다. 농민군들은 경계를 엄중히 하고 관속들을 색출했다. 홍계훈이 전주성에 입성한 뒤에 밀파한 정탐꾼의 습격에 대비하여 본진을 방어와 공격에 유리한 성문 밖 여시뫼로 옮겼다. 여시뫼는 어디서나 볼 수 있는 야트막한 야산이다. 소나무만 빽빽이 들어선 여시뫼에서 농민군들은 사흘간을 머물렀다.

여시뫼를 올라가며 범행현장에서 지문을 채취하는 형사처럼 여기저기를 샅샅이 살펴보았다. 아무것도 찾아낼 수 없었다. 지워져 버린 역사를 원형대로 복원해낸다는 것이 가능한 일인가, 고개를 갸웃거리며 산길을 내려갔다.

갑오년 4월 12일 점심때쯤 동학농민군들은 무장에서 영광으로 진격해 들어갔다. 영광군수 민영수는 법성포로 피신해 도망갈 준비를 하고 있었다. 영광이 점령되었다는 소식을 듣자마자 양곡을 싣고 칠산 바다로 달아나버렸다. 소식을 접한 전라감사 김문현은, "동학농민군이 성내에 집결하였고 군기 화약 등을 모조리 빼앗겼습니다. 성문은 굳게 닫혀 출입할 수가 없고 백성들이 뿔뿔이 흩어졌는데 적군을 쳐서 무찌를 길이 없으니 황송하고 답답하기가 이를 데 없습니다"라는 전보를 서울로 쳤다. 전운사 조필영도 잠적해 버렸다. 김문현은 군량을 모아 기다리라고 각 고을에 공문을 돌렸다.

동학농민군이 무혈입성했던 영광

영광읍내에 도착하여 먼저 영광군청에 들렀다. 일요일이라 문화공보실도 영광문화원도 굳게 닫혀 있었다. 계단을 내려와서 지은 지 얼마 안 된 현대식 군청 건물을 바라보았다. 농민군이 무혈입성했던 시절의 자취나 2차 봉기 후 일본군에게 죽어간 수천여 명 농민군의 그림자는 찾아볼 수가 없었다. 짧다면 짧고 길다면 긴 백여 년의 무심한 세월을 회상하고 읍내 우산공원으로 무거운 발길을 옮겼다. 영광읍 우산공원에 있는 충혼탑에는 처절하고 참혹했던 전쟁의 상흔이 깊고 아프게 새겨져 있다.

1950년 10월 27일 오전, 미국이 진주했다는 소식을 들은 영광군민들이 대한민국 만세를 부르며 거리로 나왔다. 그것이 피바람을 몰고 온 서막일 줄 그 누가 예측했을까. 9월 28일 인천상륙작전 성공으로 미군이 진주한다는 소문을 듣고 지역 빨치산들은 영광읍내에 몇 사람만 남기고 불갑산, 구수산, 굴두산으로 숨어들었다.

영광군의 빨치산은 박막동이라는 스무 살쯤의 젊은 사람이 이끌었다. 미군이 잠시 머물렀다가 아무런 대책도 세우지 않고 다른 지역을 가버리자 빨치산들은 만세를 불렀거나 태극기를 흔들었던 사람들을 닥치는 대로 죽였다. 국군이 진주한 10월 30일까지 사흘간에 걸친 학살로 거리마다 시체가 발길에 차였고 우물마다 시체가 넘쳐났다. 떼죽음 당한 사람의 수효가 영광군민 삼십만 명 중 삼만사천 명쯤 되었다고 한다.

그 시절 국회의원이었던 황규장 씨 일가는 142명이 대창에 찔리거나 밧줄에 묶여 목에 돌을 매단 채 죽어갔다. 국군과 경찰이 영광에 진주한 후 불갑산을 비롯한 여러 산속에 숨어 있던 빨치산 600여 명이 잡혀 죽었다. 그 후에야 억울하게 죽은 넋을 위로하는 충혼탑이 우산공원에 세워졌다.

"아들을 낳아 원님으로 보내려면 남쪽의 옥당골이나 북쪽의 안악골로 보내라"는 옛말의 옥당골은 영광이다. 조선시대 당상관의 자제가 벼슬에 오르면 제일 먼저 오고 싶어 하던 곳이었다. 살기 좋고 여유 있던 고을 영광이 백여 년 세월 속에 큰 홍역을 두 번이나 치렀다.

법성포 점령해 세곡 수송 두절

영광으로 진격한 지 사흘째 되던 날 농민군들은 법성포로 향했다. 군량을 확보하기 위해서였다. 전라도의 세곡을 나르는 배의 출입이 잦았는데 농민군이 진주한 후 법성포에 있는 전운선을 몰아내서 세곡의 수송이 두절될 지경이었다. 이러지도 못하고 저러지도 못하고 전주성에서 머뭇거리던 초토사 홍계훈은 다음과 같은 전문을 서울로 보냈다.

> 동학도 1만여 명이 영광군에 둔취하여 5리마다 복병을 두고 30리에 2천 명씩 2세가 호대하여 날로 더하여 몇천 명인지를 알 수 없다. 사방에서 따라 모여들며 각 청에 오가는 서자연락이 번개와도 같이 빠르다.

서울에서 그 사실을 확인하도록 포도청 장교에게 지시했다. 비슷한 보고가 날아들었다.

> 영광에 둔취한 동학도들은 매일 진법을 조련하고 밤에는 경문을 송독하는데 5~6,000명가량이고, 영광, 무장 등지에 가장 많다. 영광 일대를 휩쓴 농민군의 기세는 대단했다.

동학군이 영광을 점령하고 있을 때 관군을 군산에 상륙시킨 전운선 한양호가 세곡을 실으려고 법성포에 들어왔다. 그때 오륙십 명의 농민군들이 나타났다. 화승총과 창검, 죽창을 들고 한양호에 뛰어올라 일본인 항해사를 포함한 다섯 명을 새끼줄로 묶었다. 농민군들은 이들을 해안에서 멀리 떨어진 곳으로 끌고 가서 두들겨 때려눕혔다.

그 무렵 법성포에는 일본 상인이나 선박의 출입이 잦았다. 일본에서 가져온 각종 잡화와 석유 같은 것을 비싸게 팔고 쌀을 싸게 사서 쌀이 부족한 일본으로 실어 날랐기 때문이다. 객주나 여각은 그들이 팔고 사는 물건을 알선해주며 폭리를 취하기에 바빴다. 그것을 괘씸히 여긴 농민군들은 그들을 습격했고 그들은 일본 상인과 같이 도망을 갔다. 정부는 정부대로 객주와 여각에 엄청난 세금을 부과하여 거두어 들였으니 총체적인 부패와 부정을 무슨 말로 표현하랴. 법성포 이항에 나붙었던 농민군들의 폐정개혁 요구사항에 전운영의 폐지라든지 타국잡상의 미곡매출, 각종물건의 도매취리 등의 폐지 요구가 들어 있었던 것은 그 때문이었다. 그때 띄웠던 두 번의 통문 내용은 다음과 같다.

> 민폐의 근본은 이 포에 있으며, 이 포의 근본은 탐관으로 말미암음이요, 그것은 또 집권자의 탐람이 근본이다. 이와 민은 다름이 없어 이 역시 민임에 틀림없으니 공문부상의 이 포는 모두 보고하라.

곧이어 두 번째 통문을 법성포 이향에 내붙였다.

> 우리들의 오늘날의 의거는 위로는 종사를 보호하고, 아래로는 백성들을 편안하게 하고자, 죽음으로써 맹세한 것이니 놀라지 말고 차례로 우두머리들은 와 고칠지어다. 전운영이 이민에게 끼치는 폐단과 균전관(均田官)의 거폐생폐(去弊生弊)와 각 시정의 분전수세(分錢收稅)와 각 포구의 선주 늑탈과 타국 밀무역상들의 무역과 소금의 시장세와 각종 물건의 도매상의 폭리와 백지징세(白地徵稅)와 송전기진(松田起陳)과 고리대의 발본 등 많은 폐단은 이루 다 기록할 수 없으나 사농공상의 4업에 종사하는 백성들은 동심협력하여 위로는 국가를 돕고 아래로는 빈사의 민생을 편안케 하면 어찌 다행이 아니겠는가?

법성포에 들어갔을 때는 대낮이었고 배들은 뻘밭에 헐벗은 몸을 아무렇게나 드러내고 있었다. 수없이 많은 갈매기 떼들이 정박한 배에서 배로, 다시 뻘밭으로 날아올랐다. 이곳은 그 옛날 진나라의 마라난타가 백제 땅에 처

그 번성했던 영광군 법성포 항구

음 발을 들여놓은 포구다. 고려 때 이자겸은 스스로 왕이 되려고 난을 일으켰다가 부하 척준경의 배반으로 실패하고 법성포에 귀양을 왔다. 이자겸이 칠산 바다에서 삼태기로 건질 만큼 잡혔던 영광굴비에 석어라는 이름을 붙여 사위였던 인종에게 진상했다고 한다.

법성포는 조선시대 영산포와 더불어 호남지방의 세곡을 갈무리했던 조창의 기능을 맡았었다. 그 무렵 조창의 중심역할을 했던 영산포가 뱃길이 멀고 험하여서 배가 자주 뒤집히자 중종 때 영산포 조창을 없애고 법성포로 옮겼다. 그로부터 법성포에는 전라도 일대 모든 고을의 토지세인 전세가 들어왔다. 동헌을 비롯한 관아 건물이 15채가 들어섰고, 배가 20~50채까지,

전선이 22채, 수군이 1,700여 명이 머물렀다.
동학농민혁명이 일어나기 전까지 전라도 제일의 포구가 법성포였다. 고깃배 선단이 포구에 들어오면 법성포 외양에 있던 목넹기에 파시가 섰다. 충청도 전라도 일대의 어물상들이 떼 지어 몰려와 북새통을 이루었다. 가을세곡을 받을 때는 큰 도회지를 연상케 했다는데 지금은 옛이야기의 한 토막이 되었다.

도온 시일러 가세에에

돈 실러으어 가으세에에

여영광에 버법성포에라 돈 시일러가

온 나라에 이름이 나도록 떼 지어 왔던 영광굴비가 수심이 얕아진 후로 가물에 콩 나듯 드문드문 나왔다. 다른 운송수단의 발달로 포구의 기능도 쇠퇴하고 말았다. 파시 때마다 흥청거리던 법성포의 영광은 언제 다시 올 것인지 기약이 없다.
홍농면에 자리한 원자력 발전소의 그늘에 가려 빛을 잃어가는 법성포에서 어느 바다에서 잡혔는지도 모르는 영광굴비를 바라보며 옛 시절에 만선의 깃발을 펄럭이며 들어오던 어부들의 활짝 핀 웃음을 환영처럼 본다. 바다 저 멀리 동학농민군들이 진을 쳤다고 전해오는 구수산 쪽을 아쉬운 눈길로 응시하다가 더는 시간을 지체할 수 없어 불갑산으로 향했다.

불갑산 돌아 함평으로 간 동학농민군

불갑사로 가는 길은 언제나 적막하다. 몇 번째 왔지만 울창한 나무숲만 오고 가는 길손을 반길 뿐이다. 불갑사는 불교개혁의 현장마다 꼭 있었던 지선스님이 스물여섯 살 때 주지를 지낸 절이다. 우리나라에 최초로 불교를 전파한 진나라의 마라난타가 침류왕 1년(384)에 창건했다. 도갑사, 봉갑사, 불갑사, 3갑사를 창건한 그는 셋 중 이 사찰이 으뜸이라 하여 불갑사라 이름 붙였다는 설이 있다. 대웅전 용마루에 반듯하게 탑을 얹어놓은 마라난타의 사찰 건축양식이 중창 때에도 그대로 이어져 왔다.

불갑사 고적기와 조선 중기 성리학자 수은 강항이 지은 불갑사 중수기를 보면 충렬왕 3년에 도승 진각국사가 중창하였다. 그때 규모는 500칸, 승방이 70여 개소, 낭료 400여 주, 누고가 90여 척이었고, 수백여 명의 스님이 앉을 수 있는 승방이 있었다. 정유재란 때 전부 소실되고 전일암만 남아 있던 것을 몇 번에 걸쳐 중수하였고, 영조 40년과 1909년 부분 보수를 하여 오늘에 이르렀다.

불갑사는 대웅전, 팔상전, 칠성각, 명부전, 요사채를 비롯한 절간 건물이 15채가 있어 그 규모가 작지 않다. 보물 830호로 지정되어 있는 대웅전은 정면 3간, 측면, 팔각지붕에 다포계 건물의 매우 화려한 양식을 보여주고 있다. 대웅전에서 가장 두드러진 것은 문살 모양이다. 솟을빗살문으로 중앙 어간에 연꽃무늬와 국화무늬를 수려하게 조각하여 내소사 대웅전의 문살을 연상시킨다. 말로 다 설명할 수 없는 아름다움으로 보는 사람의 마음을 사로잡는다. 대웅전 후면 벽화의 숙작(졸고 있는 까치)과 소요사에서 옮겨왔다는 사천왕상, 열한 살 먹은 소녀가 썼다는 인상적인 현판 글씨를 뒤로하고

영광 불갑사. 백제 시대에 마라난타가 창건한 절로, 상사화가 아름다운 절이다.

산길을 올라갔다.
불갑산은 영광군 불갑면 모악리 동쪽에 위치해 있다. 영광에서 제일 높은 산이라 하여 모악산으로 불렸는데 산의 중턱에 불갑사가 세워지면서 불갑산이라고 부르기 시작했다. 영광의 진산으로 호남정맥이 입암산에서 서남 지맥을 뻗어 방장산, 문수산을 일으켜 세우고 달리다가 우뚝 솟은 산이다. 영광읍에서 약 10㎞ 지점에 있다. 멀리서 보면 늙은 쥐가 밭을 향해 내려오는 형세를 닮았다고 한다. 불갑산에는 인도 공주의 이루지 못한 사랑의 전설을 안고 있는 참식나무가 자라고 있다. 천연기념물 112호로 늘 푸른 참식나무는 울릉도와 따뜻한 남쪽지방에서만 자란다.
산길을 따라 도토리, 참나무, 싸리나무 잡목 사이를 헤쳐 산속으로 한참 들어갔다. 동백나무가 우거진 이곳이 유명한 불갑산 동백나무숲이다. 선운사나 오동도의 동백과 비교할 순 없지만 이른 봄 희끗희끗한 잔설 사이로 내민 붉은 동백꽃은 지나가는 사람의 발길을 멈추게 한다. 칡넝쿨과 참대나무 우거진 길을 헤치고 1.5㎞ 올라가니 수줍은 새악시처럼 해불암이 나타났다. 불갑산에 있는 여러 암자 중 유일하게 서해 낙조를 바라볼 수 있는 해불암에서 석간수로 목을 축였다. 가파른 산등성이로 땀을 훔치며 오르니 불갑산 정상인 연실봉이다. 연밥을 닮았다는 연실봉에서 바다를 바라보았다. 동해 일출을 보고 싶거든 경주 토함산에 오르고, 서해낙조를 보려거든 불갑산 연실봉에 오르라던 얘기가 헛말이 아니었다.
함평평야와 나주평야가 그림처럼 펼쳐져 있고 동북쪽으로 백암산, 추월산, 태청산의 봉우리들이 병풍처럼 감싸고 있다. 구름 속으로 민족의 성산 지리산이 아스라하게 보이는 듯하고, 남쪽으로 영암 월출산이 보였다. 곽재구의 아름다운 시편에 나오는 송이도, 각이도, 낙월도 등 무수한 섬들을 칠산 바다가 자식처럼 끌어안고 있다. 영광읍 쪽으로 백수 대절산이 외롭고 그 아래 촛대봉과 나팔봉이 초록 옷을 갈아입은 채 시새움 하듯 자리 잡고 있다. 울창한 나무숲 사이로 언뜻 보이는 불갑사에서 풍경소리와 목탁소리가 들렸다. 그 소리가 산으로 가면 살 수 있다고 숨어들었던 동학농민군이나 빨치산들에게 무슨 의미가 있었을까. 변산도, 회문산도, 지리산도 못 되는 이 작은 불갑산에서 어떤 형태로 버티다가 소멸해갔는지 짐작조차 할 수 없다. "산은 산이고 물은 물이다"라는 성철스님의 법어처럼 그들은 그들의 의지대로 이 산에 왔고 역사와 한 몸이 되어 사라져갔다. 역사 속으로 사라진 사람들에게 축복과 영광 있기를 바라며 숲길을 걸어 나왔다.

영광에서 나흘 동안 머문 동학농민군들은 불갑산 자락을 돌아 함평으로 장성으로 향했다. 함평을 조선 세종 때의 학자 정인지는 "바다를 뒤에 두고, 토지가 넉넉하고, 산세가 잇달았고, 넓은 들이 뻗어 있다"고 말했고 함평은 선운사 마애석불로 인연이 깊은 전라감사 이서구의 '호남가'로도 유명하다. 사월 열여드레 농민군들은 "함평 천지 늙은 몸이 광주 고향을 보랴 하고 제주 어선 빌려 타고 해남으로 건너갈 제 흥양의 돋는 해는 보성에 비쳐 있고 고산의 아침 안개 영암을 둘러 있다"라며 호남가를 부르며 풍물소리도 드높게 위세를 뽐내면서 함평거리로 들어섰으리라. 그때의 광경을 황현은 『오하기문梧下紀聞』에 이렇게 쓰고 있다.

> 평민 한 명이 열너덧 살쯤 된 아이를 어깨에 올려놓고 군대 앞에 섰는데 아이는 조그마한 남색 기를 손에 쥐고서 마치 지휘하듯 한다. 모든 적(농민군)이 그 뒤를 따랐다. 호적을 부는 자가 앞에 서고 다음은 인(仁), 의(義)자 깃발

한 쌍이 따르고 그 뒤에 예(禮), 지(智)자 깃발 한 쌍이 따랐다. 다음은 백기 둘이 있는데 각각 전서체로 보제(普濟), 안민창덕(安民昌德)이라 적었다. 다음은 황색기에 해서체로 보제중생(普濟衆生)이라 썼고 다음의 기들은 각각 읍명을 표시했다. 그 다음에는 갑옷에 말을 타고 칼춤을 추는 자가 따르고 그 뒤를 칼을 쥐고 걷는 자들이 너덧 쌍, 큰 나팔을 불고 붉은 단령을 입은 자가 둘, 호적을 부는 둘이 따랐다. 뒤에는 절풍모를 쓴 한 사람이 우산을 들고 나귀를 타고 가는데 이 사람 주위에 좁은 소매에 같은 모습의 여섯 명이 말을 타고 따랐다. 그 다음에는 만여 명의 총수들이 행진하는데 모두 5색 두건을 했다. 총수 뒤에는 죽창을 가진 자들이 따랐는데 그 걸음걸이가 꺾어졌다 돌았다 하면서 때로는 갈 지(之)자를 만들고 때로는 입 구(口)자를 만들며 지세를 배열하였다. 이들은 모두 맨 앞에 선 아이의 남색기가 가리키는 대로 하였다.

오지영도 『동학사東學史』에서 "전설에 의하면 전대장의 부하 속에 7세와 14세의 신동이 있어 전 대장을 많이 도왔다"고 썼다. 보이지 않는 신성한 존재가 농민군을 돕는 것처럼 보이게 하려는 동학 지도부의 고도의 전술이 아니었나 싶다.

사월 열여드레 홍계훈이 전주성을 출발하고 전라감사 김문현이 파직됐다. 후임으로는 농민들 편에 올곧게 섰던 척사파 지식인 김학진이 제수되었다. 때는 농번기철이었다. 동학농민군에 가담하지 않은 민중들은 논을 갈고 써레질을 하고 모를 심으며 지나가는 농민군들에게 뜨거운 박수를 보냈으리라. 못 먹어 누렇게 뜬 얼굴들이 한때나마 환하게 피어났으리라.

지금 농촌은 평균 연령이 예순 살이 넘고 젊은 사람이 떠나버려 아이 울음

소리가 끊어진 지 오래란다. 봄 들녘에는 모 심는 노래가 들리지 않았다. 벌판마다 이앙기만 어슬렁거렸다. 들녘에는 보리가 익어갔지만 아무도 보리서리의 추억을 되살리지 않았다. "거기 누구여? 우리 보리 다 망치는 사람들이" 하고 웃으며 지나가던 아지매도, "저 놈덜 모이기만 허면 재리만 헌단 말여" 잔소리 하던 아저씨도, 입이 시커멓게 된지도 모르고 웃어대던 얼굴도 보이지 않았다. 보리가 누렇게 익어가도 종달새는 날아오르지 않았다.

나주의 선비문화가 혁명의 걸림돌 되다

나주 금성산 녹두장군과 나주목사의 담판을 지켜본 나주의 진산

나주, 동학농민군 집강소 설치를 반대하다

나주 금성산을 향해 떠났다. 시절은 밤꽃이 온 나라 산기슭에 지천으로 피어나는 유월 열사흘이었다. 어쩌다 눈에 띄는 논배미를 제외하고 모심기를 끝낸 호남평야는 푸르름을 자랑하고 있었다. 햇볕은 내리쪼였으나 이상기후 현상으로 하늘은 맑지 않았다. 가까운 산마저 흐릿하게 보였다.

장성 갈재를 넘었다. 잠들었던 역사 속으로 다시 들어가고 있다. 광주 시가지를 지나 금천에 접어들면서 눈에 보이는 과수원의 나무들은 온통 배나무였다. 조선 초기의 학자였던 서거정이 『동국여지승람東國輿地勝覽』에서 "전라도에서 가장 커서 땅이 넓고 만물이 번성한다. 또한 벼가 많이 나고 바닷가라서 물산이 풍부하며 전라도의 조세가 모이는 곳이라 상인들이 이곳저곳에서 몰려든다"고 말한 것처럼 나주는 끝없이 펼쳐진 평야였다.

나주 샛골나이와 나주소반, 나주배로 유명한 천년목사의 고을 나주. 전라도가 전주와 나주를 합친 말에서 비롯되었듯이 전주 다음으로 큰 고을이었다. 나주는 태조 왕건과 인연이 깊은 고을이다. 궁예의 부하였던 왕건은 수군을 이끌고 서해안을 돌아 당시 금성군이었던 나주에 들어온다. 그 무렵 후백제의 중심지는 전주였고 왕건은 나주지방의 토호였던 오다련의 딸을 아내로 맞는다. 일종의 정략결혼으로 그는 전국 토호의 딸 스물여덟 명과 혼인을 맺었다. 낙안읍성으로 유명한 낙안이 본관인 오다련의 딸이 장화왕후가 되고 그에게서 난 아들이 왕건의 뒤를 이은 혜종이다.

후백제의 견훤은 대수롭지 않게 여겼던 왕건에게 힘들여 세운 나라를 내주고 만다. 고려 말 문신이었으나 훗날 이성계를 도와 조선을 건국한 혁명가 정도전이 쓴 『유부로서諭父老書』에서 나주 사람들을 이렇게 칭찬한다.

> 우리 태조가 삼한을 평정할 적에 온 나라가 차례차례 평정되었으나 오직 후백제만이 그 지역이 험하고 멀어 믿고 복종하지 않았는데, 나주 사람은 반역과 순종을 밝히 알아 솔선해서 귀순했다. 태조가 후백제를 취하는 데에 나주 사람의 힘이 컸다 하겠다.

전라남도의 관찰부가 광주로 옮겨가기 전까지 구백여 년에 걸쳐 나주는 왕건과의 인연으로 전라남도 일원을 호령했다. 담양 추월산에서 시작된 영산강가의 영산포와 합하여 1981년에 신라 때에 불렸던 금성이라는 이름의 시로 승격되었다가 지금은 도로 나주시가 되었다. 나주에는 동학농민혁명 당시 농민군의 발길이 세 번 닿았다. 황토현 싸움에서 크게 이긴 농민군들이 고창, 영광, 함평을 거쳐 장성과 나주로 나뉘어 진출한 것이 첫 번째다. 동학 지도부에서 나주의 관속에게 통문을 보냈는데 내용은 다음과 같았다.

우리들이 오늘 일어선 뜻은 위로는 나라의 은혜에 보답하고 아래로는 도탄에 빠진 백성을 구하기 위한 것이다. 우리가 지나가는 고을의 부패한 탐관오리는 징벌하고, 청렴한 관리는 포상하여 관리들의 작폐와 백성의 고통을 바로잡고 개혁할 것이며, 세금으로 거둔 쌀을 서울로 운반하는데 따른 폐단은 영영 혁파할 것이다. (중략) 하는 짓거리를 따져보면 의당 맞서야 되겠지만 죄 없는 관리와 백성들을 함께 죽이는 것은 안타까운 일이며, 옛 비결에 '광주와 나주 사이에 피가 내를 이루며 흐른다' 하였고 도선(道詵)은 '광주와 나주 지방에 인적이 영원히 끊어진다'고 하였으니, 두렵고 무서운 일이다. 이러한 뜻을 직접 너희 관사(官司)에게 보고하여 각 고을에서 모집한 군대는 농사일에 돌아갈 수 있도록 돌려보내고, 감옥에 갇힌 동학도들을 바로 석방하여 풀어준다면, 우리들은 너희들의 관할지역에 들어가지 않을 것이다. 우리는 모두 한 임금의 백성들인데, 어찌 서로 공격할 생각을 갖겠는가, 이러한 뜻을 수용할 것인지 아닌지를 속히 회답하기 바란다.

목사 민종렬은 통문을 받은 뒤 사람들 보내어 "명분 없는 거사는 법에서 참륙하도록 정해져 있고, 이치에 맞지 않는 말은 듣고 싶지 않다"라고 통보하였다.

그에 맞서 농민군은 다시 초토사 홍계훈에게 글을 보냈다.

오늘날의 지방관들은 나라의 법을 도외시할 뿐 아니라, 백성조차 염두에 두지 않아 탐욕과 포악함을 가늠할 수가 없습니다. 군전은 아무 때나 마구 부과하고, 환곡은 원본을 회수하고도 이자를 독촉하며 세미는 명목도 없이 징수하고 있습니다. 민가에 부과하는 각종 잡역은 나날이 늘어가고, 인척에게 재물을 빼앗는 것도 마다하지 않습니다. 전령관은 실제보다 더 거두어들이면서도 독촉이 심하고, 균전관은 토지 면적을 속여서 세금을 징수합니다. 더구나 각 관청의 구실아치들은 백성들로부터 강제로 빼앗고 가혹하게 굴어 참고 견디어낼 수가 없습니다. 백성들 가운데 삶의 터전을 잃어버린 이가 열에 여덟아홉으로 먹을 것도 입을 것도 없이 여기 저기 길바닥에 흩어져서 노인을 부축하고 아이들을 이끌고 도랑이나 구덩이에 뒹굴고 있습니다. 살아갈 길은 만에 하나도 없으니, 불쌍한 백성들은 죽기도 쉽지 않아, 서로 모인 것이 여러 번이었습니다. 이러한 사정을 고을 원님에게 호소하고자 하면 세상을 어지럽히는 무리로 간주되고, 감영에 호소하고자 하면 도적무리로 지목하여 막중한 친군을 어려움 없이 출정시키고 여러 고을에서 군대를 모집하여 창칼로 살해하거나 참형하는데 조금도 거리낌이 없습니다.

오늘 저희들의 행동은 이처럼 어쩔 수 없는 사정에서 비롯된 것으로 손에 병기를 거머쥐고 오직 살아날 방법을 강구하자는 것입니다. 백성들이 마음을 합치고 온 나라가 상의하여 위로는 국태공을 모시어 부자의 도리와 군신의 윤리를 온전하게 하고, 아래로는 백성들을 안정시켜 종묘사직을 온전히 보전하기를 간절히 바라고 있습니다. 죽음으로써 이 같은 뜻이 변치 않을 것임을 맹서하오니 원하옵건대 굽어 살펴주십시오.

그 당시까지만 해도 나주에서 농민군과 관군의 뚜렷한 접전은 없었다. 전주성을 점령한 농민군이 전주화약을 맺고 전라도 53군현에 집강소를 설치하고부터 나주는 농민군과의 혈전을 예고하고 있었다. 나주와 남원, 운봉 세 곳만이 집강소 설치를 끝까지 반대하였다. 남원성은 곧바로 김개남 부대가, 운봉은 김봉득이 내려가 점령하였다. 오직 한 곳 나주만이 남았다. 그러나 나주까지 집강소가 설치되었다고 믿었던 오지영은『동학사東學史』에 집강소 확대 과정을 기록하였다.

> 이로부터 전라도 53주는 한 고을도 빠짐없이 모두 다 집강소가 설립되어 민간의 서정을 집행하게 되었다. 하지만 열두 가지 폐정개혁안을 실행하는 데는 어려움이 많았다. 한편으로는 관리의 문부(文簿)를 검열하며, 한편으로는 인민의 소장(訴狀)을 처리하며, 한편으로는 전도를 힘쓰며, 한편으로는 관민간에 남은 군기와 마필을 거두어들이고 집강소의 호위군을 세우고 만일에 경계하였다. 전라도는 청소년까지도 거의 모두 도(道)에 들어 접을 조직하게 되었다. 이러한 기세를 따라 부랑자들이 한데 섞여 들어오기도 했으며, 온갖 부도불법한 일이 많이 생겼다. 세상 사람의 동학군 비평은 자못 분분하였다. 동학군들은 귀천 빈부의 차별이 없다느니, 적서노주의 구별이 없다느니, 내외존비의 차별이 없다느니, 동학군은 국가의 역적이요, 유도의 난적이요, 부자의 강적이요, 양반의 구적(仇賊)이요, 동학군에게는 정부도 없다고 했다. 전라도 동학군의 기세는 날로 성하여 동으로 경상도가 흔들리고, 북으로 충청도, 강원도, 경기도, 황해도, 평안도까지 뻗어나가는 것을 보고 조선에 장차 큰 변란이 일어나리라고 수군거렸다.

나주에는 '잘났다 오중문, 글자한다 오중문, 쌈잘한다 오중문'이라고 나주

순창군 쌍치면 피노리에서 체포되어 서울로 압송되어 가는 전봉준

사람들에게 널리 알려졌던 오권선이 접주로 활약하고 있었다. 그럼에도 나주목사 민종렬이 거느린 나주성이 끄떡하지 않자 태인접주 최경선이 3천여 명을 거느리고 이곳에 진출한 것이 두 번째다.

최경선은 오권선과 합작으로 나주성을 공격했으나 실패하고 말았다. 그 소식을 듣고 전봉준은 8월 10일, 무기도 지니지 않고 나주성으로 와서 동문으로 들어갔다. 전봉준은 관아에 들어가 나주목사 민종렬을 설득하였다. 전라감사 김학진과 합의 하에 전라도 전 지역에 집강소를 설치하고, 폐정개혁을 단행하고 있으니 나주 목사도 협조하여 달라고 하였으나 민종렬은 끝까지 거부하였다. 협상이 결렬되자 민보군은 전봉준이 성 밖으로 벗어나기만 하면 포를 쏘아 죽이려 하였다. 전봉준은 같이 온 부하 십여 명과 자기의 옷을 벗어주며 "이것은 나를 따라 다니는 사람들의 옷인데, 몇 개월째 더위와 장마 속에 먼 길을 다니느라 땀과 때가 너무 끼었다. 바라건대 당신들이 사람을 시켜서 빨아놓고 기다려 달라. 우리가 영암을 다녀오는데 사나흘 걸릴 것이니, 그때 다시 만나면 옷을 갈아입게 해 달라"라고 말한다. 그 말에 민보군은 전봉준이 다시 올 적에 죽여도 늦지 않겠다고 성문을 열어주었다. 그러나 전봉준 일행은 다시 오지 않았다. 전봉준은 농민혁명이 끝난 후에야 피노리에서 잡혀 나주를 거쳐 서울로 압송되어 갔으니 이 무슨 운명의 장난인가.

세 번째는 9월 2차 봉기 후, 전봉준이 거느린 농민군은 삼례, 논산, 공주로 올라가고 김개남 부대는 남원, 청주로 갔을 때였다. 손화중과 최경선 부대는 일본군의 나주 해안 상륙에 대비하여 이곳에 머물렀다. 동학농민군의 우금치 전투가 패배로 막을 내린 11월 말 광주로 후퇴하여 해산하고 말았다.

나주에는 1894년 당시 험난했던 역사를 지켜보았을 유물 몇 점이 고스란히 남아 있다. 나주목을 찾아왔던 손님이 머물다 간 금성관이 웅장한 자태를 뽐내며 유월의 햇살 아래 서 있었다. 군청 한편에 동학비도들을 끝까지 싸워 물리쳤다는 나주 동학평적비가 나주목사들의 공덕비 속에 끼어 있었다. 정수루 앞에 섰다. 갑오년 당시 관군과 농민군의 싸움터였을 것으로 추측되는 이곳은 나주 고을의 쟁쟁한 사람들이 풍류를 즐기던 곳이었다. 2층 누각으로 통하는 계단은 문이 열쇠로 잠겨 있다. 그 옆 구석진 골목에 나주목사가 기거하던 나주관아 내아가 있었다. 예전에 왔을 때처럼 문은 굳게 닫혀 있다. 뜰 안이 보이는 담벼락에 올라 나주목사의 옛집을 보았다. 잡초 무

나주 객사 금성관. 동학 토평비 등 여러 유물들이 있다.

나주읍성의 누각인 정수루

전봉준이 나주목사 민종렬과 담판을 벌인 나주목사 내아

성한 저 마당을 지나 대청마루에서 녹두장군 전봉준과 나주목사 민종렬이 비밀회담을 벌였으리라. 무기 하나 없이 적진 속에 들어가 담판을 벌인 전봉준의 담대함은 어디에서 나왔을까.

기득권 세력인 향리들이 수성에 협력하다

시내를 조금 걸어가면 전주 풍남문을 축소시켜 놓은 듯한 나주 남문이 있다. 사대문 복원작업의 일환으로 덩실하게 서 있는 남문을 바라보다가 나주초등학교로 들어갔다.

농민전쟁이 마무리될 무렵 일본군은 전라도 각 군현의 수령방백으로부터 농민군 처형 사실을 보고 받았다고 한다. 올라온 보고에는 나주에서 230여 명이 처형당했다. 고부에서 사발통문에 서명했던 송두호, 송주옥, 황홍모, 김홍철, 황채오, 손여옥도 포함되어 있었다.

아이들이 뛰어놀고 있는 운동장이나 본관건물이 들어선 곳쯤에서 시퍼런 칼날을 가슴에 품고 죽어갔으리라. 농민군을 죽이고는 목을 베어서 긴 장대에 매달았다. 도로 옆에 바위가 있었는데 그 바위를 바라본 동학군들이 한숨을 쉬어서 한숨바위라고 불렀다. 수없이 많은 사람들이 죽어간 사형터에 학교를 지어서인지 몰라도 운동회나 소풍날이면 비가 온다고 했다. 학교 어디를 봐도 갑오년의 흔적은 지워져 버리고 없었다.

장원봉 산기슭 아래 자리한 나주향교를 바라보았다. 향교 전체가 유형문화재이고 대성전이 보물 394호로 보존되는 것만 봐도 알 수 있듯이 나주지방의 선비 문화는 대단했다. 농민군이 나주성 점령에 실패한 큰 원인도 거기에 있었다.

나주읍성에는 향리들이 모여 살면서 큰 세력을 형성했다. 기득권을 차지한 그들은 유대를 강화하고 있었는데, 농민군의 나주성 침입은 기득권 세력을 위협하는 것이었다. 그런 까닭에 향리들은 나주 수성에 적극적으로 힘을 모았다. 나주가 농민군에게 점령당하지 않은 것은 향리들의 철저한 협력과 나주목사 민종렬, 도통장 정석진의 뛰어난 지략이 맞아 떨어진 결과였다.

나주읍성을 뒤로하고 금성산으로 향했다. 금성산은 나주의 서북쪽에 위치한 나주의 진산이다. 호남정맥 입암산에서 시작하여 방장산, 문수산을 거쳐 영광 태청산에서 곁가지를 타고 내려오다가 451m 높이로 우뚝 솟았다. 네

보물 제 394호인 나주향교 대성전

개의 봉우리가 있는데 남쪽은 다복봉, 서쪽은 오도봉, 동쪽은 노적봉, 북쪽의 정녕봉이 주봉이다. 나주 시내를 에워싸고 있는 정녕봉에 오르면 나주평야와 영산강이 굽이도는 모습이 한 폭의 산수화로 다가온다. 빛고을 광주의 무등산과 영암의 월출산이 엎드리면 코 닿을 정도로 지척에 있다.

날씨가 좋은 날에는 바다 건너 이어도의 한라산이 보인다는 금성산을 이중환은 서울의 삼각산과 비슷하다고 했다. 금성산을 등지고 남쪽은 영산강에 맞닿은 나주읍의 지세가 한양과 닮아서 지금도 많은 사람들이 나주를 일컬어 작은 서울이라는 뜻의 '소경小京'이라 부른다.

자료에 의하면 1011년 이전부터 이 산에 산성이 있었다. 거란이 쳐들어왔을 적에는 고려의 현종이 피난을 와서 이 산성에 머물렀다. 금성산신을 모신 다섯 곳 사당에서 봄가을, 향과 축문과 음식을 차려 제사를 지냈다고 『신증동국여지승람新增東國輿地勝覽』의 '나주목 사묘조'에 적혀 있다. 혹시 어디 있을까 자취라도 보고 싶었지만 누구 하나 산성을 보았다는 사람도 없었다. 제사를 지내는 모습을 보고 생육신의 한사람이었던 매월당 김시습은 전라도 사람들의 마음 깊이 자리 잡은 믿음과 복을 비는 풍습을 이렇게 읊었다.

> 옛 사당이 빈 산속에 있는데
> 봄바람에 초목 향기 아름답도다.
> 안개구름은 풍장한 기운을 보태고
> 우뢰와 비는 위엄을 돕는다.
> 장구와 북은 일 년이 평안하기를 기원하고
> 돼지 다리는 그 해의 풍년들기를 비는도다.
> 늙은이들은 취해서 부축을 받아 돌아가는데
> 흰 술이 젯상에 흥건하도다.

금성산사에서 농민군이 나주성을 공격해 오기 전 민종렬을 중심으로 한 수성군은 제사를 지내고 백성들의 사기를 진작시켰다. 농민군들도 금성산에 모여 있다가 나주성으로 공격해 들어갔다고 한다.

금성산 아래 율정栗亭점은 다산 정약용의 발길이 스쳐 간 곳이다. 1801년 황사영 백서사건으로 손위 형 정약전과 유배 길에 올라 약전은 흑산도로, 다산은 강진으로 갈라서면서 율정삼거리 주막에서 눈물로 헤어졌다. 그날이

두 형제의 마지막 만남이 되고 말았다. 다산 형제는 살아생전 다시 만나지 못했다. 다산은 형님의 비보를 전해 듣고 아들 학연에게 그 슬픔을 편지로 적어 보낸다.

약전(若銓) 형님을 회상하며

병자년(1816년) 6월 17일

6월 초엿새 날은 바로 어지신 둘째 형님(鄭若銓)께서 세상을 떠나신 날이다. 슬프도다! 어지신 이께서 이처럼 세상을 궁색하게 떠나시다니. 원통한 그 분의 죽음 앞에 나무나 돌멩이도 눈물을 흘릴 일인데 더 말하여 무엇 하랴! 외롭기 짝이 없는 이 세상에서 다만 손암(巽菴 : 약전의 호) 선생만이 나를 이해해주고 지기가 되어주셨는데 이제는 그분마저 가시고 말았구나. 지금부터는 학문연구에서 다소 얻어진 것이 있다 하더라도 누구에게 상의나 해보겠느냐, 사람들이 자기를 알아주는 지기가 없다면 이미 죽은 목숨인 것이다. (중략) 율정에서 헤어진 것이 이렇게 영원한 이별이 되고 말았구나. 더욱 슬픈 일은 그 같은 큰 그릇, 큰 덕망, 훌륭한 학식과 정밀한 지식을 두루 갖춘 어른을 너희들이 알아 모시지 않았고 너무 이상만 높은 분, 낡은 사상가로만 여겨 한 오라기 흠모의 뜻을 보이지 않는 것이다. 아이들이나 조카들이 이 모양인데 남이야 말해 무엇 하랴. 이것이 가장 가슴 에이는 일이다. (중략) 집안에 형님같이 큰 덕망가가 계셨으나 자식이나 조카들이 알아주질 않았으니 참으로 원망스러운 일이로다. 돌아가신 선왕(正祖)께서 신하들의 인품을 일일이 파악하시고 우리 형제가 함께 벼슬하고 있을 때 말씀하시길 '아무래도 형이 동생보다 훌륭하다'라고 하였다. 슬프도다. 임금님만은 형님의 능력을 알아주셨는데…….

정약용이 오랜 유배 생활에서 썼던 시편 「애절양哀絶陽」은 민중의 절절하고 피폐할 대로 피폐한 삶을 그대로 보여주고 있다.

갈밭마을 젊은 여인 울음도 서러워라
현문 향해 울부짖다 하늘 보고 호소하네

군인 남편 못 돌아옴은 있을 법도 한 일이나
예부터 남절양(男絶陽)은 들어 보지 못했노라
시아버지 죽어서 이미 상복 입었고
갓난아이 배냇물도 안 말랐는데
삼대의 이름이 군적에 실리다니
(중략)
부자들은 한평생 풍악이나 즐기면서
한 알 쌀, 한치 베도 바치는 일 없으니

다 같은 백성인데 이다지 불공한고
객창에서 거듭거듭 시구편(鳲鳩篇)을 읊노라.

중요한 것은 다산이 강진에서 뼈를 깎는 아픔으로 썼던 『경세유표經世遺表』와 『목민심서牧民心書』가 갑오년 동학 농민지도자들의 지침서가 되었다는 사실이다. 우리가 모르는 사이에도 역사는 어떤 형태로든 발전하고 앞을 향해서 나아가고 있음을 부정할 수 없다.

황룡강 전투 전적지에 세워진 기념탑

목포로, 해남으로, 강진으로 갈라지는 나주 삼거리를 나서서 황룡촌으로 가는 시간여행에 몸을 실었다. 장성읍으로 접어들어 황룡강을 건넜다. 날이 가문 탓에 강물이 말랐을 거라고 예상했는데 푸른 물이 여유롭게 흘러가고 있었다. 함평 가는 길을 따라 신호리에 도착했다.

마을을 지나 작은 야산을 넘었다. 신촌 마을을 지나 작은 야산을 넘으면 잘 조성된 곳이 황룡강 전투의 현장이다. 불과 십여 년 전만 해도 비탈진 산자락 아래에는 돼지축사가 두 동 있었고 철조망 울타리 안 돼지 똥냄새 자욱이 밴 곳에, 조선말기 유학자 면암 최익현이 비문을 지은 '증 좌승지 이공학승 순의비'라는 비가 글씨도 제대로 알아보지 못하게 침식당한 채 서 있었다. 대관 이학승은 패장이었으면서도 죽어서 좌승지가 되고 동학농민혁명 지도자들은 죽어서 역적이 된 채 그 원혼들은 백 년의 세월을 구천에 떠돌았으니 그 세월을 우리는 무어라 말할 수 있을 것인가. 하지만 나라를 위한 방법이 틀렸을 뿐 이학승이나 동학군들 역시 그때 그들의 선택은 옳았다고 볼 수밖에 없을 것이다.

이학승이 관군이었으면 어떻고, 또는 동학군이었으면 어떤가. 그나마 남아 있는 백 년 전의 뚜렷한 흔적, 그 살아있는 역사가 저렇게 글씨로만 남아 있고 그 옆에는 1994년에 세운 황룡강전투기념탑이 죽창모양으로 저렇게 웅장하게 서 있다.

오합지졸 동학농민군이 관군을 대패시키다

왔던 길을 되돌아 나와 신촌마을에서 강 건너 월선봉을 바라보았다. 홍계훈이 영광에 머물고 있을 때 함평현감 권풍식이 동학농민군의 권정서와 함께 농민군이 장성나루로 이동 중임을 알려왔다. 홍계훈은 종사관 이효응과 배은환에게 윤음을 주어 농민군에게 가게 했고 이학승 부대를 장성 방면으로 진출시켰다. 동학농민군은 나주목사 민종렬과 초토사 홍계훈에게 글을 띄웠다. 그들의 각성을 촉구하며 도망을 택하든지 죽음을 택하든지 결정하라는 글은 홍계훈의 마음을 불편하게 만들기에 충분했을 것이다.

경군이 영광에 가까이 왔다는 소문이 들어오자 농민군 수뇌부에서는 경군을 분산시킬 목적으로 본진 4천 명은 장성으로 나머지는 나주로 진격시켰다. 샛길로 해서 사월 스무이레 장성에 도착, 황룡강가 월선봉 아래 포진하여 점심을 먹고 있었다. 그때 홍계훈의 선봉영관 이학승이 이끄는 경군 3백여 명이 농민군을 발견했다. 순간 이학승은 홍계훈이 자기를 보내면서 말한 "싸우지 말고 동정만 지켜보라"는 지시를 잊어버렸다.

이날 홍계훈군 170명은 신촌 이십 리 뒤쪽, 장성군 삼계면 사창리에 둔진하고 있었다. 조정에서 보낸 증원군 8백 명은 법성포에 도착했다. 수많은 농민군의 위세에 놀란 이학승은 당황한 나머지 대포를 쏘며 공격했다. 금세 수십 명의 농민군들이 쓰러졌다. 농민군이 화려하게 승리한 황룡촌 장터 싸움은 이렇게 시작되었다.

농민군들은 월평삼봉으로 잠시 후퇴했다가 전열을 가다듬은 뒤 학이 날개를 펼친 듯한 형세로 경군을 에워쌌다. 장태장군이라고 불리는 장흥접주 이방언이 만들었다고도 하고, 장성접주 이춘영이 만들었다고도 하는 장태

장성과 정읍을 잇는 갈재 아래 갈애바위. 동학농민군의 북진을 지켜보았다.

수십여 개를 굴리며 돌진하여 관군을 궤멸하였다. 오합지졸의 무리라고 조소 받던 동학농민군들이 조선 최정예 부대를 무참하게 대패시킨 것이다. 경군은 신현고개로 후퇴했으나 신촌부락 뒷동산에서 이학승은 다섯 부하와 함께 목숨을 잃었다. 경군측 기록인 「양호초토담록」에는 당시 상황이 이렇게 기록되어 있다.

> 출진 병정들이 와서 당황하여 고하기를, 아군(경군)이 겨우 장성 월평에 닿은 지라. 서로 접근하여 일장사살하고 쿠르프포 한 방을 쏘았더니 그들 무리 중 맞아 죽은 자가 수백이라. 그들 무리 일만여 명이 사역표치하여 죽음

을 무릅쓰고 앞으로 돌격하여 30리 길을 쫓아왔다. 그들은 많고 우리는 적은지라 아군이 피곡해 자빠지며 창황히 진으로 돌아왔으나 그들이 쫓아오고 있을 때 대관 이학승이 앞장서 칼을 들고 싸우다가 병정 5명과 더불어 마침내 장해를 입으니 참담하고 놀랄 일이다. 크르프야포 1문, 기관총 1문 및 탄환 얼마도 잃었으니 심히 분개함이라.

그해 사월에 있었던 황토현 싸움과 황룡촌 싸움의 승리 이후 농민군의 용맹은 전설이 되어 온 나라로 퍼져갔다. 동학농민군이 쏘는 총탄은 경군에게 잘 맞고, 경군이 쏘는 총탄은 신부神符를 지닌 동학농민군들에게 맞지 않을 뿐만 아니라 맞아도 죽지 않는다는 것이다. 경군과의 싸움에서 대승을 거둔 농민군은 다시 월평사장터로 돌아갔다. 깃대를 세우고 저녁밥을 지으려다가 홍계훈의 경군이 몰려온다는 소식을 듣고 군사를 재촉하여 갈재로 향했다.

"바람도 쉬어 넘는 고개. 구름도 쉬어 넘는 고개. 산지니 수지니 해동청 보라매도 쉬어 넘는 고봉 장성령 고개. 그 넘어 님이 왔다 하면 나는 아니 한 번도 쉬어 넘으리라"라는 옛시조가 잔잔히 스며있는 장성갈재로 가는 길에 작은 산 하나가 솟아 있고, 그 산 정상부근에 사람 얼굴 형상의 바위가 있다. 그 바위가 바로 전설의 갈애바위다. 가래바위, 미인바위, 갈이바위라고도 불리는 갈애바위는 아름다운 여인의 모습이다. 안타깝게도 한쪽 눈썹이 일그러져 있는데 그 얼굴에 슬픈 전설이 있었다.

조선 초기 얼굴이 빼어나게 아름답고, 글 잘하고, 춤 잘 추는 갈애라는 기생이 살았다. 갈애는 바위 앞에 주막을 차리고 서울로 가는 나그네들을 유혹

했다. 그 소식을 전해 들은 어느 선비가 그녀를 미워하여 죽이고 말았다. 그 칼날 아래 갈애의 한쪽 눈이 일그러졌고 그때 갈애바위도 한쪽 눈이 일그러졌다고 한다. 갈애바위 아래를 농민군들은 칼노래를 부르며 주먹을 불끈 쥐고 넘었던 고개가 노령이라고 불리는 갈재다.

갈재는 전라남도 장성에서 전라북도 정읍으로 가려면 반드시 거쳐야 하는 해발 276m의 고개다. 지금은 터널이 뚫려 금세 통과하는, 고개 같지 않은 고개지만 『신증동국여지승람新增東國輿地勝覽』에 "고갯길이 하도 호젓하고 험해서 도적이 떼로 모여 대낮에도 사람을 죽이고 약탈하므로 나그네가 지나다니지 못하기 때문에 중종 15년에 보방수를 두었다"고 했던 험한 고개다. 그 고갯마루에 장성부사 홍병위의 송덕비가 있어서 그날 농민군들이 기세 좋게 올라가던 그 모습을 지켜보았을 것이다. 동학농민군들은 갈재를 넘어 정읍을 지나면 전주성에 입성할 것이라고 호언장담하면서 갈재를 넘었다.

남녀 평등시대를 예언한 강증산

완주 모악산 동학농민혁명의 처음과 마지막을 증언하는 어머니 산

태인 성황산에서 동학농민군과 연합군 최후의 혈전

농민군이 갔던 길로 장성갈재를 넘어가자 너른 들녘이 보이고 왼쪽으로는 고부 두승산이 눈 안에 가득 들어오고, 오른쪽으로는 내장산의 산 그림자가 녹색 옷을 입은 호위병처럼 줄지어 서 있었다.

농민군들은 황토현 싸움 이후 무장, 영광, 함평, 장성을 거쳐 한 달여 만에 고향 땅에 발을 디뎠다. 오색창연의 깃발을 나부끼고 창검을 번뜩이며 내달린 희망 품은 발걸음은 날개를 단 듯 가벼웠으리라. 그러나 마음 한구석에서는 두고 온 고향과 처자가 눈에 밟혔을 것이다. 베어놓은 보리가 비나 안 맞았는지, 타작은 끝냈는지, 논다랭이 모는 제대로 심었는지. 생각은 생각을 낳고, 생각으로는 수백 번 집으로 달려갔으리라.

정읍은 샘이 많아서 백제 때는 정촌으로 불리다가 신라 경덕왕 22년부터 정

읍이 되었다. 내장산의 단풍이 유명하지만 그보다 더 절절히 아름다운 것은 길을 떠난 남편을 걱정하며 백제의 아내가 "하 노피곰 도샤/ 어긔야 머리곰 비취오시라/ 어긔야 어강됴리 아으 다롱디리……"라며 불렀던 〈정읍사〉다.

물 많고 땅이 기름지고 산세가 아름다운 정읍이 왜 수탈의 땅, 기다림의 땅이 되었을까? 왜 이 땅의 사람들이 고난의 시대를 살 수밖에 없었을까? 생각이 정리되기도 전에 태인을 지나고 있었다.

갑오년 당시 독립된 현이었던 태인은, 백제 때는 태호산군, 신라 때는 태산, 고려 때는 고부군에 속해 있었다. 조선조 태종 9년에 태인현이 되었고 1897년에는 군이 되었으나, 1914년 정읍군에 속한 일개 면이 되어버렸다. 태인의 뒷산 성황산은 농민군과 연합군이 최후의 혈전을 벌인 장소다.

태인에는 보물 289호로 지정된 호남 제일의 정자라 불리는 피향정披香亭이 있다. 태인삼거리에서 칠보로 가는 길옆에 세워진 피향정은 신라의 최치원이 태인군수를 지낼 적에 세워진 것이다. 피향정 안에 동학농민전쟁의 장본인 조병갑의 아버지 조규순의 영세불망비가 있다. 조병갑은 고부군수로 부임하자마자 태인현감을 지낸 아버지 비석부터 세웠다.

예나 지금이나 사람들은 어디고 이름 석 자 남기는 것을 좋아한다. 하물며 고부군수 조병갑이야 어떠했겠는가. 역사는 그의 편이 아닌 것만은 분명하다. 헐벗고 굶주린 농민들의 고혈을 짜내어 세웠던 영세불망비는 백 년 세월도 지나지 않아 절반은 부러지고 뒷면의 글씨는 알아볼 길이 없다. 죽은 혼령이 있다면 조병갑은 부친 조규순에게 지금의 이 비석에 대해서 무어라고 해명할까. 아마도 비석에는 '백성에게 선정을 베푼 덕을 높이 받들어 이 비를 세우노라'라는 내용이 씌어 있었을 것이다.

영세불망비가 백 년 후의 우리에게 전하는 것은 무엇인가 생각하며 원평 땅

고부군수 조병갑의 아버지 조규순이 현감을 지낸 태인 피향정

으로 들어섰다. 동학농민혁명이 일어나기 전부터 원평은 동학의 땅이었다. 원평접주 김덕명은 1886년 세상을 개벽하고 보국안민하자는 동학의 새로운 주의를 접했다. 그해 10월 경상도 상주 땅 화령 근처 전성촌으로 최시형을 찾아가 도를 받았다.

김덕명은 그의 나이 43세 되던 이듬해 원평에다 도회소를 설치하고 포교에 힘썼다. 1891년 해월 최시형이 호남 일대를 순회 지도할 때 태인 산외면 지금실에 있는 김개남의 집에 상당기간 유숙하였다. 그때 김개남과 김덕명은 최시형에게 여름옷을 각각 다섯 벌씩 만들어 올려 사제지간의 정을 돈독히 했다. 이듬해 봄에 전봉준도 동학에 입도하여 김덕명 포에 속하게 된다.

민란의 시대, 1811년 관서지방에서 일어났던 홍경래난을 필두로 민중들의 저항운동은 온 나라에서 끊이지 않았다. 그때 홍경래와 전봉준을 잇는 전문적인 혁명가 이필제가 나타난다. 그는 영월에서 숨어 지내던 최시형을 찾아간다. 1870년 10월이었다. 동학의 교조 최제우의 억울한 죽음을 풀어주겠다며 최시형에게 혁명을 획책하여 영해를 습격한다. 농민군과 동학교도들이 일으켰던 영해 습격은 실패로 끝나고 이필제는 1871년에 잡히고 만다. 혁명가 이필제에 대한 최종판결은 이러했다.

> 평소에 흉역의 계획을 품고서 호중(湖中)과 영남에 출몰하여 도당을 끌어 모으고 도참의 설을 빙자하여 인심을 선동하였다. 마음속에 얽힌 것은 유언을 퍼뜨리고 비방하는 말을 만드는 것이요, 마음속에 품은 것은 병사를 핑계대어 난을 부르는 것인데 변란을 일으킨 것이 한둘이 아니었다. 그 난을 일으킨 곳은 진천, 진주, 영해인데 몸을 바꾸는 것이 천억이라 할 만했다. 그 이름은 명숙(明淑), 성칠(成七), 제발(濟潑)인데 동에 번쩍, 서에 번쩍 헤아릴 수가 없었다. 흉측한 속임수가 더욱 심하여 유회(儒會)라고 거짓 핑계 대고 비류들을 새재에 모았고 무기를 빼앗고자 미친 칼날을 관가에 들이대었다. 망령되이 정기현이 비범하다고 일컬어 일을 벌이는 기화로 삼고 곧바로 섬으로 들어가 때를 기다린다고 하였다.

이필제와 일파들을 심문했던 사람은 훗날 일본에 나라를 팔아먹은 김규식과 박정양이었다. 기록을 담당했던 사람이 고부군수로 동학농민혁명을 일으키게 한 장본인 조병갑이었다. 난세의 혁명가 이필제와 최시형의 잘못된 만남으로 동학은 지하로 숨어들었다가 오랜 세월이 흐른 뒤에야 호남과 충청 일원에서 수많은 동학교도들이 참가하는 교조신원운동이 일어났다. 뒤를 이어 보은 장내리와 전라도 원평에서 교조신원운동과 차원을 달리하여 척왜양과 탐관오리 징치를 내세운 강도 높은 정치공세가 집회라는 이름으로 펼쳐진다.

원평은 동학농민혁명에 지리적으로 커다란 역할을 했을뿐더러 비옥한 동학의 토양으로 한몫을 톡톡히 했다. 김개남과 전봉준이 살았던 정읍시 산외면 동곡리 지금실은 금산사 가는 길로 올라가다 지금재 고개 하나만 넘으면 된다. 그래서 태인의 최경선, 정읍의 손화중, 원평의 김덕명과 전봉준, 김개남은 원평장에 모여 혁명에 대한 이야기를 나누었을 것이다.

고종 30년『승정원일기承政院日記』를 보면 전라감사 김문현이 제수를 받고 입시 했을 때 상황이 나온다.

> "금구 원평에 동학당이 가장 많이 있다고 하는데 완영으로부터 거리가 얼마나 되는가? 먼저 그 소굴을 소탕하여 없애도록 하라."
>
> 고종이 묻자 김문현이 다음과 같이 대답했다.
>
> "30리가량 떨어져 있는 금구 원평에는 동학당들이 많이 있다고 합니다. 삼가 성교대로 거행하겠습니다."

금구 원평은 무장과 더불어 중앙정부에서도 우려할 정도로 동학 교세가 대단했던 곳이었다.

중과부적의 처절했던 원평 구미란 싸움

무심한 듯 평화로운 원평 구미란에서 갑오년이 저물어갈 무렵, 우금치 싸움에서 지고 내려온 3천여 명의 동학농민군들이 일본군과 관군을 맞아 힘겨운 싸움을 벌였다. 전봉준을 비롯, 김덕명과 의암 손병희까지 참전하여 총력을 기울였으나 전세는 역부족이었다. 이 원평전투에서 농민군 수백 명이 죽었고, 각종 무기는 노획당한 채 흩어졌다. 모악향토문화연구회장 최순식 선생의 말에 의하면 어릴 적에도 땅을 파보면 탄환이 한주먹씩 나왔다고 한다. 처절했던 싸움터 구미란 능선 너머로 구성산과 모악산이 그 날의 아픔을 바람소리로 들려주고 있었다.

다음 목적지인 원평의 집강소로 향했다. 김제군 금산면 원평리 184-3번지가 집강소 건물이다. 나지막한 4칸 집이다. 그 시절과 변한 것이 있다면 초가집에서 기와집으로, 내부가 약간 바뀌었을 뿐 구조는 농민혁명 당시 그대로라고 했다. 동네 사람들의 증언에 의하면 백정 신분으로 돈을 벌었던 사람이 전쟁이 일어나자 "신분차별이 없는 세상을 만들어 달라"고 전봉준에게 바친 집이다.

이 건물에서 전주화약을 맺은 뒤 전봉준과 김덕명이 집강소를 설치하고 전라도 일대를 통솔했다. 현재까지 남은 몇 개 안 되는 농민군 도소 건물 중 하나다. 일제 때는 면사무소로, 뒤에는 원불교 건물로 사용되었다. 몇 차례 개축되었다는데 여태 사적지로도 지정되지 않았다.

갑오년 장엄했던 역사의 현장을 바라본 모악산을 오르고자 나설 때는 비가 금방이라도 내릴 듯 하늘이 캄캄했다. 모악산을 오르는 길은 여러 개가 있다. 금산사를 거쳐 구이로 빠지는 길과 중인리로 해서 금산사로 가는 길이

백정 출신의 동록개가 원평접주인 김덕명에게 신분차별이 없는 세상을 만들어달라고 바친 원평의 집강소. 새로 지어졌다.

있다. 전주 사람들이 즐겨 오르는 길은 구이에서 모악산 너머 금산사로 가는 길인데 그 길을 택했다. 모악산이 시작되는 상학마을은 언제부턴가 시골장날처럼 북적댔다. 무등산이 빛고을 광주 사람들의 마음의 고향이듯, 모악산은 전주와 김제 사람들에게 이름 그대로 '위대한 어머니의 산'이다.

모악산에는 명당자리가 많다. 그중 가장 유명한 것이 김일성의 조상묘다. 선녀폭포를 지나 대원사로 가기 전 좌측으로 난 산길을 따라 오르면 무당들의 굿당터가 있다. 무당들의 징소리와 꽹과리 소리가 그칠 날이 없다. 그곳에서 좌측으로 올라가면 김일성 주석의 시조 김태서 공의 묘가 나타난다.

육관도사가 자신의 책 『터』에서 그 묘를 '미좌축향未坐丑向'이라 일컬으며 49

년 동안 절대권력을 행사할 권력자가 나올 지기가 있다고 했다. 하지만 터의 기력이 다해서 1994년에는 그 권력자의 운명도 다 할 것이라고 예언했다. 그의 예언대로 김일성 주석은 7월 8일 새벽 두 시에 사망했다. 그 사실이 매스컴에 보도된 후 그곳을 찾는 사람이 너무 많아 인근 면사무소에서 안내판을 설치했다가 모처의 압력으로 철거하는 웃지 못할 일이 일어났다.
1994년 초 신년 산행으로 모악산을 오르는 길에 그곳에 갔었다. 살포시 눈덮인 김태서 공의 묘 앞에서 바라본 산 아래 정경들은 풍수지리에 문외한인 사람이라도 명당터라는 감탄이 절로 나온다. 충남 예산 가야산의 남연군묘에서 느낀 감회와 비슷했다.

대원사, 증산 강일순이 깨달음을 얻은 절

대원사는 모악산의 허리에 자리 잡고 있다. 대한 불교 조계종에 딸린 자그마한 절로 내세울 만한 문화재 한 점 없다. 그러나 대원사는 증산교를 창시한 증산 강일순의 발자취가 뚜렷이 새겨져 있는 유서 깊은 절이다.
증산은 정읍시 덕천면 신월리 황토현 근처 시루봉이라는 작은 산 아래에서 태어났다. 동학농민혁명이 일어났을 때는 김제에서 서당 훈장 노릇을 하고 있었다. 난리가 났다는 소문에 증산은 전봉준이 사는 마을에 가서 동학접주 안윤거를 만났다. 그는 만나는 사람마다 "황토현 싸움에서는 승리했지만 필경 패망을 면치 못할 것이다"라고 하였다. 결국 농민혁명은 실패로 끝나고 말았다.
증산은 깊은 절망에 빠져 그때부터 동학을 뛰어넘는, 민중을 억압과 질곡에서 벗어날 수 있게 하는 새로운 사상을 찾고자 했다. 각처를 떠돌아다니며 술객들을 만난다. 그중에는 후천개벽사상의 원리를 이론화시켜 정역사상을 정립한 논산의 김일부도 포함된다.

증산은 전국을 주유하다 1900년 모악산의 대원사 칠성각에서 도를 닦았다. 서른 살이 되던 해 여름, 다섯 마리 용이 불러내는 심한 폭풍우 한가운데서 천지의 큰 도를 깨닫는다. 인간의 어리석음의 근본인 탐욕과 성냄과 음란과 무지를 극복하고 절대정적인 경지에 들어섰다. 이때부터 1909년 8월 9일 서른아홉으로 세상을 떠날 때까지 9년 동안 금평 못 안쪽에 위치한 구릿골에서 '천지공사'를 행한다. 천지공사는 『증산교사』에 의하면, 증산의 깨달음을 포교하고, 온갖 질병과 부조리가 만연한 세상을 송두리째 뜯어고치기 위한 구체적인 실천이다.

세월 속에서 증산이 깨달음을 얻었다는 칠성각은 허물어지고 없었다. 그 자리에 작은 암자가 새로 지어져 옛날의 자취를 전해줄 뿐 증산과 관련된 팻말 하나가 없다. 잘 나가는 대순진리회며 증산도며 아무리 교세 확장이 급하고 해야 할 일이 많다 해도, 증산이 이곳에서 도를 깨달았다는 팻말 하나 세울 마음의 여유가 없다니 공연히 마음만 아팠다.

대원사에서부터 정상으로 가는 길은 가파르기 그지없다. 비 오듯 땀을 흘리며 수왕사에 도착해서 마시는 물 한 바가지는 '물의 왕'이라는 이름에 걸맞게 달디 달았다. 물을 마시고 얻은 힘으로 단숨에 모악산 정상에 올라갔다. 모악산은 김제시와 완주군에 걸쳐 있는 739m 평지돌출의 산이다. 정상 서쪽에 있는 쉰질바위라는 커다란 바위의 모습이 아기를 안고 있는 어머니 같아서 모악산이라는 이름이 붙여졌다.

구름 한 점 없이 맑은 날 모악산을 올라보면 북으로 운장산, 만덕산을 바라

금산사. 후백제를 창건했던 견훤이 유폐되었던 절로 진표율사가 미륵사상을 전파한 곳이다.

보고 시계 방향으로 멀리 덕유산, 덕태산, 장안산이 보이고 회문산, 상두산과 내장, 입암의 연봉들이 첩첩이 포개져 달려온다. 서쪽을 보면 '징계맹경외애밋들' 너머 서해바다가 어서 오라 손짓한다. 전주, 김제, 이리, 군산의 성냥갑 같은 건물들 속에서 사람 살아가는 모습이 힘겨운 역사가 되어 눈 안에 들어온다.

지금은 잔솔과 앉은뱅이 진달래, 머루, 다래, 으름, 벚나무, 상수리나무만 들어선 밋밋한 산이지만, 예전의 모악산은 숲이 울창하고 산세가 수려해서 계룡산과 더불어 정기 어린 산으로 어깨를 겨루었다. 1907년 도립공원으로 지정된 모악산은 호남사경의 하나로 꼽힌다. 사경은 봄의 경치로 모악산과 금산사의 춘경, 여름 경치로 변산반도의 하경, 내장사의 단풍과 백양사의 설경이다.

능선길을 따라 내려갔다. 길가에는 정금나무가 윤기 나는 잎사귀 사이로 소녀의 볼처럼 빨간 열매를 매달고 늘어서 있었다. 한 시간 반 남짓 걸어 내려가 금산사에 도착했다.

호남지방 미륵신앙의 중심 도량인 금산사는 백제 법왕 때 임금의 복을 비는 사찰로 세워졌다. 신라 혜공왕 때 진표율사가 중창한 뒤 큰 절의 면모를 갖추었다. 법상종의 본산이었던 금산사를 이중환은 『택리지擇里志』에 이렇게 적고 있다.

> 금산사는 모악산 남쪽에 있다. 절터는 본디 용추(龍湫)로서 깊이를 측량할 수 없었다. 신라 때 조사(祖師)가 소금 만 섬으로 메우니 용이 옮겨갔다. 그대로 터를 쌓아 큰 불당을 세웠으며, 대웅전 네 모퉁이 뜰 밑에는 가느다란 간수 물이 둘려 있다. 지금도 누각이 높고 빛나며, 골이 깊숙하다. 또한 호남에서 이름난 큰 절이고, 전주부와 가깝다. 『고려사』에 견신검(甄神劍)이 아비 견훤을 가두었다는 금산사가 이 절이다.

이 절에는 대웅전이 없다. 미륵전에 있는 미륵불이 주불이다. 석가불은 대장전에 따로 모셔져 있다. 국보 62호로 지정된 미륵전을 비롯해서 오층석탑과 석등석련대 등 보물 십여 점이 있다. 견훤이 금산사를 자신의 복을 비는 사찰로 중수했다는 설이 있지만 앞에서 인용한 대로 견훤이 맏아들 신검과의 권력다툼에 져서 한때 갇혀 지냈던 비운의 절이다. 고려시대로 들어와 혜덕왕사가 절을 중수하였다. 선조 31년 정유재란 때 금강문 하나를 빼

놓고 모조리 불타버리는 비극을 맞는다. 지금의 건물은 인조 때 완성되었으나, 보물로 지정되었던 대적광전은 1987년 원인 모를 화재로 불타서 최근에 복원하였다.
금산사 미륵전은 독특한 양식으로 팔작지붕에 삼 층 건물이다. 내부는 각층 간의 구별 없이 통층으로 되어 있다. 그 안에 동양에서 가장 큰 39척의 미륵상이 모셔져 있다. 진표율사가 만들었다고 전하는 미륵불을 보러 오는 사람은 불교 신자보다 증산교 신자들이 더 많다. 증산이 살아서 입버릇처럼 "나는 미륵이니 나를 보고 싶거든 금산사 미륵불을 보라. 금산사 미륵은 여의주를 손에 들었으나 나는 입에 물었노라"고 말했기 때문이다.
내려가는 길은 완만했다. 나이 든 벚꽃나무와 느티나무, 단풍나무가 길 양옆에 사열하듯 서 있다. 견훤이 쌓았다는 '견훤성문'을 지나 사연도 많고 사람도 많은 금산사를 나서 귀신사로 향했다.

'숨은 꽃' 같은 마음의 절, 귀신사

내 마음속에 자리 잡은 절 하나를 꼽으라면 나는 주저 없이 귀신사를 택할 것이다. 세상이라는 강물을 헤쳐나가다 지쳐서 쉬고 싶을 때 불현듯 찾아가고 싶은 곳이 누구에게나 있을 것이다. 귀신사가 그런 곳이다.
전주에서 삼천이라고 부르는 세내다리를 건너 용산리, 황소리, 독배를 지나 청도재를 넘으면 유각마을이 있다. 아래로 좀 더 내려가면 청도리에 닿는다. 무성한 감나무가 그늘을 드리운 길은 어린 시절 외갓집 가는 길의 풍경을 떠올리게 한다. 작은 개울을 건너면 몇 년 전만 해도 담쟁이 넝쿨이 덮인 창틀 사이로 소 한 마리가 얼굴을 내밀며 낯선 사람을 무심한 눈으로 바라보았다. 그 길의 모든 풍경이 버스가 흔들릴 때마다 마음의 갈피에 숨은 이야기를 불러낸다. 특히 유각마을은 이성복의 시집에 나오는 「정든 유곽에서」를 생각나게 해서 지나갈 때마다 금천이나 동두천의 가슴 아픈 사연들이 떠오른다. 그러나 귀신사에 도착할 때쯤 본래의 평온한 나로 돌아가 마음 가볍게 절 마당으로 들어선다.

느티나무가 자연스럽게 가지를 뻗은 오른쪽 담벼락에 비석 하나가 서 있다. 글씨조차 알아보기 힘들게 마모된 그 비석이 김창석의 영세불망비다. 그는 조선 말기의 문인 화가였으나, 1890년 전라도 균전어사로 부임하여 농민들을 착취하고 국세를 도둑질하여, 1894년 농민혁명이 일어나게 만든 장본인 중 한 사람이다. 왜 김창석의 비가 이 귀신사 한적한 곳에 서 있는 것일까. 산책 나온 스님에게 비석의 주인공이 어떤 사람인가 넌지시 물어보았다.

"글씨를 알아보기 힘들어 잘은 모르겠지만 이 절에 시주를 많이 한 사람이겠지요."

내가 스님의 말을 받아 그 김창석은 이러이러한 사람이라고 말하자 뜻밖의 답이 돌아왔다.

"어쩌면 동명이인일지도 모르지요."

스님이나 나나 마모된 글씨를 해석할 길이 없는데 무슨 수로 말없이 서 있는 비에 대해 시시비비를 가리겠는가. 스님은 요사채로 들어가고 나는 천천히 절을 둘러보았다.

귀신사는 계절마다 우리가 이름을 알 거나 모르거나 꽃들이 저희들끼리 피었다 진다. 왕관 부럽지 않게 대웅보전 앞을 수놓은 꽃 잔디도 아름답지만 자목련, 겹수선화, 라일락, 모란꽃, 영산홍, 백매화, 홍매화가 어우러져 보는 이의 넋을 빼앗는다.

귀신사는 신라 문무왕 16년 의상대사가 창건했고, 창건 당시는 국신사로 불렸다. 삼국을 통일한 신라가 정복지를 교화 회유하기 위해 의상의 명으로 각 지방의 중심지에 세웠던 화엄십찰 가운데 하나로 전주 일대를 관할하던 큰 절이다. 여덟 개의 암자와 금산사를 말사로 거느렸던 위용을 지금은 찾아볼 수 없었다. 몇 년 전에 수리를 끝낸 대적광전과 명부전, 요사채와 대적광전 뒤편 언덕 위에 있는 삼층석탑과 남근 석수, 멀리 청도리 논 가운데 누구 것인지도 모르는 부도만 남아 있다.

오랜 세월 귀신사를 지켜보았을 묵은 느티나무 아래 앉아 절 아래 풍광을 감상했다. 차나무 몇 그루의 잎은 짙푸르고 대적광전 지붕 너머로 백운동 마을은 평화롭다. 증산의 제자 안내성이 창건한 증산대도회 사람들이 사는 곳이다. 전라남도 고흥, 경상남도 함안 일대에서 믿음 하나로 고향을 버리고 조상도 버리고 왔던 그들은 약초를 캐거나 누에를 키우며 도를 믿었다고 한다. 문득 한 줄기 바람이 목덜미를 스치고 지나간다. 바람결에 무수히 피고 지는 꽃들 속에 또 하나의 아름다운 '숨은 꽃'을 생각하면서 산을 내려왔다.

국립지리원에서 나온 1/25,000 지도를 보면, 만삭이 된 여성의 성기 같은 형국으로 우뚝 솟은 모악산과 기슭의 협곡 속에 비좁은 평지가 있다. 그 한가운데 용화동이 있다. 풍수지리설에서 마음을 평안하게 해준다고 말하는 비산비야 엄택곡부의 지형이다. 이곳에는 『대순전경』을 만든 이상호, 이정립 형제가 세운 증산교 본부가 있다. 그 아래로 내려가 금평 저수지를 따라 들어간 금산면 청도리 구릿골에 증산이 머물렀던 김준상의 집이 있다. 두 평 남짓한 방의 기둥에는 '광제국'이라고 쓴 부적 같은 증산의 필적이 남아 있다. 광제국은 백성의 만병을 치료하기 위한 한의원이었다.

귀신사. 의상대사가 화엄십찰로 창건한 절이다.

남녀 평등시대를 예언한 증산

천대받는 민중이 한울님이라고 설파한 증산이 죽기 전에 광제국 앞마당에서 천지 굿판을 벌였다. 선천시대는 양의 시대였으나 후천시대는 음의 시대라며 그날 자기의 법통을 고판례라는 여자에게 넘겼다. 남자도 아닌 여자에게, 그것도 그 시절에는 누가 업어가도 개의치 않을 과부 무당이었던 여자에게 넘긴 것만으로도 가히 혁명적인 사건이었다.

이 여인이 굶으면 온 천하 사람이 굶을 것이며, 이 여인이 먹으면 천하 사람이 다 먹을 것이다. 이 여인이 눈물을 흘리면 천하 사람이 눈물을 흘릴 것이요, 한숨을 쉬면 천하 사람이 한숨을 쉴 것이다. 이 여인이 기뻐하면 천하 사람이 기뻐할 것이요, 이 여인이 행복하면 천하 사람이 행복할 수 있을 것이며, 이 여인의 눈이 빛나면 천하 사람이 행복할 수 있을 것이다. 이 여인이 잠을 이루지 못하고 그리워하면 모든 사람이 잠을 이루지 못하고 그리워할 것이며, 이 여인의 따뜻한 말 한마디는 온 세상을 따뜻하게 할 것이다.

증산이 고판례를 예찬한 것은 이 세상의 모든 여자를 예찬하는 말이기도 했다. 다가올 남녀평등시대를 열어 보인 일종의 예언이었다. 그가 예찬했던 고판례는 차경석의 이종 누이였다. 증산의 제자 차경석은 증산 사후 보천교를 세웠으며, 자칭 차천자가 된다.
동학농민혁명이 실패로 끝난 후 사회의 혼란은 가중되고 어디에도 의지할 데 없던 뿌리 뽑힌 민중들이 증산교로, 보천교로, 원불교로 귀의한 것은 자연스러운 일이었다. 모악산 자락에서만 증산교의 교파가 오십여 개를 헤아릴 정도로 우후죽순처럼 솟아나게 한 장본인 증산은 죽기 전에 세상의 모든 질병과 고통과 절망을 자기가 다 짊어지고 가노라고 말했다. 한 달여를 쌀 한 톨 입에 넣지 않고, 가끔 소주 한두 모금으로 목을 축이며, 온갖 병을 다 앓으면서 피골이 상접한 채 이 세상을 떠났다.
아무런 재산도 남기지 않고 세상을 하직한 증산 강일순의 유해는 장탯날 기슭에 초분으로 있다. 그가 잠들어 있는 관에는 "생각에서 생각이 나오느니라"라는 말만 씌어 있다. 증산 사후 20여 년이 지난 뒤 만들어진 『대순전경』에 기록된 증산의 일화나 이적들이 허무맹랑하다고 말할 수도 있다. 그러나 앉은뱅이를 걷게 하고 맹인의 눈을 뜨게 하고 죽은 사람을 살리고 싶어 하는,

가진 것 없는 자들의 간절한 마음까지 가볍게 여길 수는 없을 것이다.

동곡약방이라고 씌어 있는 광제국 아래에는 증산의 외손자가 세운 향도 대향원이 있다. 건너편 산이 제비봉이다. 증산이 두 시간여 태양을 멈추게 했던 그 제비봉에서 정여립이 천일기도를 했다고 한다. 제비봉 아래 정여립이 살았다고 전해지는 집터가 남아 있다. 제비봉 아래를 돌아가면 오리알터다. 증산의 외동딸 강순임이 세운 증산 법종교의 본부가 있는 그곳에 증산과 그의 아내가 시멘트 무덤 속에 안치되어 있다. 서로 차지하려고 법정싸움까지 벌였던 증산의 유해는 이곳저곳을 옮겨 다니다 팔 하나가 없어진 채로 그곳에 와서 잠들어 있다.

금평저수지를 돌아 나오며 모악산을 다시 한 번 바라보았다. 이 나라 미륵신앙의 메카이며 견훤과 정여립의 숨결이 서려 있는 곳, 해원상생을 통해 화엄적인 후천 개벽을 꿈꾸었던 증산 강일순의 발자취가 지금도 면면히 남아 있는 모악산이 저녁놀을 받아 붉게 타오르고 있었다. 언젠가 다시 솟구쳐야 할 불길이 아직도 남아 있다는 듯, 그 불길을 지금도 준비하고 있다는 듯, 찬연하게 불타오르고 있었다.

청·일의 각축장으로 변한 조선

전주 고덕산 전주 입성과 전주화약을 바라본 전주의 큰 산

혁명 최대의 승리, 전주 입성

동학농민군이 전주성에 입성한 날은 갑오년 사월 스무이레였다. 그 무렵 전라감사 김문현은 황토현 전투의 책임을 물어 파면되었다. 외무협판 김학진이 후임 감사로 임명되었으나 부임하지 않아서 전임감사 김문현이 이 난을 치르게 되었다. 초토사 홍계훈이 거느린 경군은 천천히 농민군들의 뒤를 따라와 원평에 다다랐다.

그 시각 농민군들은 용머리고개를 지나 하늘이 떠나가게 함성을 지르며 남문과 서문으로 쳐들어갔다. 봉건왕조체제에서 그것도 왕조의 발상지인 전주에서 상상조차 할 수 없는 일이 일어난 것이다. 김문현은 그에 앞서 정부에 "동학농민군들의 선두가 방금 두정에 다다랐다. 전주영과의 거리는 삼십 리며 경군의 소식은 알 길이 없으니 어찌해야 좋을지 모르겠다"라고 전문을

치고 같은 날 다시 "초토사는 지금 전주영에 있지 않고 저들의 선봉은 벌써 원평에 다다랐는데 수하에 한 명의 군사도 없으니 어찌할 바를 모르겠다"라고 전문을 보냈다.

전라감사 김문현은 사대문을 닫고 서문 밖 민가 수천 채를 불태웠으며, 적의 공격을 차단하도록 명령을 내렸으나 속수무책이었다. 농민군들은 물밀듯이 성안으로 들어갔다. 김문현은 사인교를 타고 동문으로 달아났다가 문이 열리지 않자 떨어진 옷과 짚신으로 바꿔 신고 피난 가는 난민들 속에 섞여 지금의 완주군 용진면으로 달아났다. 판관 민영승도 조경묘 위패와 경기전의 태조 영정을 받들고 동문으로 탈출하여 위봉산성 안에 있는 위봉사 대웅전으로 몸을 숨겼다.

동학농민군들이 빠른 시간에 전주성을 함락할 수 있었던 원인은 성안에 농민군의 내응자가 많았기 때문이었다. 농민군의 수뇌부는 감영을 비워놓은 경군의 중요한 작전상의 실수를 놓치지 않고 허점을 찔렀다.

동학농민군의 전주성 점령의 의의는 우리 역사에서 유일하게 민중이 승리한 쾌거였다는 점이다. 농민전쟁 중 최대의 승전이었다. 호남 최대의 관문이며 심장부인 전주성의 함락은 조선왕조에게는 치명적인 타격이었고, 농민군에게는 길이 빛날 승리였다. 당시 상황을 오지영은 이렇게 적었다.

> 이때는 사월 이십칠일 전주 서문 밖 장날이라 무장, 영광 등지로부터 사잇길로 사방으로 흩어져 오던 동학군은 장군들과 함께 미리 약속이 정해져 있던 이 날 수천 명의 사람들이 시장 속에 들어와 있었다. 오시쯤 되자 장터 건너편 용머리고개에서 일성의 대포소리가 터져 나오며 수천 방의 총소리가 일시에 장판을 뒤덮었다. 별안간 난 포소리에 놀란 장군들은 정신을 잃

조선 후기의 번성했던 전주 남문시장

고 뒤죽박죽 헤어져 달아난다. 서문으로, 남문으로 물밀 듯이 들어가는 바람에 동학군들은 장꾼과 같이 섞여 문 안으로 들어서며 한편 고함을 지르고, 한편 총질을 하였다. 서문에서 파수 보는 병정들은 어찌된 까닭을 몰라 엎어지고 자빠지며 도망쳤다. 삽시간에 성안에도 동학군의 소리요, 성 밖에도 동학군의 소리다. 전봉준은 천천히 대군을 거느리고 서문으로 들어와 좌를 선화당에 정하니 어시호 전주성은 함락되었다.

『전주부사』에서는 전주성 입성 광경을 더 자세하게 기록하였다.

태조 이성계의 위패와 초상화를 모신 전주 경기전

동일(음력 4월 27일) 적도(賊徒)는 나아가 전주 삼천에 둔하고 다시 전주성으로 몰려와, 정오경 먼저 부서(付西)의 완산을 점거, 나팔을 불고 부내(付內)를 향하여 소총을 난사함으로써 시장 부근은 형용할 수 없는 혼란에 빠져 서민들은 앞을 다투어 피난하였다.

경기전 전의에는 도도군(道徒軍)의 포성이 우레와 같고 완산 정상에 이른 도도군은 무려 수만 명이 일자로 진을 펴고 서문으로 몰려들어, 성안의 부민들과 충돌, 호곡하는 소리가 천지에 진동했다.

신임 감사 김학진은 아직 부임해 오지 않았고, 전 감사 김문현이 감영에서 군동을 발하여 부민과 더불어 4문을 수비하였다. 모인 자들은 궁시를 가지고, 혹은 성벽 위에 많은 돌을 옮겨 이를 던져 몰려오는 적을 막으려 하였다. 남문 밖 성벽에 연해 있는 20~30호의 민가가 방해가 된다고 태우는 등 방어에 최선을 다했다.

한편 영부 관속 가운데 몰래 적과 내응하는 자가 나와 강적을 지탱할 방법이 없었다. 겨우 포 일발을 응사했을 뿐 힘없이 계주 하여 적도 3천여 명이 조수와 같이 남문으로부터 성내로 쇄도하였다.

전주성 함락 소식이 전해지자 척신파 민영준은 일부 대신들을 움직여 청나라 병사를 보내달라는 조회문을 원세개에게 보냈다.

폐방 전라도 고을의 태인·고부 등의 현은 민습이 흉한하고 성정이 험휼하여 본래 다스리기가 곤란하다고 일컫고, 근래에 와서는 동학 교비(敎匪)와 부동하여 만여 인의 취중으로 현읍 10여 처가 공함되고, 북상해서 전주 수부가 함락되었습니다. 벌써부터 연군(鍊軍)을 파견하여 초무에 힘썼으나 이들이 마침내 죽리로써 거전(拒戰)하여 연군은 패좌하게 되고 대포 등의 군기도 많이 잃게 되었습니다.

이 흉한으로 소요가 오래 가게 되면 서울과의 거리가 4백 수십 리밖에 되지 않는데, 저들이 하는 대로 맡겨둔다면 서울까지 소동되어 손해되는 바가 적지 않을 것입니다. 폐방의 새로 훈련된 각 군의 숫자는 겨우 서울을 호위할 정도고 또 전진(戰陣)의 경험도 없어 흉구를 진멸하기 곤란하고, 오래 가면 귀국 정부에도 걱정을 끼침이 클 것입니다. 저 임오·갑신 두 변란 때에도 귀국 군대가 우리를 대신하여 감정(勘定)해 준 것에 힘입었는데, 이번에도 그때 일을 참작해서 귀총리(貴總理)에게 청원하는 바이니, 신속히 북양대신(北洋大臣)

에게 전간하여 군대를 데리고 와 초멸하여 주면 우리나라도 각 장병으로 하여금 군무를 수습케 하여 장차 간위(杆衛)의 계략으로 삼을 것입니다.

한번 한비(悍匪)를 좌진 시킨 뒤에는 곧 철회하여 귀국 군대가 오랫동안 외국에 와서 수고하지 않도록 하겠습니다. 바라건대 귀총리께서는 빨리 주조하여 급박함을 구제하여주기를 바라면서 이에 조회하는 바입니다.

이 국서는 청나라의 북양대신 이홍장에게 접수되었고, 5월 1일 그는 해군제독 정여창으로 하여금 군함 제원, 양위호를 이끌고 인천으로 출동하게 하였다. 뒤를 이어 산해관에 있던 직예제독 섭지초에게 관할부대를 이끌고 출병할 것을 명령하였다. 섭지초는 다시 여러 부대에게 출병을 독려하였고, 5월 7일 섭지초가 거느린 1,500여 명의 군대가 아산만에 도착하였다.

일본은 어떠한가? 갑신정변 이후 열세였던 정치적 입지를 강화하기 위해 암중모색의 시절을 보내던 중 청나라가 조선에 들어오자 그 절호의 기회를 놓치지 않고 조선으로 들어왔다. 그 사실을 확인한 일본 대리공사 스기무라는 일본 본국에 알렸으며 일본은 청국의 조선 진출을 단호히 견제하기로 결정한다. 4월 말부터 준비한 조선출병은 5월 9일까지 완료되었는데, 혼성여단장 오오시마와 이찌노에 소좌가 거느린 일본군이 인천과 서울 사이에 7천명의 군대를 배치했데, 신라의 김유신이 백제와 고구려를 치기 위해 당나라를 끌어들인 것과 같은 일을 벌인 것이다. 그는 훗날 이름을 민영휘로 개명하여 일제 때에도 변함없이 부귀영화를 누렸고, 훗날 민영휘로 개명하여 휘문학원을 만들었다. 그날로 원세개는 북양대신 이홍장에게 이 사실을 알렸고 조선 파병의 결재를 받았다. 이 일로 일본군이 무력으로 경복궁을 침입하는 계기가 되었고 청일전쟁의 시발점이었다 전주성을 점령한 동학농민군은 운영을 선화당에 두고, 장수들을 성의 사대문에 분산 배치하여 경군의 공격에 대비했다. 전봉준은 전주주민들에게 "우리는 보국안민을 주장하는 사람들이라 백성과 국가를 위하여 노력함이요, 결코 타의가 없으니 동포들은 안심하라"고 위무한 뒤 관곡을 풀고 징발했던 포목으로 농민군의 군복을 만들어 경군과의 접전에 맞설 준비를 했다.

관군과 공방전을 벌였던 완산칠봉

마한의 땅이었고 백제의 땅이었던 전주의 옛 이름은 완산이다. 완산은 동학농민군이 진을 쳤던 곳이면서 홍계훈의 경군이 전주성을 탈환하기 위해 다시 진을 쳤던 곳이기도 하다. 완산칠봉을 걸어 올라갔다. 전주를 일곱 개의 산봉우리로 병풍처럼 에워싼 완산칠봉의 정상 유연대에는 여느 산처럼 팔각정이 서 있다. 이중환은 『택리지擇里志』에 전주 일대를 이렇게 기록하고 있다.

> 마이산의 맥이 북쪽으로 가다가 진안-전주 사이에서 주줄산이 되고, 여기에서 서쪽으로 나온 한 가닥이 전주부를 만들었는데 감사가 머무는 곳이다. 동편에 위봉산성이 있고, 조금 북쪽에서 기린봉이 되었다. 여기에서 또 한 맥이 나와서 부(府)의 서북편으로 가다가 건지산이 되었다. 전해오는 말에는 목조(穆祖)의 능이 있는 곳이라 한다. 지금 임금 경술년에 감사를 시켜, 백성들의 무덤을 모두 옮기게 하고, 십 리 둘레에 푯말을 세워 금벌하게 하였다. 건지산의 한 맥이 서쪽으로 가다가 덕지(德池)가 되었는데 매우 깊고

홍계훈이 진을 치고 전주성을 점령한 동학농민군과 일전을 벌인 완산칠봉

> 넓으며, 못을 지나서는 밋밋한 둔덕이 큰 들판을 빙 돌았고, 만마동 물을 거슬러 받아 참으로 살 만한 곳이다.

이중환이 바라보았던 조선시대의 전주는 우뚝우뚝 들어선 고층 빌딩과 아파트 숲에 가려 찾아볼 길이 없었다. 지금은 삼나무 숲만 촘촘히 들어선 완산칠봉에서 역사에 길이 남을 전주성 공방전이 벌어졌었다.

홍계훈은 전주성이 농민군에게 점령된 다음 날인 4월 28일 용머리고개에 도착했다. 경군은 완산, 다가산, 사직단 등 완산칠봉의 주변 산들과 골짜기를 연결하여 진을 쳤고 야영을 용머리고개 남쪽 산구릉에 두었다. 이날 낮 경군은 시험 삼아 성안에 대포를 세 번 쏘았다. 농민군 수백 명이 서문과 남문을 열고 도무봉의 경군을 향해 싸움을 걸었다. 성루에서는 포를 쏘고 장성 황룡촌에서 큰 활약을 했던 장태를 밀고 올라갔지만 수십 명의 시체만 남기고 후퇴할 수밖에 없었다. 경군은 어둠이 내리자 서문 밖 민가 9백여 호를 불태웠다. 농민군은 29일 다시 황학대를 공격하였으나 경군의 신예 무기를 당할 수 없었다. 그래도 농민군이 굴하지 않자 5월 1일 초조해진 홍계훈은 '효유문'을 성안에 뿌렸다.

> 슬프도다. 너희들은 모두 국가의 적자이거늘 전봉준의 거짓 수작에 속아서 용서받기 어려운 죄과에 빠졌으니 가엾고 가엾도다. 너희들의 그동안의 정형은 헤아릴 수 없을 정도로 많고, 심지어는 윤음을 가지고 간 관리를 제멋대로 죽이기까지 하니 대역부도한 난적을 자작한 셈이다. 너희들이 회개하여 사도를 물리치고, 정도를 호위한다면 이것은 이른바 "사람이 누가 허물이 없으리요. 고치면 곧 선이 되는 것이다"라는 말 그대로일 것이다. 순종하는 자는 죄주지 않는다는 유훈도 있거니와 너희들이 모두 의기를 품고 전명숙을 잡아 바치려 왕법을 괴정(傀正) 한다면, 상도에 따라 상감에게 고하여 높은 상을 주고, 공을 세우고 속죄한 뜻을 효시하리라. 벌써 여러 번 효유하였건만 아직도 이에 대한 보답이 없으니 더욱 분완하도다. 만일 끝까지 미혹해서 따르지 아니하면 무슨 애석함이 있겠는가. 진멸시켜서 남김이 없게 할 수밖에 없다. 나는 다시 더 말하지 않을 것이니 그렇게 알라.

겁먹은 농민군은 수십 명씩 성을 빠져나가 도망을 가기도 했다. 5월 2일 경군은 쿠르프포와 선회포로 성안의 농민군 진지를 맹포격하였고 그때 경기전이 부서졌다. 5월 3일 농민군은 며칠간의 침묵을 깨고 일대 설욕전을 편다. 오전 10시경 농민군 수천 명은 남문과 북문을 열고 완산칠봉의 최고봉인 유연대를 향해 물밀 듯이 치달았다. 황색 종이에 붉은 글로 부적을 써 붙이고 입으로는 끊임없이 "시천주조화정영세불망만사지侍天主造化定永世不忘萬事知"라는 주문을 소리 높이 외치며 산정을 향해 올라갔으나 관군의 우수한 화력 앞에 역부족이었다. 이 싸움에서 동학농민군은 많은 사상자를 냈다. 용장 김순명과 14세 소년장수 이복용을 잃고 말았다.

해 질 무렵 농민군들은 다시 성안으로 후퇴했다. 3일의 패전으로 농민군의 내부는 동요하기 시작했고 도망하는 자들이 속출했다. 지도자의 일부에 홍계훈의 효유문의 꾐에 빠져 전봉준을 잡아 홍계훈에게 바치고 목숨을 빌어 보려는 자들도 있었다. 농민군의 동요를 눈치챈 전봉준은 지휘자 회의에서 6효점을 쳐서 "괘에 나오기를 사흘 후 아무 시간에 좋은 소식이 있을 것이니 걱정하지 말라. 여러분은 나를 믿고 사지에 들어왔으니 조금을 더 참지 못하겠는가"라는 말로 농민군의 동요를 잠시 무마시켰다.

전주화약, 농민군 집으로 돌아가다

청나라 군사가 조선에 들어왔고, 일본군 또한 곧 인천에 상륙할 것이라는 소문을 접한 동학농민군들이 동요하기 시작했다. 이렇듯 복잡한 국내외 상황이 동학농민군과 정부군이 전주화약을 맺게 하는 결정적인 역할을 체결하도록 하였고, 설상가상으로 총대장 전봉준이 총상을 입었다.

관군 측 사정도 마찬가지였다. 황토현에서 관군이 크게 패하자 관군의 절반 이상이 도망을 갔고, 더구나 전주성이 동학농민군에게 무혈입성 된 뒤부터 관군의 사기가 말이 아니었다. 더구나 전주성 점령에 합류하지 않은 동학농민군들이 대거 전주성으로 들어온다는 소문이 나돌았고, 동학농민군과 공방전을 벌이고 있는 홍계훈 역시 뾰족한 해답이 없었다.

홍계훈은 전주화약의 뜻을 전봉준에게 전했고 전봉준은 직속 참모들과 논의하여 폐정개혁안의 조목을 적어 홍계훈에게 보냈다. 27개의 폐정개혁안 중 지금 남아 있는 조목은 오지영의 『동학사東學史』에 나오는 대표적인 12개 조항이다.

1. 도인과 정부 사이의 쌓인 원한을 풀고 같이 서정에 협력할 것.
2. 탐관오리는 죄목을 조사하여 일일이 엄징할 것.
3. 횡포한 부호가는 엄징할 것.
4. 불량한 유림과 양반은 엄징할 것.
5. 노비 문서는 소각할 것.
6. 칠반천인의 대우는 개선하고, 백정들이 머리에 쓰는 평량립을 없앨 것.
7. 청춘과부의 개가를 허락할 것.
8. 무명잡세는 일절 없앨 것.
9. 관리 채용에는 지벌을 타파하고 인재를 등용할 것.
10. 왜와 밀통한 자는 엄징할 것.
11. 공사채를 막론하고 기왕의 것은 무효로 할 것.
12. 토지는 평균으로 분작케 할 것.

전주 풍남문. 전주성 싸움과 역사적인 전주화약을 지켜본 곳이다.

홍계훈은 전봉준이 제시한 폐정개혁안을 받아들였다. 5월 6일 홍계훈이 "귀화한 자는 각 읍, 면, 리에 명령하여 해치지 않도록 할 것이다. 해산하여 집으로 돌아가 생업에 종사하고 새 삶을 누리도록 하라"라고 선포했다.

이로써 5월 7일 역사적인 전주화약이 맺어졌다. 경군은 경군대로 전주성을 수복하여 체면을 세웠고, 농민군은 농민군대로 다음을 기약할 시간을 벌었다. 전봉준의 예언이 맞아떨어지자 농민군들은 전봉준에게 술을 올리고 절을 하고 "장군께서는 참으로 하늘이 보낸 사람입니다"라며 감탄했다.

동학농민군은 호남 제일성 전주성을 점령한 지 12일 만인 5월 8일 철수하여 집으로 돌아가기 시작했다. 그 상황을 김윤식은 『속음청사續陰晴史』에 다음과 같이 기록하고 있다.

> 호남 비도들은 그때까지도 곳곳에 둔취하고 있었으나 가는 곳마다 추호도 범하지 않았다. 원소하는 백성들이 있으면 그 자리에서 판결해서 민심을 얻고 있는 실정인데 우리 관군은 청나라 군사와 더불어 전주영에 머물고 있으면서 이를 구경할 뿐이었다. 철수 시에도 동학농민군은 규율이 엄정하였고 가는 길에도 농민들의 절대적인 지지를 받았다.

농민군들은 농민혁명에 참여했던 그대로 집으로 귀화했고, 전봉준은 장성, 담양, 옥과, 남원, 창평, 순천, 운봉을 거쳐 집으로 돌아갔다. 전봉준과 김학진 관찰사의 회담 광경과 집강소 설치 상황을 전주사람 정석모는 다음과 같이 기록해 놓았다.

> 6월에 관찰사는 전봉준을 감영으로 초청하였다. 이때 성을 지키는 군졸들은 각각 총과 창을 가지고 좌우에 정렬하였다. 전봉준은 삼베옷에 산자형(山字形)의 관을 쓰고 의젓하게 들어오는데 조금도 기탄이 없었다. 관찰사는 관민 간에 상화(相和)할 방책을 의논하고는 전봉준의 요구인 집강소를 각 군에 설치할 것을 허락하였다. 이에 동학교도들은 각 고을에 할거하여 집강소를 설치하고 서기(書記), 성찰(省察), 집사(執事), 동몽(童蒙) 등의 명색을 두어 완연한 관청을 이루었다. 날마다 민재(民財)를 토색 하는 일을 일삼던 군수는 이름뿐이요, 행정을 할 수 없을 뿐 아니라, 심한 경우는 군수를 내쫓아 버리는 일까지 있었으니 서리배들은 모두 동학당에 입적하여 겨우 이름과 목숨만을 보지(保持)하고 있을 뿐이다.

전주화약 이후 전라도 일대에 설치되었던 집강소를 매천 황현은 『오하기문梧下紀聞』에서 다음과 같이 말했다.

> 읍마다 통치를 할 때는 접을 설치하여 대도소라고 부르고 한 사람의 접주를 뽑아 태수의 일을 맡기면서 집강이라 하였다. 관이 있고 없고를 따지지 않았다. 도소를 또 대의소라고도 하였고, 길가에 있는 것은 행군의소라고 하였다.
> 그 문자를 전달하는 종이를 영지(令紙)라고 하였고, 그들의 법은 귀천이나 노소를 따지지 않았으며, 만날 때면 서로 동등하게 다하였고 같이 읍(揖)을 하였다. 포군(砲軍)을 일컬어 포사접장이라 하였고, 어린아이는 동봉접장이라 불렀다. 종과 상전이 모두 입도하면 서로 접장이라 불러 친구와 같았다. 그러므로 사노(私奴), 역인(驛人), 무부(巫夫), 수척(水尺, 백정) 등 모든 천인들이 자강 즐겨 따랐다.

전주화약 이후 설치된 집강소에는 집강 아래 서기와 성찰, 그리고 집사와 동몽의 직책이 있어서 각각 맡은 대민 행정업무를 처리하였다. 이러한 집강소가 차츰 분화되면서 지역의 리와 동 단위로도 결성되었다, 그중 이름난 접接이 동학이 발발하던 당시에 동학의 우두머리가 많았던 태인에 수접首接이 되었고, 남원의 화산당접, 담양의 용귀당접, 그리고 전봉준의 휘하인 고부와 장성, 그리고 전주 전투에 참가한 사람들로 이루어진 접이 승전접勝戰接이다. 이러한 접들 중 대접은 수만 명, 소접은 수천 명으로 이루어졌다. 집강소의 주요 임무는 조선 후기에 강화된 3정의 말폐들은 제거하고, 새로운 경제적 지초를 세우며, 봉건주의적 신분제를 청산하는 것이었다.

전봉준은 수천의 무리를 거느리고 금구, 원평에 주둔하면서 전라우도를 호령하고 있었다. 김개남도 역시 수천의 무리와 함께 남원에 웅거하면서 전라좌도를 호령하였다. 그 밖에 김덕명, 손화중, 최경선 등도 각각 일방一方을 차지하였다.

보물 308호로 지정된 풍남문은 서울의 남대문을 그대로 본떠서 지었다. 전주성의 4대문 중 유일하게 남아 있는 곳이다. 갑오년 당시 농민군들은 이 문을 열고 완산으로 진격해 올라갔다. 승리와 패배, 화해를 지켜본 풍남문은 지금도 의연하게 서 있지만 그 역사, 그 날의 함성소리를 누가 얼마나 기억하랴.

선화당 자리였던 도청을 지나 객사로 갔다. 객사에는 왕실이 태어난 곳이라는 뜻을 지닌 '풍패지관豊沛之館'이라는 현판이 걸려 있다. 객사의 널찍한 마룻바닥에 걸터앉은 우리는 백 년 전 험난했던 세월을 이야기했다. 부산하게 오고 갔을 흰옷 입은 사람들, 주눅 든 눈빛으로 눈치만 보았을 관군들, 그것이 천지개벽이 아니면 무엇이 천지개벽이랴. 객사는 전주의 중심부 관통로에 위치한 보물 583호다. 이 건물에 농민군은 지휘부를 설치했다. 항상 먼발치에서 구경만 했을 객사에 농민군이 주인으로 당당하게 들어섰을 때 감회가 어떠했을까.

처음부터 끝까지 혁명가였던 김개남

남원 교룡산 호남좌도 호령하던 김개남의 산

동학농민군 지도부의 분열

역사에는 가정이 없다는 것을 알면서도 지나간 역사를 이렇게 저렇게 되짚어볼 때가 있다. 넓은 의미에서 한 나라의 운명뿐 아니라 한 개인의 운명에 있어서도 마찬가지다. E. H. 카아는 『역사에 있어서의 인과관계』라는 글에서 몇 가지를 언급한다. 클레오파트라의 코와 알렉산더 대왕이 총애하던 원숭이에 물려 죽은 사건에 대해 말한다. 트로츠키가 스탈린과 권력을 다투던 중요한 시기에 산오리 사냥을 나갔다가 후유증을 앓게 된다. 고열에 시달리며 아무 활동도 못 하다 권력을 빼앗긴 사건을 언급하면서 "혁명이나 전쟁을 예견한다는 것은 가능하다. 그러나 가을철 산오리 사냥의 결과를 예견한다는 일은 불가능하다"라는 트로츠키의 말을 인용했다.

그 말은 영국왕실의 지리학자였던 이사벨라 버드비숍 여사의 글에도 나타난다. 비숍 여사는 동학농민혁명 당시인 1893~95년 조선에 있으면서 역사의 현장을 지켜보고『한국과 그 이웃나라들』을 썼다. 당시 한국, 중국, 일본 세 나라는 도토리 키 재기 식으로 우열을 가릴 수 없었다고 한다. 불과 몇 년 사이에 한국과 중국이 무너지고 일본이 득세하리라고는 상상도 못 했다는 비숍 여사의 글은 의미심장하다.

전주화약도 그렇다. 황토현 싸움이나 황룡강 싸움에서 대승을 거두고 곧바로 서울로 진격하였더라면, 하는 아쉬움이 드는 건 어쩔 수 없다. 전주화약을 못마땅하게 여긴 한 말의 유학자 황현의 말을 들어보자.

> 드디어 북문을 열고 북을 치고 춤을 추며 대오를 정렬하고 성을 나와 관군이 있는 곳을 지나 서쪽으로 갔다. 강화 병력은 분함을 참지 못하고 공격하고자 하였지만 계훈이 명령으로 내리눌러 공격할 수 없었다. 보은의 전투에서는 적이 맨손으로 모인 인원이 8만 명으로, 대포 한방으로 가루를 만들어버릴 수 있었는데도, 문리(文吏)의 견제로 하늘에서 마련해 준 토벌의 기회를 잃어버리더니, 전주를 포위함에 이르러서는 비어 있는 성에 적을 몰아넣고 물샐 틈 없이 지킨 지 얼마인가. 단 한 번 공격의 북소리만 울리면 모두 평정할 수 있었는데, 장수가 용렬하게 팔짱을 끼고 포위한 그물을 풀었으니, 크지도 않은 나라에서 어찌하여 두 번이나 잘못을 저질러 살무사에 손을 쏘이고 범과 들소가 우리에서 도망치게 한단 말인가.
>
> 속담에 '적은 하루를 풀어주면 백 년 동안 근심하게 되고, 풀은 베어도 뿌리가 남고, 타고 남은 재는 다시 불씨가 된다'는 말이 있다. 오늘의 상황을 살

펴보면 적을 희롱하다가 일을 그르친 책임을 계훈이 사과한다고 될 일인가. 어떤 사람은 '임금의 뜻이 그러한데 어찌하겠느냐'고 하지만, 이미 초토사를 보냈고 다시 순변사를 보낸 일과, 청에 도움을 청하고, 일본에 도움을 청한 것은 도대체 무슨 생각에서 나온 것이며, 성의 포위가 겨우 형성된 마당에 돌연 사면령을 내리는 것은 무슨 마음인가. 군신상하가 일정한 원칙도 없이 천 리 먼 곳에서 군대의 중요 전략을 결정하니, 조정의 책략은 잘못되고 장수의 임무는 소홀히 다루어졌다. 비록 '시대의 운수 때문이라'고 하나, 어찌 일찍이 사람의 생각이 잘못을 불러왔다 아니하겠는가.

서울로 진격하지 않으면 후회할 것이라 말했던 김개남을 비롯한 급진적인 농민군들이 바라본 전주화약을 후세의 우리들이 무어라고 판단할 것인가. 관군이나 농민군 양편이 모두 염려했던 외세 개입이나 전봉준의 부상, 농번기 등 이유야 많겠지만 무엇보다 농민군이 개혁방향을 뚜렷하게 정하지 못하고 자신의 역량을 확신하지 못한 결과일 것이다.

전주화약을 맺고 농민군은 두 갈래로 나뉘어 퇴각했다. 전봉준의 주력부대는 원평, 태인, 흥덕 쪽으로 내려갔다. 전주화약을 거부했던 김개남은 "이제부터 결단코 소심한 책상물림들과는 상종을 안 할 것이다"라고 다짐하며 남원으로 내려갔다. 농민군들은 "우리는 귀화했다. 우리의 요구를 들어주지 않으면 다시 일어날 것이다"라고 외치며 각 고을을 휩쓸었다. 전라도 53개 주는 집강소가 설치되어 혁명이 끝날 때까지 6개월 동안 민간의 서정을 집행했다.

동학농민혁명의 지도자 중 가장 진보적이고 불꽃 같은 삶을 살았던 김개남의 뒤를 따라 춘향이고개 넘어 남원으로 떠난 것은 팔월의 마지막 날이었다.

남원 대접주 김개남이 집강소를 설치했던 남원의 교룡산성

남원 시내에서 서북쪽으로 남원시 산곡동과 남원군 대산면을 경계로 교룡산이 솟아 있다. 교룡산 중턱을 띠처럼 휘감고 잘 다듬어진 작은 돌로 담장처럼 쌓은 교룡산성은 『남원지』에 의하면 백제 때 축성된 것이라 한다. 성의 둘레는 3,200m에 달하며 높이는 4.5m쯤으로 되어 있다. 이 성은 원래 4대문이 있었으나 오랜 세월이 흐르는 동안 서, 남, 북문은 흔적도 없이 사라졌다. 『동국여지승람東國輿地勝覽』은 교룡산성을 이렇게 설명했다.

고을의 서쪽 7리 되는 곳에 있으며, 북쪽에 밀덕, 복덕 두 봉우리가 하늘 높이 솟아 있다. 산성은 석축으로 주위가 5,717척이고, 안에는 99개의 우물과 작은 시내 하나와 군창이 있다.

홍예문만 옛 모습을 그대로 간직하고 있었다. 홍예문 아래 고죽동은 연산군 때 무오사화를 일으켰던 장본인 유자광이 태어난 곳이다. 김개남은 교룡산성 안에 집강소를 설치하였고 전라좌도를 통솔했다.

'김개남동학농민군주둔지'라는 팻말을 지나 홍예문으로 들어섰다. 역대 산성별장들의 선정비 여남은 개가 줄지어 서 있는 바로 윗마을이 산곡리다. 임금에게 진상하는 닭과 산성리 엿으로 이름이 높았던 산곡리를 지나 선국사 가는 길은 미로 같았다. 인공의 때가 전혀 묻지 않은 대나무밭과 칡넝쿨, 대추나무, 밤나무, 감나무 등 온갖 나무가 우거진 길을 한참을 올라가 선국사에 도착했다.
교룡산성 안에 있으므로 산성절이라고 부르는 선국사의 본래 이름은 용천사였다. 용천사가 선국사로 개명된 과정에 대한 기록은 찾을 수 없었다. 고려 말 빈번했던 왜구의 침략과 조선조 임진, 정유 국란이 있을 때마다 전라좌영이 위치한 남원부 산하 6개 군현에서 거둬들인 군량미를 저장하고 병력을 배치해 나라를 지키는 절이라 하여 선국사라고 개명했다는 설이 가장 설득력이 있다.

수운 최제우가 피신 수양한 선국사 운적암

선국사가 부흥했던 시절에는 승려만 3백여 명이었다는데 지금은 대웅전과

남원 교룡산성 안에 있는 선국사. 최제우와 김개남의 흔적이 남아있다.

칠성각, 요사채와 한쪽 귀퉁이가 허물어져 가는 보제루만 쓸쓸하게 남아 있다. 선국사 대웅전 뒤로 10여 분쯤 오른 산위에 절터만 남아 있는 은적암에 1862년 최제우가 왔었고 그의 발자취가 선명하게 새겨져 있다.

경주시 현곡면 가정리 용담에서 동학을 창시한 수운 최제우는 1862년 겨울 전라도 남원으로 피신해 온다. 사람이 한울이라는 동학의 큰 이치를 깨달아 널리 펴고 있던 중에 추로지향의 영남지방에 만연한 사상의 보수성과 온갖 박해를 피해 전라도 땅에 발을 디딘 것이다. 그는 남원성 남문 밖의 주막에서 훗날 동학의 골수 신자가 된 서공서를 만난다. 그의 안내로 교룡산성에 있는 선국사에 방을 얻어 은적암이라는 당호를 붙이고 8개월여 동안 피신

수양한다.

수운이 교룡산의 은적암에 거처할 때 남원 일대의 사대부들이 담론을 하고자 여러 번 찾아왔다. 그것은 경상도 유생이 왔다고 하니까 호기심에서 찾아온 것이었다. 그러던 어느 날 노스님이 수운을 찾아왔다. 그 스님의 이름이 송월당이다. 수운이 보통사람이 아닌 것을 알고 담론을 즐길 생각으로 노스님은 수운에게 물었다.

"선생은 불도를 연구하십니까?"

"예, 나는 불도를 좋아합니다."

"그러면 어찌하여 중이 되지 않으셨소?"

"중이 아니고서도 불도를 깨닫는 것이 좋지 않소?"

"그러면 유도를 좋아하십니까?"

"나는 유도를 좋아는 하지만 유생은 아닙니다."

"그러면 선도를 좋아합니까?"

"선도를 하지는 않지만 좋아는 하지요."

"그러면 무엇이란 말씀입니까? 아무것도 하는 것이 없이, 아무것이나 다 좋아한다 하니 그 말의 뜻을 알아들을 수가 없습니다."

그 말을 들은 수운이 스님에게 물었다.

"스님은 두 팔 중 어느 팔은 배척하고 어느 팔은 사랑하는지요?"

노승은 그때서야 말의 뜻을 깨닫고서, "예 알겠습니다. 선생은 몸을 사랑하는 분이시군요!" 했다. 수운은 다음과 같이 답했다.

"오직 우주의 원리인 한울님의 도, 천도를 좋아할 뿐입니다."

이 말을 들은 노스님은 감복하여 한참 동안 말을 잃었다.

훗날 제자들이 수운에게 물었다.

"은적암 노승에게 왜 도를 전하지 않으셨습니까?"

수운의 대답은 이러했다.

"이미 물든 종이는 새로운 그림을 그리지 못하나니, 노승은 이미 물든 종이라 건지려면 찢어질 뿐이니 그대로 두는 것이 도리어 옳지 않느냐?"

그곳에서 수운은 '오심즉여심吾心卽汝心'이 동학임을 밝히는 『논학문論學文』 등을 집필하였다. 또한 동학농민혁명의 전개과정 중에 혁명적인 노래의 핵심이고 가장 중요한 '칼노래'를 만든다.

> 시호시호 이내시호 부재패지 시호로다 만세일지 장부로서 오만년의 시호로다 용천검 드는칼을 아니쓰고 무엇하리 무수장삼 떨쳐입고 이칼저칼 넌즛들어 호호망망 넓은천지 일신으로 비껴서서 칼노래 한곡조를 시호시호 불러대니 용천검 날랜 칼은 일월을 희롱하고 게으른 무수장삼 우주에 덮혀있네 만고명장 어디있나 장부당전 무장사라 좋을시고 좋을시고 이내신명 좋을시고

수운은 선국사의 대발에서나 묘고봉에 올라 고향을 떠나올 수밖에 없었던 울분을 시로 읊조리고 칼노래를 부르며 칼춤을 추었다. 칼노래는 1864년 수운이 체포되어 대구 장대에서 "동학의 두목 최제우는 삿된 방술로써 병을 낫게 한다고 사칭했으며 주문으로 국가와 민족을 속였고 칼노래로 국가의 정사를 모반했으니 좌도난정률에 따라 처형함이 마땅하다"라며 좌도난정률이라는 죄목으로 죽임을 당하게 만드는 결정적인 원인이 된다.

수운은 그렇게 죽었다. 그러나 그가 은적암에서 숨어 지낸 몇 개월이 남접의 시작이 되고 결국 갑오년 동학농민혁명의 도화선이 되었다.

그렇다면 최제우는 서학, 즉 천주교를 어떻게 보았을까? 그는 "이 사람들은 도를 서도西道라 하고 학을 천주학이라 하고 교를 성교聖敎라 하니 이것은 천시天時를 알고 천명天命을 받은 것이 아니겠는가?"라며 동학과 서학이 도道와 운運이 같으며 이치만 다를 뿐이라고 보았다. 그때 최제우가 유학을 공부한 선비들과 최제우가 나눈 대화를 보자.

"그러면 그 도의 이름은 무엇인가?"

"천도天道라고 한다."

"서도와 다른 점은 무엇인가?"

"양학洋學은 이와 같으면서도 다르다. 빌어서 얻는 것이 없도다. 그러니 운運인즉 하나요, 도인즉 같지만 이치만은 같지 않다."

최제우는 동학과 서학 두 가지가 다 천도를 믿는 것에서는 같고 다만 그 설명하는 것만이 다를 뿐이라고 말했다. 또 하나의 차이점을 지적한다면 서학은 주술의 효험이 없다고 보았다.

"우리의 도는 무위이화無爲而化이다. 그 마음을 지키고 그 기를 바르게 하고 그 성품을 거느리고 그 가르침을 받으면 그저 자연이 될 것이다."

그렇다면 최제우는 자신의 도를 왜 동학이라 불렀는가?

"같은 도라고 말했는데, 그러면 그것을 서도라고 이름해도 되는가?"

"그렇지 않다. 나 또한 동에서 나서 동에서 받았으니 도는 비록 천도이나 학은 동학이다. 하물며 땅이 동서로 나뉘어 있으니 서를 어찌 동이라 하며 동을 어찌 서라고 하겠는가?"

동학이라는 이름은 최제우가 남원 선국사의 은적암에서 집필한 『동학문東學

論』, 『논학문論學文』에서 시작된 것이다. 최제우는 최시형에게 "천天과 인仁을 하나의 이치로 하여 대도大道의 근원으로 삼고, 정성과 공경과 믿음을 도의 본체로 삼고, 수심정기를 수도의 핵심으로 삼아 덕을 펴고, 널리 뭇사람들을 구하기를 도를 행함의 요체로 삼으라" 라고 말했다.

최제우는 서학을 개인의 일신을 위하는 이기적 신앙으로 보면서 기화지신氣化之神, 즉 신과의 무속적 접신의 경지가 없는 것을 부정적으로 보았다. 〈교훈가敎訓歌〉에서 이렇게 묘사하고 있다.

> 서양 사람은 하는 말에 차례가 없고, 글에는 조리가 없으며, 천주를 위하는 데는 끝이 없다. 오직 자기 일을 위하려고만 하고 몸에는 기회지신이 없고, 학문에는 천주의 가르침이 없다. 그러니 자취가 없고, 생각은 있으나 천주에 비는 주문이 없기 때문에 허무에 가깝다.

"사람들을 가르쳐서 하느님을 위하게 하라"는 가르침을 수운이 받고 창시한 도道가 동학이다. 그러므로 하느님을 마음으로만 믿어서는 안 되고 몸으로도 생생하게 체험해야 한다고 가르쳤다. 하느님을 마음과 몸으로 체득하는 것을 동학에서는 "하느님을 모신다[侍天主]"라고 하였고 이것이 동학의 중심 사상이다. 하느님을 모시면 만사가 저절로 깨달아지고 무한한 힘을 발휘할 수 있다고 본 것이다.

수운이 주문을 두고 "하느님을 지극히 위하는 글[至爲天主之字]"이라고 말했기 때문에 동학에서는 주문을 외우는 것을 매우 중요시하였다.

최제우는 '접신이 없으면 시천주侍天主 자체가 불가능하다'고 보았고 따라서 천주의 교敎도 없는 것으로 보았다.

2대 교주인 최시형은 이것을 더 확대시켜서 "하나님을 기른다[養天主]"고 하였으며, 누구나 하느님을 모시고 있기 때문에 "사람을 섬기기를 하느님 섬기듯이 하라[事人如天]"는 인간존중 사상으로 발전하게 되면서 다시 새가 지저귀는 소리나, 베 짜는 소리까지도 하느님의 소리라고 말했다. 사람만이 아니라 세상의 모든 존재는 모두 하느님을 모시고 있다는 것으로 풀이되었던 것이다.

예수는 "나는 밥이다. 나를 먹고, 내 피를 마시고 나를 기념함으로써, 평화를 얻고 영원한 생명을 얻으라"라고 말했다. 최제우 역시 "흙이 똥을 마다하지 않는 것은 오곡이 풍성하게 열릴 것이기 때문이다"라는 말을 남겼다. 예수는 십자가에 못 박혀서 죽었고, 최제우는 세상을 구제하려다가 단두대의 이슬로 사라졌다. 그리고 석가도 공자도 모두가 죽었다.

삶과 죽음 앞에서 진실로 깨달음이란 무엇인가? 그 깨달음에 대해 석가는 "길의 끝에 자유가 있다. 그때까지는 참으라"라고 말했다. 참고 기다리고 들으면서 깨달음에 도달한 싯다르타의 경우와 같다고 볼 수 있다. 그렇다면 최제우가 창시한 동학의 도업은 무엇인가?

최제우는 "유, 불, 선에서 유래한 것이 아니라 유, 불, 선이야말로 동학의 일부분이다. 유의 윤리와 불의 각성, 선의 양기養氣는 인간성의 자연스러운 품격이고 천도의 고유한 부분이며 우리 도는 이 무한대원無限大願을 얻는 것이다"라고 말하고 "사람이 곧 한울이다"라는 인내천 사상과 인간 평등을 실현하고자 "부하고 귀한 사람이 지나간 때에는 빈천으로 되고 빈하고 천한 사람이 다가올 때에는 부귀가 된다"라는 교리를 폈다.

또한 최제우는 다음과 같이 얘기했다.

"나도 역시 바라는 바는 오로지 하늘만 믿어´해몽解夢된 너희들이 책을 전부

폐하고 수도에만 노력하는 것이다. 하늘을 믿고 따르는 것이 진정 올바른 도덕道德이며 문장이라 생각하고, 도와 덕이 발현되는 세상에 이르지 못할 것을 두려워하는 마음으로 열 세자 주문(시천주조화정영세불망만사지)을 제대로 따른다면 만권의 시서詩書가 아무런 필요가 없을 것이다"라며 이어서 "보라 간교한 자와 음험한 자가 오히려 만권시서를 읽은 자들 중에 많지 않은가? 나라를 망하게 하고 세상을 혼란하게 만든 것은 시서를 배운 유생이 아닌가? 따라서 도덕이 주인이고 문필文筆이 객임을 제군은 특히 명심하라"라고 말했다.

수운 최제우가 '동학'이 포덕천하布德天下에 의해 "보국안민輔國安民 광제창생廣濟蒼生 한다"라고 했을 때 포덕천하란 사람이 한울인 것을 온 세상에 실현하는 것이다. 그러므로 최제우는 〈몽중노소문답가夢中老少問答歌〉에서 "하원갑下元甲 지난 후 상원갑上元甲 좋은 시절에… 억세창생 다수 백성의 태평곡 격양가를 머지않아 듣는다면 이 세상에 무극대도無極大道 전지무능全知無能 아닐런가"라고 노래하고 있다, 한편에서는 19세기 이 나라에서 창건되었던 동학이 민중적이지만 어디까지나 종교적이고 정치적, 사회적 정신에 있어서 민중과 걸음을 같이 하는 데까지는 나가지 못했다는 지적을 받고 있기도 하다.

보제루의 너른 대청마루에 앉아 최제우의 옷깃이라도 스칠세라 이곳저곳을 두리번거렸다. 그가 불렀던 칼노래 소리도 큰 기침소리도 사라지고 백일홍 꽃망울만 고왔다. 선국사를 나와 밀덕봉으로 올라가는 산길로 접어들었다. 교룡산의 남쪽 봉우리 복덕봉을 바라보며 정상인 북쪽의 밀덕봉에 올랐다.

남원은 백제 온조왕 때 교룡군이라는 지명을 얻었다. 그 후 대방군으로 개칭되었다가 평안도에 설치되었던 한사군에 대방군이 생기자 남대방군으로 불리게 된다. 남원은 경상도와 전라도의 경제를 이루는 곳으로 예부터 그 일대를 서로 차지하려는 싸움이 그칠 날이 없었다. 신라 김춘추의 동생이 백제와의 아막성 전투에서 전사했으며, 고려 말에는 이성계가 함양을 거쳐 운봉으로 넘어오는 왜구를 무찔렀다. 그 전투가 황산대첩이다.

남원에서 잊히지 않을 또 하나의 큰 싸움이 벌어졌다. 정유재란 때 왜군 5만6천 명과 남원의 관군, 민간인 1만여 명이 처절한 싸움 끝에 한 사람도 남김없이 숨을 거두었다. 남원시 동충동에 있는 '만인의 총'은 그 넋을 기리기 위해 세운 것이다. 광한루는 고향이 장수였던 명재상 황희가 세운 아름다운 누각이다. 여기서 이도령과 춘향이의 험난하지만 아름다운 사랑이 시작되었다. 춘향전 못지않게 판소리로 널리 알려진 홍부전의 무대 역시 남원이다. 팔령고개 넘어가기 전 인월에서 연홍부, 놀부가 태어났다.

끝까지 싸우자는 강경론자 김개남

남원은 동학의 땅, 한국전쟁의 산 증인이기도 하다. 홍부 놀부가 박을 타고 춘향이와 이도령이 울며 잡고 이별했던 남원의 들녘과 산맥에 아픈 상흔만 남아 떠돌고 있다, 가을 햇살에 빛나는 남원과 이름만 들어도 가슴 서늘한 지리산을 바라보며 그 역사 속으로 천천히 들어갔다.

황현은 『오하기문梧下紀聞』에서 김개남을 이렇게 적고 있다.

봉준과 기범은 둘 다 마흔 살쯤 되었다. 기범의 집안은 태인에서 몇 대에 걸

남원 운봉의 토호 박봉양의 영세불망비

친 토호였던 까닭에 그 지방 사람들은 이들 집안을 '도강 김씨(道康 金氏)'라고 불렀다. 기범의 사람됨은 음험하면서도 의지가 굳은 면이 있어 자못 무력으로 사람들에게 군림하였다. 난이 일어났던 초기에 그 집안 사람들은 대부분 그를 따라 난에 참여하게 되었으며 도강 김씨 중에 접주가 스물네 명이나 되었다. 기범은 자기 스스로 꿈에 신령이 나타나 손바닥에 '개남(開南)' 두 자를 써 주었다면서, 개남으로 호를 삼았다.

훗날 김개남이 남원을 떠나 전주로 올라가자 박봉양은 곧바로 민보군을 모아 남원성을 공략했다. 11월 13일 농민군 지도자 유복만, 남응삼 등은 농민군을 이끌고 운봉을 넘어 영남으로 진격하고자 산동방 부동촌에서 민보군과 맞붙었다. 그 싸움에서 농민군 수천여 명의 사상자만 내고 물러난다. 11월 28일 박봉양군은 남원성을 공격하였다. 농민군이 북문을 열고 달아나자 성에 입성한 박봉양은 수백 명을 베어 죽이는 만행을 저질렀다.

7만여 명의 전라도 농민군들이 참가한 이 싸움에서 세 지도자는 의견일치를 이루지 못했다. 전봉준, 김개남, 손화중이 중점적으로 나누었던 대화를 『오하기문梧下紀聞』은 또 이렇게 기록하고 있다.

전: 지금의 정세를 보면 왜와 청이 싸우고 있으나 한쪽이 이기면 반드시 군사를 우리 쪽으로 돌릴 것이다. 우리는 무리가 많으나 오합지졸이어서 쉽게 흩어져 뜻을 이루기 힘들다. 그러니 귀화를 빗대어 각 고을에 흩어져 있다가 천천히 상황변화를 살펴 움직이는 것이 좋을 것이다.

김: 대중은 한번 흩어지면 다시 모으기가 어렵다.

손: 우리가 봉기한 지 반년이 되어 비록 한 도가 호응한다고 하지만 명성 있는 사족들과 재산 있는 자들은 따르지 않고 글 잘하는 선비도 따르지 않는다. 더불어 접장이라는 자들은 어리석은 천인들로 화를 즐기고 약탈하는 것을 좋아하는 무리들뿐이다. 사람의 마음을 시험해 보니 일이 이루어지지 않을 것 같다. 사방으로 흩어져 목숨이나 온전히 도모하는 것이 좋을 듯하다.

전봉준은 외부의 사정에 말려들기보다 사태의 추이를 지켜보자는 입장이었다. 김개남은 대중이 한번 흩어지면 모으기가 어려우니 물리적 대응을 하자는 강경론을 폈다. 손화중은 대체적으로 회의적이어서 흩어져 목숨이나 도모하자는 쪽이었다. 일본군은 경복궁을 침입했고 청일전쟁을 일으켰다. 전라감사 김학진과 전봉준이 제휴하여 집강소 통치를 공고히 하였고, 김개남은 피서를 핑계로 임실 성수산에 있는 상이암으로 들어갔다.

임실군 성수면과 진안군 백운면 사이에 성수산이 솟아 있다. 성수산의 상이암은 고려 태조 왕건과 조선을 건국한 이성계가 기도를 올렸다는 전설이 있다. 전설에 따르면 상이암은 신라 헌강왕 1년(875)에 도선이 세웠다. 왕건은 열일곱 살 무렵 도선과 함께 명산을 떠돌아다니다가 이 절에 정착하여

김개남이 서울로 진격을 하기 전 기도를 올렸던 임실 성수산 상이암

백일기도를 올렸다. 백일이 지나도 아무런 효험이 없자 삼일 동안 기도를 더해서 백삼일이 되었다고 한다.

이성계 역시 상이암에서 백삼일 동안 기도를 올렸다. 그가 상이암에 있었다는 증거로 상이암 입구에 있는 비석 '삼청동'을 이성계가 썼다고 주장한다. 훗날 이성계가 세운 조선에 맞서 동학농민혁명을 일으킨 김개남도 그곳에 기도를 드리러 왔다. 한국전쟁 당시 회문산에서 출발한 남부군이 성수산에서 사흘 동안 머물렀다. 그들은 이 근방의 성수지서와 임실경찰서를 습격했다고 전한다.

'척양척왜' 외치는 반외세투쟁 2차 봉기

임실군 성수면에서 진안군 백운면으로 넘어가는 대홍재 초입 수철리로 들어가면 성수산 깊숙한 곳에 상이암이 있다. 수철리 방죽이 근방에서 제법 넓은 면적을 자랑하듯 골짜기도 깊었다. 계절은 가을로 접어들고 있었다. 이곳저곳에서 2차 봉기의 조짐이 있었고 2차 봉기가 시작되면서 농민군으로부터 '척양척왜' 구호가 등장한다.

전봉준, 손화중, 손병희로 이어지는 동학은 농민혁명이 끝나면서 막을 내리고 온전히 동학정신이 살아남은 것은 김개남포였다고 했다. 가는 곳마다 파죽지세로 점령하고 무서운 혁명적 열기로 사방을 제패했다. 지리산을 넘어 하동, 진주까지 진출했던 김개남의 잔존세력들은 농민혁명이 끝난 후 지리산으로 숨어들었다. 그들이 결국 1차, 2차, 3차 지리산 의병전쟁의 주역이 된다. 진주 형평사운동과 고려공산당을 만든 김단야로, 민족민중운동의 중심세력으로 오늘날까지 면면히 이어져 왔다.

일본의 청일전쟁 승리, 외환 내우의 시대

완주 서방산 동학농민군의 2차 기병을 바라본 서방정토의 산

외세에 맞서 구국의 깃발을 든 동학농민군

청일전쟁은 일본의 승리로 막을 내렸다. 일본군과 청의 군대는 조선의 무능한 조정을 비웃듯이 자기네 안마당인양 조선 천지를 피로 물 들였다.

전쟁의 포연이 사라지지 않은 이 땅은 지옥 같았다. 온 성안에 사람과 짐승의 그림자는 보이지 않았다. 2~4천 명의 사람들이 수백 마리의 마소와 함께 학살되어 주검이 언덕을 이루었다. 짓누르는 시체 더미에서 벗어나려고 헛되이 애쓰다가 죽음의 고통으로 뻣뻣해진 시체가 도랑까지 가득 찼다. 뜨거운 태양 아래 썩어가는 시체 옆에서 버림받은 개들이 축제를 벌였다. 불타고 부서진 건물과 선화당 밑에 병사들의 시체가 산을 이루었다. 시체를 끌어내 태우는 데만 열흘 밤낮이 걸렸다고 하니 그 참상을 무어라 말하겠는가. 아산만 일대를 비롯해 그들이 스쳐 간 곳은 어디나 비슷했다.

전봉준과 농민군의 수뇌부는 일본군과 한양의 상황을 면밀히 지켜보며 필연적으로 일어날 수밖에 없는 2차 봉기의 군자금을 확보하기 위해 백양사에 지휘본부를 두었다. 향반 세력을 동원해서 군자금과 식량 조달에 협력하도록 하였다. 그런 노력으로 농민군은 군수품과 무기를 어느 정도 갖출 수 있었다. 『오하기문梧下紀聞』에는 그때의 상황이 이렇게 적혀 있다.

> 태인은 농민군의 소굴이 되어 재물이 산처럼 쌓이고, 1호가 4~5마리의 말을 길러서 말의 수가 엄청났으며 집에 비축한 총통이 적은 것이 10여 자루였다.

일본은 잠정합동조관을 체결하여 경부, 경인 철도부설권을 빼앗아갔다. 한일공수동맹으로 조선의 군사력을, 신식화폐장정을 체결하여 조선의 경제적 편의수단을 확보했다. 조선은 이미 일본의 손아귀에 들어간 것이나 다름없었다. 일본은 조선의 숨통을 시시각각 조여오고 있었다. 전봉준은 후일 법정 진술에서 "그러면 경성에 있는 일병과 각국인을 모조리 쫓아내려 했는가?"라는 물음에 "그렇지 않다. 각국인은 단지 통상하고 있을 뿐이나, 일본인은 병사를 이끌고 경성에 주둔하는 고로 우리나라의 영토를 침략하는 것이라 생각했다"라고 대답했다.

동학농민혁명과 불가분의 관계를 맺고 있는 위봉산성은 전주에서 30분 거리에 있다. 진안, 장수, 무주 방향으로 곧장 가다가 종남산 송광사라고 쓴 팻말 앞에서 사잇길로 접어들었다. 봄날 벚꽃 축제가 인상적인 벚나무 숲길을 한참 따라가면 고즈넉한 절 송광사가 왼편에 자리 잡고 있다. 집집마

위봉산성. 숙종 때 쌓은 성이다.

다 널어놓은 한지가 푸르스름한 가을 햇살에 펄럭였다. 지금은 중국산 종이에 밀려 겨우 명맥만 유지하고 있지만 예부터 송광사 부근의 한지는 질이 좋기로 전국에 이름이 높았다.

도시 근교라는 느낌이 들지 않는 마을인 대흥리와 오성리를 지나 고개를 돌고 돌아 뱀재로 올라섰다. 먼 곳에서 봐도 산성의 흔적이 완벽한 위봉산성은 위봉사로 넘어가는 고갯마루에서 헐벗은 몸을 드러내고 있었다. 숙종 원년 1675년에 태조 이성계의 초상화를 모셔두기 위해 세워졌다. 이 산성은 고개 너머에 있는 위봉마을을 안고, 경사가 심한 도솔봉, 장대봉과 같은 위봉산의 봉우리를 한 바퀴 돌아 감쌌다. 임진왜란과 정유재란, 병자호란 당

완주군 소양면 대흥리에 있는 위봉사. 그 당시 경기전에 있던 이태조의 위패와 영정을 옮겨왔던 절이다.

시 경기전에 모신 이태조의 초상화를 그린 영정과 왕조실록이 여러 번 피신하는 수난을 겪었다.

정읍 내장산의 용굴암, 충청도 경기도 강화, 평안도 묘향산, 무주의 적상산성 등이 피난처였다. 정유재란 때 정읍 내장산으로 왕조실록을 옮긴 사람이 손화중의 선조 손홍록이었다. 그런 연유로 전주에서 가깝고 지형이 험한 위봉산을 골라 성을 쌓은 것이다. 실제로 농민혁명 당시 판관 민영승이 태조의 영정과 위패를 위봉산성 안에 있는 위봉사 경산스님에게 맡겨 두고 공주로 도망친 일이 있었다. 이태조의 영정은 대웅전의 법당 안에 부처님과 함께 모셔졌고, 영정을 지키고자 성안에 행궁을 세우고 영정이안소影幀移安所라

했다.

『완산지完山誌』에 의하면 성을 쌓을 때 성의 둘레는 35리에 달하고 높이는 8척쯤 되었다. 그곳에 전라도 곳곳의 병기를 두는 창고가 늘어서 있었다. 서북동에 문이 3개 있었는데 두 개는 허물어지고 문루가 있던 서문, 즉 홍예문만 남아 옛날의 자취를 전하고 있다.

고개를 넘어가면 백제 무왕 때 창건된 위봉사가 있다. 그때만 해도 31본산 중 하나로 대사찰이었던 위봉사에 농민혁명 당시의 것으로 남아 있는 것은 보물 608호로 지정된 보광명전뿐이다. 보광명전 하나만 남기고 6·25 때 모두 불타버린 것을 얼마 전에야 대대적인 중창불사를 했다. 오래지 않아 한적한 옛날의 위봉사는 사라질 것을 가슴 아파하며 서방산 가는 용진 쪽으로 향했다.

간중리 저수지를 돌아 유격장 넘어 밤나무와 상수리나무 우거진 산길을 올라갔다. '서방정토 봉서사'라고 적힌 이 절은 신라 성덕왕 때 혜철선사가 창건했다. 완주군 용진면 간중리에 자리한 유서 깊은 태고종의 절이다. 경내에는 폭포가 있고 경치가 아름다워 사람들의 발길이 끊이지 않았다. 그러나 6·25 때 불타버리고 지금은 조용한 절이다.

봉서사에는 선조 때의 고승 진묵대사의 체취가 배어 있다. 석가의 소화신이라 불렸던 진묵대사는 김제 만경 태생이다. 선으로 마음을 가라앉히고 불경을 읽는 일로 일생을 마친 그의 행적은 전설로만 남아 세상에 떠돌아다녔다.

오랜 세월 뒤 은고 김기종이 전해오는 이야기를 모아 초의대사에게 전기를 쓰게 했다. 진묵대사와 오랜 교분을 맺었던 김동준이 일기에 "이 분은 중이기는 하나 유림의 행동을 하였으니 슬픈 마음 참을 수 없다"라고 쓴 것으로 보아 진묵대사는 불경뿐만 아니라 유학에도 조예가 깊은 승려였음을 알 수 있다.

그는 홀로된 모친을 전주 왜막촌에 봉양하였는데, 도술로 모기를 물리쳤다는 일화가 남아 있다. 어머님에 대한 효성이 극심했던 진묵대사는 모친이 세상을 떠나자 만경 북면 유앙산에 장사를 지냈다. 오늘날의 성모암 옆자리인데 연화부수형으로 명당 중의 명당이었다. 그날 진묵대사는 목수를 불러 현판을 만들고 스스로 붓을 들어 이렇게 썼다고 한다.

> 여기 이 묘는 만경현 불거촌에서 나서 출가 사문이 된 진묵일옥의 어머니를 모시는바 누구든지 풍년을 바라거나 질병을 낫기를 바라거든 이 묘를 잘 받들지니라. 만일 정성껏 받든 이가 영험을 못 받았거든 이 진묵이 대신 결초보은하리라.

그로부터 마을 사람들이 봉분을 사초하고 향화를 올리면 여러 가지 영험이 있다는 소문이 나서 오늘날까지 참배객들이 줄을 잇고 있다. 진묵스님은 다음과 같은 게를 남겼다.

> 하늘을 이불 삼고 땅으로 요를 펴 놓으니 산은 절로 베개로다. 달은 등불이요, 구름은 병풍이라. 바닷물로 술잔을 하여 거나하게 취한 끝에 일어서서 춤을 추고픈데 곤륜산에 소맷자락이 걸쳐지는 아니꼽이여.

선의 경지에서는 서산을 능가한 대각자라 일컬어지는 진묵대사는 술을 곡차穀茶라며 즐기었다. 봉곡과 많은 수창酬唱을 남겼으나 오랜 세월에 흩어져 전해지지 않는다. 그는 전라감사의 부인과 전생에 금강산의 보덕굴에서 같이 도를 닦았던 도반이었다. 그것을 잊어버린 감사의 부인에게 알려주고자 그는 늠름하게 일어선 자신의 하초를 보여주었다. 또 매운탕 속의 고기를 먹었다가 그 고기를 살려주는 등 믿을 수 없는 일화를 남겼다.
그의 자취로 진묵전이 남아 있고 봉서사 맞은편 부도밭에는 진묵대사의 부도비가 있다. 몇 년 전부터 부도에 검은 이끼가 저절로 벗겨져 새하얀 밝은 빛의 돌이 커가는 것을 볼 수가 있다고 했다. 석양 무렵 부도 앞에 섰을 때 부도는 하얗게 새살이 돋아 커져가는 것처럼 보였다. 서방정토의 산, 서방산도 서방산이지만 아마도 진묵대사의 영험한 도력이 한몫했을 거라고 상상해보았다.
바람이 불어 후두둑 상수리가 떨어졌다. 정해진 삶을 살아가듯 능선을 따라 산길을 올라갔다. 가을 가뭄에 나무의 푸른빛은 사그라지고 있었으나 이 산에 뿌리박고 가을을 기다린 나무들은 당당하기 이를 데 없다. 개옻나무와 박달나무, 자귀나무, 서어나무, 열매 사라진 도토리나무가 있어 가는 길이 외롭지 않았다. 뒤돌아보면 열은 안갯속에 전주는 저만큼 있고 호남평야는 노랗고 빨갛게 물들어 있었다. 새콤달콤한 머루 한 송이를 따서 나눠 먹고 올라서니 정상이었다.

서울 진출을 놓고 남북접 대립

서방산 정상에서 보니 산과 산이, 산과 평야가, 하늘과 바다가 함께 만난다. 바로 눈앞에 종남산이 있고 그 너머 만덕산, 장수 팔공산, 진안 성각산, 내동산 너머 펑퍼짐한 덕태산이 보인다. 운장, 연석, 대둔산이 땀에 젖은 나를 건너다보고 만경평야 너머에선 서해바다가 파도를 몰아온다. 돌아서서 고덕산, 모악산을 바라다보았다. 매인지 소리개인지 새 한 마리가 저만치에서 날아올랐다가 아래로 곤두박질치더니 다시 비상했다. 그러다 어느새 허공 속 한 점으로 사라져 갔다. 산과 산이 끝나는 곳에서 시작되는 저 평야 바로 앞에 한내뜰이 있다.

고산천과 소양천이 만나 한내를 이루고 만경강으로 흘러간다. 한내에는 완산승경의 하나인 대천파설大川波雪이 있었다. 한여름에 눈빛같이 시원하게 부서져 내리는 물결과 가을 달밤에 갈대꽃이 핀 모래 벌에 사뿐히 내려앉는 기러기 떼를 말한다.

지금은 사라졌지만 강둑의 머리바위에 있던 비비정에서 내려다보면 배꽃같이 날려 천 쪽 만 쪽 부서져 내리던 달빛의 정경이 더할 수 없이 아름다웠다. 저녁이면 모래벌판을 끼고 고기잡이 불을 밝힌 채 게를 잡는 풍경은 한 폭의 산수화였다. 이제는 옛일이 되어버렸다. 맛이 좋기로 소문이 자자해서 다리 하나면 고봉밥을 비웠다던 참게도 사라지고 천렵꾼의 발길도 끊어진 한내의 물줄기는 실핏줄처럼 흘러 만경강이 되어 서해로 합류한다. 한내천을 바라보다가 농민군들이 2차 봉기의 깃발을 힘차게 올렸던 삼례 땅으로 들어갔다.

고부의 농민 봉기와 무장기포에서 전주화약까지의 1차 봉기는 반봉건투쟁이라고 할 수 있다. 삼례에서 기병한 2차 봉기는 한 단계 더 나아갔다. 외세와 맞서 싸운 완전한 전쟁이라고 보는 것이 타당하다.

대세를 지켜보던 전봉준이 전라도 각지에 격문을 띄워 동학농민군 4천여 명을 삼례에 재집결한 것은 9월 초순이었다. 오지영에 따르면 전라도 27개 고을에서 모인 농민군이 11만5천 명에 이르렀다. 전봉준은 공초에서 4천여 명으로 밝히고 있다. 농민군들은 스스로를 의병이라고 불렀고, 어느 때보다도 사기가 충천했다. 황토현, 황룡강 싸움의 승리도 승리려니와 전주화약 이후 농민통치까지 경험한 그들에게는 무서울 게 없었다.

서울의 봉건관료들에게 농민군의 2차 기병의 소식이 전해졌다. 놀란 그들은 허겁지겁 군사를 끌어모았다. 가까스로 모인 군사는 1~2천 명도 안 되는 심약한 정부군이었다. 그들을 앞장세워 농민군과 싸움을 벌이는 건 중과부적이었다. 믿을 수 있는 곳은 일본군밖에 없었다. 사람들은 자꾸 서울을 빠져나갔고 서울은 불안하기만 했다. 그때 남북접이 힘을 모아 서울로 진격하였더라면 농민군의 발길이 서울 장안을 휘저었으련만 세상일은 뜻대로 되지 않았다.

남북접 회담은 결렬되고 말았다. 서울로의 진격에 앞서 군사 행동을 부정하는 북접의 완강한 반대와 남북접의 해묵은 대립으로 인하여 농민군의 발목이 묶이고 만 것이다. 서울 거리에 보국안민과 척양척왜의 깃발을 휘날릴 수 있는 기회를 잃고 말았다. 오히려 최시형을 비롯한 김연국, 손천민, 손병희, 황하일 등의 북접교단은 삼례에 모인 농민군을 토벌하려는 움직임을 보였다. 최시형의 북접은 각 포에 고절문을 지어 돌렸다.

> 우리 교는 남북 어느 포를 막론하고 모두 용담에서 연원하였지만 위도존사하는 것은 오직 북접뿐이다. 지금 들으니 호남의 전봉준, 호서의 서장옥은 따로 문호를 세워 남접이라 이름 짓고서 창의 한다는 핑계로 평민을 침탈하고 교인을 죽게 하는 것이 극도에 이르렀다. 지금 다스리지 않으면 훈유

(향기나는 풀과 악취나는 풀)를 분별하지 못하고 옥석이 모두 타버리고 말 것이다. 그러므로 글을 지어 절교를 고하니 8도 각 포에서 우리 북접을 믿는 자는 더욱 분발하여 성심으로 각 포 교령의 검속에 따라 조금도 어긋남이 없이 하고 함께 사문의 난적을 토벌함이 옳을 것이다.

시천교역사 하권)

벌남기(남접 농민군을 토벌하는 깃발)까지 만들어 호남 농민군을 공격하려고 했다. 북접의 그런 태도 때문에 농민군의 진격이 20여 일이 늦어져 공주영을 관군에게 선점당하는 결과를 낳았다. 삼례, 논산, 공주를 거쳐 한양으로 진격해 들어가기도 전에 남북접은 내란 일보 직전이었다. 오지영은 『동학사東學史』에 이렇게 썼다.

갑오난을 당하여 전라도를 남접이라 부르고 충청도를 북접이라 이르며 서로 배척하게 되었다. 우스운 일은 전라도에도 북접파가 있고 충청도에도 남접파가 있어 그것이 큰 문제가 되었다. 처음은 언쟁으로 하다가 차차 육박전으로, 끝에는 살육하는 데까지 이르러 서로를 짓밟는 불상사가 생겼다. 갑오년 봄, 여름 이래로 남북접 설이 말썽거리였는데 이번 재기병하는 때 더욱 큰 문제가 되었다. 남접의 총창머리에 북접 사람들은 모두 다 죽을 지경에 들어갔다.

그것을 보다 못한 오지영은 김방서, 유한필을 데리고 삼례의 전봉준을 찾아갔다. 오지영 일행은 대장소로 들어가 전봉준에게 면회를 청하였다. 전봉준은 오지영 일행을 반갑게 영접하였다. 오지영은 곧 남북접의 조화책을 끄집어내어 전봉준에게 말하였다.

"우리가 어쩌다가 남북접으로 당론이 갈라져 재미없이 내려오고 있는 것은 참으로 유감이다. 이면에 서로 양해할 만한 사실이 있다고 믿는다. 의를 거擧함도 도道를 위하여 함이요, 난難으로써 하지 말자 하는 것도 또한 도를 위함이라. 우리가 도를 위하여 다투다가 도리어 도를 해롭게 하지는 말아야 하니, 나는 비록 아는 것 없으나 장래의 도를 위하여 조화코자 하오니 뜻이 어떠냐?"

전봉준은 크게 기뻐하여 대답했다.

"우리가 모두 한 선생의 제자로서 이 지경에 이르렀음은 유감스럽게 생각하는 바이다. 오 형의 뜻이 그렇다 하니 참으로 감격하였다. 어서 해월 선생을 뵈옵고 이 사정을 말하여 전도의 대사를 원만히 이룰 수 있도록 하면 좋겠다."

전봉준과 오지영은 남북접의 대립은 모든 농민군에게 불리한 것을 확인하고 보은에 있는 최시형을 찾아갔다. 오지영은 김연국, 손천민, 손병희, 황하일 등을 만나 남북접의 현황을 이야기하였다. 그러면서 남북접의 조화책을 내놓자 그들이 다음과 같은 글을 내놓았다.

"도로써 난을 지음은 불가한 일이다. 호남의 전봉준과 호서의 서장옥은 국가의 역적이요, 사문의 난적이라. 우리는 빨리 모여 이들을 공격하라."

위의 글을 읽은 오지영이 말하였다.

"난으로 도를 호소함은 잘못된 일인지 모르지만, 일이 이렇게 된 뒤에 틀렸다고 해서 내부에서 그것을 치는 것은 좋지 않다. 또 북접이 (남접을) 토벌하기 전에 관군과 일본군이 이미 치기 시작했는데 도인과 병사가 교전하면 필경 도인이 패하기 쉬울 것이다. 그에 더하여 북접이 남접을 치게 된다면 남접은 더 빨리 패배해 버릴 것이다. 강자와 싸워 패배한 남접도인은 누구도 원망할 수 없지만 강자를 도와 싸워 이긴 북접은 장차 무슨 면목으로 세상에 있겠는가? 홍망성쇠는 별도로 하여도 도인은 도인들끼리 협력하여 생사를 같이함이 도리가 아니겠는가."

북접의 두령들이 아무 말이 없을 때 손병희가 말했다.

"그 말이 옳다."

최시형은 북접의 각도에 통문을 발하여 청산집회를 소집해 다음과 같이 말했다.

"인심이 곧 천심이고 이는 천운이 이르는 바이다. 고로 너희들은 도중을 동원하여 전봉준과 협력하여 이로써 사면을 풀고 나아가 우리 도의 대원을 실현시켜라."

드디어 극적인 타협의 실마리를 찾았다. 벌남기는 찢어버렸고 남북접의 대립은 해소되었다. 북접은 각 군현의 관아를 습격해서 무기를 거둬 청산으로 집결하였다. 영동, 옥천을 거쳐 내려와 호남 농민군들과 합세하기로 하였다. 농민군들은 위봉산성에 있는 무기와 화약을 실어다가 무장을 강화하였다. 무기가 지급되지 않은 농민군에게는 왕궁면 왕궁리의 대나무를 베어다 죽창을 만들어 지급하였다. 모든 준비는 끝났다. 내일은 논산, 모레는 공주, 그리고 서울로의 진격만 남았다. 손화중은 광주로 갔고 김개남은 49일을 머물러 있어야 한다는 참서의 내용을 내세워 남원에서 움직이지 않았다. 농민군들은 서울로 가는 대장정에 접어들었다. 그때가 구월 중순이었다.

반외세 반봉건 2차 봉기 삼례 집회

생강이 유명한 봉동을 지나 삼례로 가는 길은 가을 추수가 한창이었다. 삼례는 행정구역상으로 전라북도 완주군 삼례읍이다. 본래는 전주군 오백조면 지역으로 조선조에 삼례도찰방이 있어서 삼례역 또는 삼례라 불렸다. 순조 때 우의정을 지낸 이서구가 전라도 관찰사가 되어 전주로 갈 때 이곳을 지나다가 세 번 절했기 때문이라고도 하고, 옛날 백제 때 거찰의 터로 고금을 통해 삼례 합장하는 곳이라서 삼례라 불렀다고도 한다.

고려 때부터 조선 말엽까지 역마의 주둔지였으며 전라도에서 한양으로 가기 위해서는 반드시 거쳐야 하는 교통의 요충지였다. 조선 시대 6로인 통영별로와 7로인 삼남대로가 나뉘는 곳이 삼례였다. 삼례에 1892년 10월 27일 최시형의 주도하에 동학교도 수천 명이 최제우의 교조신원과 관리들의 탐학을 호소하는 삼례 집회가 열렸다. 삼례 집회를『전봉준 전기』를 쓴 김의환은 이렇게 적고 있다.

> 1892년 7월 도주 최시형의 수제자격에 해당하는 서병학은 서인주와 더불어 최시형에게 '방금 우리 도의 급무가 선사(先師)의 신원일사(伸寃一事)에 있다'고 하여 신원운동을 일으킬 것을 역설하였으나, 최시형은 은인자중할 것을 권고하였다. 이러한 정세 아래 10월 서병학, 서인주 양인은 최시형의 제지에도 불구하고 교도들을 공주에 모아 충청감사 조병식에게 신원금폭(伸寃禁暴)의 소장을 냈다.
>
> 사태가 이렇게 진전되자 최시형은 드디어 대세에 따르지 않을 수 없어 입의문(入義文)을 지어 교도들에게 배부하여 의분심을 촉구하였다. 이와 아울

러 10월 27일에는 통유문(通諭文)을 각지 교도들에게 보내어 11월 1일(음력) 각지 두령들은 포내(包內)의 교도를 거느리고 삼례역에 집합하라고 명령하였다.

11월 1일 수천의 동학교도가 삼례에 운집했다. 동학 창설 이래 처음 보는 대집회였다. 동학 농민들은 대집단의 시위 아래 강경한 내용의 소장을 전라감사 이경직에게 제출하였다. 지방관과 향호들의 가혹한 탄압과 주구로 농민들의 생활이 얼마나 처참하였던가를 잘 알 수 있다. 또한 동학 신앙의 자유를 절규하는 신원운동의 밑바탕은 폐정 개혁을 요구하는 일반 농민들의 요구 그대로였다.

동학교도들의 소장을 받은 전라감사 이경직은 운집한 동학 농민들의 동태를 살피기 위해서인지 소장을 받은 5,6일 후에야 회답하기를 '동학은 조가(朝家)에서 금하는 바라, 이성을 기구(旣具)하였거니와 어찌 정(正)을 버리고 이단으로 나아가 스스로 범과하느뇨. 다시는 미혹치 말라'고 하였다. 동학교도들은 크게 실망하지 않을 수 없었다. 울분을 금할 길이 없었던 교도들은 재소하기로 의견을 모은 후 11월 7일(음력) 소장을 다시 이경직에게 제출했다.

이때 교단측 기록 가운데 '수만 도요(동학교도)가 물러가지 않고 부하(府下)에 두류(逗留)하더니…'라고 한 것을 보면 11월 1일 이후에도 전국 교도들이 모여들어 합세한 것을 알 수 있다. 이러한 대집단 시위는 지방관을 공포의 도가니로 몰아넣은 것은 당연한 일이었다.

전라감사 이경직은 동학교도들의 요구에 굴복하지 않을 수 없었다. 11월 9일(음력) 이경직은 관하 열읍(列邑)에 공문을 돌려 동학교도에 대한 침학(侵虐)을 금지토록 명령하였다. 감사로서는 자기 권한에 속하는 최대의 성의를

제2차 기포 당시 동학군의 근거지였던 삼례 동학농민혁명비

보인 것이었다. 동학교도들의 현실적인 조직력에 의한 끈기 있는 항소와 투쟁이 승리를 거두었다. 이 시점에서 동학교도들은 투쟁의 새로운 자신과 아울러 운동의 새로운 목표와 방향을 설정하게 되어 운동의 시야와 차원은 높아갔다. 이후 동학운동은 더욱 조직적, 정치적 실력대결로 가게 되었고 이에 따라 일반 농민들은 속속 동학의 조직망으로 몰려왔다.

2년의 세월이 흐른 1894년 9월 12일 외세를 몰아내고 봉건잔재를 척결하기 위한 제2차 기병의 첫 장소로 삼례에 농민군들이 구름같이 몰려왔다. 농민군들이 집결했던 곳이 역참이 있었던 곰멀부락이다. 이곳 사람들 말로는 역대 관찰사와 찰방의 송덕비 수십여 기가 1956년경 삼례역 광장으로 옮겨졌다고 한다. 지금은 다시 옮겨져 측백나무 뒤에 세워졌다. 부서지기도 한 공덕비들 중에는 김학진의 후임으로 부임했던 전라관찰사 이도재의 영세불망비가 쓸쓸하게 서 있었다. 그는 김개남을 즉결처분하였고 동학농민군 색출에 혁혁한 전공을 세운 사람이었다.

역사의 현장을 지켜보았고 그 자리에 비석을 세웠던 사람들이 살았던 삼례의 그리운 옛 이름들을 가만히 불러보았다. 비석이 많이 서 있어서 비석거리, 옻나무가 많아 옻나무골, 분뇨를 많이 버렸다 하여 똥구렁목, 가린멀, 남안멀, 찰방터, 새터, 여수코빼기 마을. 역사 속에 녹아 들어간 그 이름의 흔적은 어디에 어떤 형태로 남아 어떤 모습으로 살아나갈 것인가. 둘러보아도 바라보아도 흔적을 찾을 길이 없었다. 눈을 감아도 논산으로 공주로 떠나고 돌아오지 않는 농민군들의 함성소리는 들려오지 않았다.

일본군과 싸우자고 격문을 보낸 동학농민군

여산 천호산 동학농민군의 한양 진격을 바라본 하늘이 보호하는 산

금마, 미륵의 출현을 기다린 '서동요'의 땅

삼례를 지나 금마로 들어섰다. 왕궁온천, 백제 연와, 여기는 백제의 땅. 미륵의 출현을 기다린 오랜 그리움의 땅이다. 예로부터 한양으로 통하는 길이었다. 고산 윤선도, 다산 정약용, 추사 김정희가 이 길을 걸어 해남으로, 제주도로 유배를 갔다. 가을 추수가 거의 끝난 벌판에 햇살이 붉은 황토밭과 어울려 현란하게 춤을 춘다. 길 오른편에 백제탑 양식의 왕궁리 5층 석탑이 서 있다. 익산시 왕궁면 왕궁리, 왕궁 뜰 가운데 구릉에 솟아 있는 아름다운 탑, 신라 말이나 고려 초의 것이라고 추측되는 왕궁탑을 그냥 지나치기는 아쉬웠지만 갈 길이 멀었다.

가다 보니 들판 한가운데 두 개의 석불 입상이 서로를 마주보고 서 있었다. 익산 고도리 석불 입상이다. 전남대 이태호 선생의 한국 미술사강좌에서

지방의 토호세력이 세웠을 것이라고 얘기했던 고도리 석불 입상은 높이가 4.24m에 이른다. 민속적인 감각이 가미된 독특한 이 불상은 금마의 수호신 역할을 하고 있는 것처럼 보였다.

앞으로는 금마가 바라보이고, 뒤편에 우뚝 솟은 산이 용화산이라고도 부르는 미륵산이다. 미륵산의 정상에서 삼기 쪽으로 흘러내린 산자락에 백제의 거찰 미륵사지가 있다. 본디 마한 땅이었고 백제와 합쳐질 때 금마저라고 불렸다. 통일신라 때 금마군이 된 이곳에 세워진 미륵사는 창건연대가 확실하지 않다. 학자들은 대체로 미륵사의 창건을 백제 무왕 때로 본다.

『삼국사기三國史記』에 "절 이름은 미륵사인데 산을 등지고 물을 내려다보는 곳에 자리 잡고, 꽃과 나무가 수려하며 사철의 아름다움을 갖추었다. 임금께서 자주 배를 타고 절에 들러 아름다운 경치를 감상하였다"라고 기록하고 있다. 29대 법왕 때부터 미륵사 창건이 시작되지 않았는가 하는 의구심이 제기되고 있다. 법왕은 불심이 두터운 왕이어서 대가람을 세워 왕족의 번창과 국가의 안녕을 빌고자 했다. 그때 금마의 미륵산에 사자사라는 절이 있었다고 하나, 오늘의 미륵산 아래 있는 미륵가람은 법왕 때 지어졌다고 볼 수 있다.

삼국유사 무왕조武王條에 무왕은 금마 오금산에서 탄생하였다고 적고 있다. 그의 어머니는 과부가 되어 서울 남쪽에 살고 있었는데 용과 관계하여 장璋을 낳았다. 아이 때 이름은 서동薯童이었는데, 마를 캐서 팔아 생업을 삼았기 때문에 '마 서薯' 자를 써서 서동으로 불렸다. 서동은 어려서부터 영명하고 도량이 넓었다. 성장하면서 아름다운 미모를 지닌 신라 진평왕의 딸 선화공주를 마음속으로 사모했다. 마를 캐서 파는 미천한 신분이었으나 서동은 이를 괘념치 않고 신라 서울로 달려갔다. 서동은 선화를 아내로 맞이하기 위해 꾀를 내어 "신라의 공주 선화가 마동에 반하여 밤에는 몰래 궁중을 빠져 나와 마동과 은밀히 만나네"라는 가사의 서동요를 퍼뜨렸고 소문은 진평왕의 귀에까지 들어갔다.

선화공주는 왕의 큰 꾸지람을 받고 쫓겨나 서동의 아내가 되었다. 그가 바로 백제 30대 왕 무왕이다. 미륵사의 창건에 있어 먼저 미륵사 창건지인 금마와 무왕과의 관계를 살펴볼 필요가 있다. 중국의 기록인 『관세음응험기觀世音應驗記』에는 책의 말미에 백제에 대한 사료가 적혀 있다.

> 백제의 무강왕이 지모밀지란 곳에 도읍을 옮기어 새로 정사를 이루었다. 그런데 정관(貞觀) 13년 겨울 11월에 큰 뇌우를 만나 재석사가 다 불타버렸다.

무강왕은 무왕을 뜻하는데 지모밀지枳慕密地 또한 금마저金馬渚 지모현支牟縣의 본래 칭호다. 정관 13년이 당나라 태종 13년(693)에 해당되므로 백제 무왕 40년을 지칭하는 것이다. 미륵사 창건은 앞서 이야기 한 대로 백제 법왕의 시건始建을 거쳐 다음 대인 무왕에 의해 창건된 것만은 여러 사서에 나타나 있다. 무왕의 미륵사 건립은 삼국유사 무왕조에 다음과 같은 무왕과 미륵사의 연기설을 적어놓고 있다.

> 왕위에 오른 뒤 하루는 무왕이 부인과 함께 사자사에 가려고 용화산 밑의 큰 못 가에 이르니, 미륵삼존이 못 가운데서 나타나므로 수레를 멈추고 예를 올렸다. 부인이 왕에게 이곳에 큰 절을 세워야겠다고 소원을 아뢰었다. 왕이 허락하여 지명법사에 이르니 법사는 신통한 도의 힘으로 하룻밤 사이에 산을 무너뜨리고 못을 메워서 평지로 만들어, 미륵사 삼존의 상을 모방

하여 전(殿)과 탑, 낭무(廊廡)를 각각 세 곳에 세우고 절 이름을 미륵사라고 하였다.

신라의 진평왕이 딸 선화왕비를 생각하여 각종 공인을 보내어 이 대역사를 도왔다는 기록도 있다. 미륵사는 신라의 선화공주와 백제 서동왕자의 사랑이 설화로 얽혀 있다. 그들의 혼인을 축하하기 위해 백제의 전 국력을 기울여 창건했다고 전해졌다. 그런데 몇미륵사지에서 새 유물이 출토되면서 선화공주가 아닌 백제 귀족의 딸이 무왕과 맺어졌다는 사실이 알려지면서 선화공주 이야기는 단지 설화로만 남게 되었다.
일설에 의하면 미륵사는 후백제의 견훤이 922년에 재창건했다고 한다. 두 개의 탑 중 하나만 남은 미륵사지 석탑은 우리나라에서 제일 크고 귀중한 유물로 국보 11호로 지정되어 있다. 본래는 9층이었을 것으로 짐작되는데 지금은 6층까지만 남아 있다. 그것마저 일제 때 보수를 한다고 시멘트 범벅을 해놓은 상태로 어정쩡하게 서 있다가 복원을 했다.
미륵산에 있는 사자암은 윤홍길의 장편소설『에미』의 주 무대가 되었다. 소설 속에서 에미는 남편을 위해 사자암으로 치성을 드리러 가다가 산길에서 치한을 만나 강간을 당하고 아이를 밴다. 에미는 아이를 받아들이고 열 달 뒤 토방 속에서 피투성이가 되어 해산했다. 남편에게 버림받고 30여 년을 혼자 살았던 집이 미륵산 아래 오룡리에 있다.

금마벌판과 호남평야를 아우르는 평지돌출의 미륵산은 세상의 뒤틀림을 배척하는 산이 아니라 무한정으로 받아들이는 산이다. 그 산자락 아래를 동학농민군들이 비장의 무기를 가슴에 품은 채 지나갔다. 정의롭고 평등한 세상을 기다리며 수없이 죽고 태어난 사람들의 꿈과 소망이 겹겹이 쌓여 이루어진 산, 미륵산은 세상의 온갖 고통과 슬픔을 쓰다듬어 주듯이 흰옷 입고 진격하던 농민군을 자애로운 어머니의 눈길로 바라보았을 것이다.

길은 한없이 구부러지고 낮은 산의 단풍은 더없이 곱다. 『춘향전春香傳』 중에 이도령이 암행어사가 되어 남원으로 내려갈 때 서리들, 역졸들에게 "너희들은 예서 떠나 전라도 초읍 여산읍에서 기다려라"라고 명령하였던 여산이 저만치 보였다.

길을 따라 호산리에 접어든다. 호산리 집집마다에는 붉은 감이 주렁주렁 열려 있고, 노란 은행잎이 바람에 흩날렸다. 천일사, 문수사, 백운사, 백련암 몇 개의 절로 가는 팻말이 쓰러질 듯 서 있다. 거기서부터 오르막 산길이다. 아직 거두어들이지 않은 팥이며 콩이 손길을 기다리고, 털어버린 참깨 다발은 비탈진 밭이랑에 무질서하게 널려 있다. 휘어지고 늘어진 소나무가 숲을 이루고, 꽃 뱀처럼 소나무를 휘감고 올라간 담쟁이 넝쿨은 벌써 가을 옷으로 갈아입었다. 그 사이로 누구네 집안의 번듯한 재실이 고풍스럽게 서 있었다. 승주 송광사의 들목이나 곡성 태안사의 들목을 연상시키는 재실 뒤 천호산으로 올라가는 길은 조선 선비의 입성처럼 단아했다.

문수사를 지나 한참 올라가니 백운사가 나왔다. 신라 말 경순왕 2년에 백양선사가 창건했다는 이 절은 본래 법당산 혜정사라 불리다가 백운사라고 개칭했다. 백운사 보현전 안에서 들리는 낭랑한 독경소리에 가을은 깊어가고 산은 사람 가까이 다가왔다. 가파른 산길은 적막강산이었다. 천일사에는 노란 모과가 따는 이 없어 산길에 떨어져 뒹굴고 있었다. 고개를 들자 푸른 하늘이 눈앞에 열렸다. 천호산 정상이었다.

맑은 하늘에 비행운으로 퍼져 나갔다. 잡목과 억새풀 사이로 조선의 산들과 질펀하게 펼쳐진 만추의 들녘을 보았다. 멀리 운장산이 호남 금남정맥의 모든 산들을 거느리고 달려왔다. 그 산은 가슴에 사뿐히 안겼다가 여산, 논산, 강경, 함열의 아득히 깔린 평야 위에 한 조각 구름으로 내려앉았다.
천호산의 북서쪽에는 사람들에게 알려지기 전 바람굴이라고 불리었던 천호동굴이 있다. 1965년 황성호 목사가 발견한 천호동굴은 호남에 하나밖에 없는 석회동굴로 천연기념물 177호로 지정되어 있다. 산정에서 태성리 계곡 쪽으로 석성의 흔적이 남아 있는데 왕건과 견훤의 싸움 때 쌓은 성이라고 전해진다. 그곳에서 발견된 철모를 비롯한 여러 점의 유물이 부여박물관에 보관되어 있다.

여산부사 김원식 동학농민군에 합류

산을 내려와 여산동헌에 들렀다. 이 동헌에서 목소리 높였을 여산부사 김원식이 동학농민군에 합류하여 김명덕과 함께 총참모가 되었다. 그의 배반을 알아챈 이유상이 김원식의 목을 벤 가슴 아픈 사연을 어느 누가 알랴.
그 옛날 여산부사의 호령소리가 쩌렁쩌렁하게 울렸을 여산동헌은 노인들의 쉼터가 되었다. 관아가 있던 곳에는 여산초등학교가 세워졌다. 만물은 가고, 만물은 오는 우주의 섭리 앞에 할 수 있는 것은 겸허하게 고개 끄덕이는 것뿐이리. 여산군을 거쳐 간 수령들의 공덕비 몇 개가 을씨년스레 서 있는 동헌을 나섰다.

동학농민군들은 제일 큰 돌부처(관촉사 은진미륵)가 있는 은진을 지나 강

여산 동헌. 이곳에서 여산부사 김원식을 첩자혐의로 처형했다.

경포에 이르렀다. 전라감사 김학진은 농민군의 운량관이 되어 세곡과 양곡을 농민군 진영에 실어 날랐다. 교통수단이 뱃길이었던 일제 초기만 해도 강경은 평양, 대구와 함께 이 나라 3대 시장의 하나로 손꼽혔다. 옛 이름은 강경포였고 '은진(논산)은 강경 덕에 산다'는 속담이 있을 정도로 번창했던 곳이다. 그 무렵 충청도는 물론이고 전라도, 경기도 일부까지 강경포를 중심으로 상권이 형성되었다. 육로나 수로를 이어주던 강경이 한적한 읍내로 전락한 가장 큰 이유를 1982년 강경읍에서 발행한 『읍세일람邑勢一覽』은 이렇게 적고 있다.

전라감사 김학진이 동학군에게 세곡을 운반해서 주었던 강경포구

해방 후부터는 군산국제항이 황폐화되고 설상가상으로 6·25 동란 때 시가 중심지의 7할 이상이 파괴당해 황량한 돌바람이 더욱 장연한 바 있었으니……

김주영 소설 『객주』는 문경새재와 강경을 중심으로 펼쳐졌다.

충청도와 전라도 사이에 끼어 있는 바다 사람과 내륙 사람들이 여기에 모여 교역이 활발하였다. 봄과 여름 동안은 생선을 잡고 해초를 뜯느라고 비린내가 넘치고, 5월의 황새기젓과 7월의 새우젓이 풀릴 때는 오륙십 척의 배가 몰려들어 화장들이 내뿜는 연기로 포구와 하늘은 암회색의 바다였다.

강경포구에 도착했을 때는 바람이 세차게 불고 있었다. 푸른 금강에 몇 척의 낡은 어선이 갈대와 함께 흔들리고 있었다. 금강변 공터에서는 아이들이 모여 흙놀이를 했다. 비단결처럼 여울지는 강물에 작은 돌을 던졌다. 포물선이 연이어 일어났다가 금세 잦아들었다. 무심히 흐르는 강물 위에 소설에 나왔던 얼굴들이 떠올랐다. 김학준, 조성준, 천봉삼, 천소례, 길소개, 매월이. 그리고 갑오년에 강경포를 스치고 지나갔던 흰옷 입은 조선의 사내들이 그 뒤를 따라서 가슴을 열고 들어왔다.

농민군들은 강경에서 논산으로 발길을 옮겼다. 논산에 도착하기 전 황화대가 있다. 황화대에는 봉수대가 있어서 봉홧불을 올려 노성으로 전했다고 한다. 봉화산이라고도 불리는 작은 산 황화대는 우금치 전투 후 여산접주 최난선이 거느린 농민군과 후퇴해 오는 농민군이 힘을 합하여 일본군과 혈전을 벌인 곳이다. 관군의 기록에 "이날의 싸움은 용병 제반에 모리오와 더불어 있었던 것으로 같이 싸움에 나아가 본 자는 모리오의 용심출력에 실로 흠탄하는 바이다"라고 적혀 있다. 우금치전투와 마찬가지로 모리오가 이끄는 일본군에 결정적으로 당한 것이다. 호남 농민군은 황화대를 지나 논산에 도착하여 손병희가 이끄는 호서 농민군과 손을 잡았다.

논산의 옛 이름은 땅이 누런 빛깔이라 '놀뫼'라고 불렀다. 논산이라는 이름은 1914년 일제의 행정구역 개편 때, 놀뫼에 가까운 한자를 골라 논산이라 명명한 것이다.

논산천과 금강이 만나 펼쳐놓은 기름진 논강평야 덕에 이 들판에서는 여러 차례 큰 싸움이 있었다. 백제 의자왕 20년 신라는 외세인 당나라에 군사를 요청하였다. 당나라의 소정방을 왜군을 이끌고 와서 신라와 연합하여 백제를 침략하였다. 당나라 군대는 백강의 왼쪽 기슭에 상륙하고 신라는 탄현을 넘어섰다. 백제는 계백으로 하여금 5천의 결사대를 뽑아 황산벌에서 일전을 벌이게 하였다. 싸움터에 나가기 전 계백은 "이제 나당의 대병과 전쟁을 벌이게 되니, 국가의 앞날을 예측할 수 없다. 불행히 지는 경우 내 처자가 적의 노예가 될지도 모른다. 욕되게 사느니 차라리 죽는 것이 낫다"라며 처자를 모두 죽였다.

계백은 지금의 논산군 연산면인 황산 벌판에서 힘이 달려 부하들과 장렬한 최후를 마쳤다. 마침내 사비성이 함락되어 공주로 몸을 피했던 의자왕도 항복하여 당나라로 끌려가고 백제는 멸망하고 말았다. 백제 의자왕 20년(660)이었다. 그때 죽은 계백장군의 무덤이 구전만 되어오다가 성역화로 지금의 논산시 부적면 충곡리에 세워졌다.

대전으로 가는 국도변의 황산 벌판에는 추수 끝난 볏단들이 그 날의 백제 군사들처럼 바람을 맞으며 서 있다. 몇백 년의 세월이 흐른 뒤 황산의 윗쪽 연산면 천호리에서 견훤과 왕건이 또 한 번 싸웠다. 왕건은 개태사 자리에다 진을 쳤고 견훤은 이십여 리쯤 떨어진 은진현 마산에다 진을 쳤다. 어느 날 왕건은 꿈을 꾸었다. 큰 가마솥을 머리에 쓰고 들어가는 꿈이었다. 왕건은 불길한 꿈이 아닌가 싶어 이 사람 저 사람에게 해몽을 부탁했다. 그러다가 근처 한삼내에 해몽을 잘한다고 소문이 자자한 여인네에게 변복을 하고 찾아갔다. 여인은 없었고 어린 딸만 있었는데 죽어도 험하게 횡사할 꿈이라고 해몽했다.

왕건이 낙심천만해 있는데 여인네가 돌아와 다시 보자고 했다. 그녀는 왕이 될 길몽이라며 "면류관을 쓰고 물속에 들어가 용왕이 되는 꿈"이니 소원 성취하실 것이라고 풀이했다. 왕건은 개태사 자리에다 단을 쌓고 부처님 앞에 축원을 드렸다. 왕건은 그 싸움에서 견훤을 이겼다. 나라를 세운 뒤 그는 꿈을 해몽해 준 부인의 고마움을 잊지 않고 부인천면夫人川面이라고 이름 지었다. 그곳에 있던 황산을 하늘이 보호한다는 뜻의 천호산으로 바꾸고, 개태사를 지었다고 한다.

호남 농민군과 청산에서 내려온 호서 농민군이 논산에서 만나 본진을 소토산에 설치했다. 손병희, 전봉준이 의형제를 맺었으며, 우금치 패전 후 다시 돌아와 전략을 짰던 소토산이다. 역사 속에 실재했으나 흔적조차 없는 소토산을 찾아 논산 바닥을 헤매고 다닌 고충을 녹두장군을 집필한 송기숙 선생은 이렇게 적고 있다.

> 이 산을 찾는데 거의 한나절을 소모했지만 허탕이었다. 가을 밭에 가는 것이 가난한 친정에 가는 것보다 낫더라고 현지에 가면 뭐든 얻는 것이 있는데 여기 와서는 다른 조사도 신통치 않아 맥이 빠졌다. 하는 수 없이 포기하고 다른 조사를 하려고 연산에 가서 고광수 씨를 만나 여담 삼아 이 산 이야기를 했더니 자기도 전에는 논산에서 살았는데 그런 산 이름은 처음 듣는다고 했다. 동학농민전쟁에서 그 산의 중요성을 설명한 다음 다시 한 번 오겠다며, 그동안 관심을 두고 알아보았다가 그때 이야기하자고 했다. 그러자 몇 번 고개를 갸웃거리더니 그런 자리라면 지금 역전 천주교회 자리밖에 없는데, 옛날에는 높은 구릉이었던 데를 깎고 천주교회를 지었다며 그

게 '작은 토산' 즉 구릉이 아니겠느냐고 하였다. 나는 한대 얻어맞은 것같이 얼얼한 기분이었다. 한나절이나 찾아다니던 산이 글자 한 자를 떼어놓으니 저절로 나타나 버린 것이다. 그러니까 소토산은 고유명사가 아니고 보통명사였던 것이다. 어이가 없었다.

-한국사회연구, (동학농민전쟁의 발자취)

사라져 가는 전적지의 자취들

초기 답사 시절 정읍, 고창, 부안, 나주, 장성 일대를 돌아다니다 보면 그래도 가볼 만한 곳들이 더러 있었다. 그러나 2차 기병 당시의 격전지 논산, 공주는 우금치를 제외하면 뚜렷한 자취는커녕 팻말 하나 없다. 몇 년 전만 해도 이곳이 동학란과 무슨 상관이 있느냐고 되묻는 일이 허다했다. 앞서서 동학농민혁명 전적지를 찾아 나선 송기숙 선생이나 이이화 선생을 비롯한 분들의 고충이 어떠했는가 짐작이 갔다.

호남의 전봉준은 호서의 손화중에게 이렇게 말했다.

"내가 한갓 일이 중하고 급한 것만을 생각하고 급격히 일을 일으켜 수없는 민재와 생명을 없애고 형세가 이에 이르렀으니, 이 한 몸 죽어도 아플 것이 없으나 도탄에 빠진 저 많은 민생을 어찌할 것인가. 이제라도 선후책을 강구하여 최후의 한마음으로 공주를 직충하면 십분 희망이 있으니, 돌아보건대 호남인은 여러 번 싸운 나머지 피곤하기가 저러하니, 원컨대 기호畿湖의 도중이 동심협력하여 대사를 협성함이 있기를 바란다."

두 사람은 서로 손을 잡고 나이에 따라 전봉준은 형이 되고 손병희가 동생이 되었다.

"일을 이루고 못 이루는 것은 하늘에 있고 운에 있는지라 우리는 다만 하고 싶은 일을 할 수 있는 데까지 할 뿐이다."

길은 달리 없었다. 충청도 남부에서 교통의 요지였고 곡물의 집산지였던 논산은 농민군이 주둔하기 편리한 곳이었다. 전봉준은 부호들로부터 양곡을 거두어들였다. 군량으로 충당하고 가난한 자들에게도 나누어주었다. 또한 논산은 조선 왕조의 궁장전이 많았던 곳이다. 농민군들은 궁장전의 양곡을 거두어 군량미로 썼다. 결전의 날은 임박했다. 이두황과 성하영은 죽산, 청주를 거쳐 공주로 이동하고, 이규태는 청주를 거쳐 공주로 내려오라는 전령을 받았으며, 일본공사 이노우에까지 공주로 내려왔다. 남북접이 연합하여 힘이 배가 된 농민군들은 충청도 관찰사에게 이제라도 반성하여 일본군을 무찌르자는 격문을 띄웠다.

양호창의령수(兩湖倡義領袖) 전봉준은 삼가 호서순상(湖西巡相) 각하(충청감사 박제순)에게 글을 올리노라. 천지간에 사람은 강기(綱紀)가 있어, 만물의 영장이라고 일컫는바 거짓말을 하고 마음을 속이는 자는 사람이라 할 수 없는 것이니, 하물며 국난에 즈음하여 어찌 외칠내유(外飭內誘)를 하여 백일 아래 살아갈 수가 있다는 말인가? 일본 침략자들이 험담을 만들고 군대를 움직여 군부(君父)를 핍박하고, 민중을 근심케 하니 어찌 참을 수가 있겠는가. 옛날 임진란에 오랑캐가 능침하여 궐묘를 불태우고 군친을 욕보이고 백성을 죽였으니 백성들이 분개하여 천고에 잊을 수 없는 한이라, 초야에 있는 필부나 어린아이까지 아직도 울분을 감추지 못하고 있는데 하물며 각하는 세록충훈(世祿忠勳)으로 평민보다 몇 배 더 하지 않겠는가? 지금 조정 대신들은 구차히 생명의 안전만을 도모하여 위로는 군부를 협박하고 아래로는 백성을 속여 일본과 상통하여 남민에게 원한을 이루고 친병을 망령되이 움직여 선왕의 적자를 해치고자 하니 무슨 뜻을 가지고 어떻게 하려는 것인가.

내가 하는 일이 물론 어려운 줄 알고 있으나 일편단심 죽음을 각오하고 천하에 인신으로 두 마음을 품고 있는 자들을 소제하여 선왕 5백년의 은혜에 보답코저 하니 원컨대 각하는 크게 반성하여 의로써 같이 죽으면 천만 다행일까 하노라.

갑오 10월 16일 재논산 근정

공주의 장 이유상도 동학농민군의 의거에 적극 협력할 것을 요구하는 글을 충청감사에게 보냈다. 한편 남원에서 대부대를 이끌고 전주에 올라온 김개남은 전주에 있던 악질 수령들을 정치하고 있었다. 순천부사는 곤장을 치다가 속전 3천 냥을 받고 훈방해줬다는 말도 들렸고, 고부군수 양필환은 곤장을 너무 쳐서 옥사에서 죽었다는 말도 들렸다. 논산에서 전봉준군의 파발이 빗발쳐도 김개남군은 움직일 줄을 몰랐다. 피할 수 없는 운명의 시간이 다가오고 있었다.

전봉준은 결단을 내렸다. 공주를 점령하기 위해 치밀한 전략을 세운 농민군은 10월 20일 새벽 계룡산 아래 경천으로 옮겼다. 그때 집결되었던 농민군의 수효가 10만에서 20만 명을 웃돌았다고 동학사에 기록되어 있지만 실제 참가한 농민군은 2만여 명이 되지 않았을까 추측할 뿐이다. 공주전투의 시작이었다.

경천벌판에 나부낀 동학농민군 승전의 깃발

이인 칠봉산 공주 대패 앞둔 동학농민군 최후의 승전장

신령한 산 계룡산에 혁명의 흔적은 없었다

답사 가는 길에 시간이 허락하면 꼭 들러보는 한옥이 남도 땅에 몇 채 있다. 첫째로 꼽을 집은 구례·하동·섬진강 가는 길에 있는 운조루雲鳥樓다. 남한의 삼대 길지라고 알려진 운조루는 구례군 토지면 오미리에 있다. 둘째는 그 아랫녘의 하동 악양 상산부락에 있는 조부자댁이다. 그 외에도 정읍 산외의 김동수 씨 고가와 공주, 부여로 가는 길의 논산 노성 교촌에 윤증 선생 고택이 있다. 이번에 방문한 윤증 선생 고택은 계룡산의 지맥인 노산의 줄기 아래 접지산이 있고 그 산 아래에 있다.

우암 송시열에게 사사한 명재 윤증(1629~1714)은 일곱 살 어린 시절 병자호란 때 어머님이 자결하는 것을 목격한다. 그는 "어머님 한 분도 지키지 못했는데 어떻게 나라를 지키겠는가"라며 그 한으로 평생 학문에만 열중하였

다. 윤증의 학문이 높고 깨끗하다는 얘기가 온 나라에 퍼지자 숙종은 대사헌, 좌찬성의 벼슬을 내렸다. 1709년에는 우의정의 벼슬을 내리고 출사를 종용했지만 그는 나아가지 않았다. 한 번도 벼슬을 하지 않고 우의정에 올랐다고 해서 당시 사람들은 그를 백의정승白衣政丞이라 불렀다. 그는 임종하면서 묘비에 '착한 선비'라고만 쓰도록 일렀다. 당파싸움을 걱정해 벼슬길에 오르지 않았다는 뜻을 담았으리라. 숙종은 그의 부음을 듣고 개탄하며 시를 지었다.

> 유림에서 그의 덕을 칭송하도다. 나 또한 그를 흠모하였지만, 평생을 두고 그의 얼굴 보지 못하였네. 그가 떠났다 하니 내 마음 깊이 한이 쌓이네.

사랑채를 지나 안채로 들어섰다. 파평 윤 씨 댁의 양병호 씨는 어디서 오는 길이냐고 묻는다. 전주에서 동학 때문에 취재차 들렀다고 대답하자 "동학?" 하며 말문을 열었다.

"돌아가신 어른들에게 들은 얘긴 디, 동학군은 대적大敵이라고 하고, 만주에서 독립운동한 사람들은 혁명가들이라고 불렀다 합니다. 동학은 전라도에서 생겨났는데 서울로 가는 길에 이리로 왔다던가, 그때가 한겨울이었대요. 우리 집 어른들은 많이 멕이고 많이 줘서 보내라고 했답니다. 그 사람들이 나무 재떨이를 놓고 갔는데 지금도 우리 집에 있어요. 동학군들 중에 몇 사람이 가면서 대문간에다 불을 질렀다고 합니다. 그 불을 질렀던 디가 저기요."

대문 위쪽에 검게 그을린 서까래를 가리켰다. 그날 농민군이 남긴 흔적은 지울 수 없는 역사로 남아 백 년의 세월을 무언으로 전해주고 있었다. 11월

논산시 노성면에 있는 윤증고택. 공주로 가던 동학군들이 거쳐가며 불을 질렀던 흔적이 남아있다.

의 맑은 햇살 아래 까치밥으로 남긴 감 몇 개가 붉게 빛났다. 윤증 선생 고택에 작별을 고하고 나지막한 언덕을 휘어 돌아 상월면으로 들어섰다. 논산에서부터 아스라하게 보이던 계룡산이 눈앞에 바짝 다가들었다.

닭의 볏을 머리에 단 용처럼 생겼다고 해서 계룡이라는 이름이 붙은 산은 계림산, 동산, 서악, 중악, 계악 같은 이름으로 불렸다. 예로부터 수많은 풍수지가들에 의하여 8백 년 왕업의 기상이 서린 거룩한 땅이라 일컬어져 왔다. 백두산에서 남으로 치달아온 이 땅의 맥이 대덕, 논산을 지나며 웅장하게 일어선 용비봉상龍飛鳳翔의 형세로 모자람이 없는 산이다.

계룡산은 통일신라 때 다섯 명산 중, 서악에 들어 해마다 제를 지냈다. 이중환은『택리지擇里志』에서 경치가 빼어난 네 개의 산 가운데 계룡산도 꼽았다. 성종 때의 문장가 서거정은『취원루기聚遠樓記』에서 공주와 금강, 계룡산의 모습을 이렇게 적고 있다.

> 차령 이남에 산천의 맑은 기운이 충만하게 쌓여서 큰 고을을 이룬 것으로는 공주가 제일이다. 대개 장백산의 한 갈래가 바다를 끼고 남쪽으로 달려 계림에 이르러서는 원적산이 되고, 서쪽으로 꺾여서 웅진을 만나 움츠려 큰 산악을 이룬 것을 계룡산이라 한다. 물이 용담, 무주, 두 고을에서 근원을 발하여 금산에서 합쳐져 영동, 옥천, 청주 세 고을을 지나 공주에 이르러 금강이 되었다. 또 꺾여 사비강이 되어서는 더 큰물을 이루어 길게 구불구불 바다로 들어간다. 공주는 계룡산으로 진산을 삼고 웅진으로 금대를 두르고 있으니 그 산천의 아름다움을 알겠도다.

산태극山太極 수태극水太極의 조화를 이룬 계룡산은 신령한 산으로 이름났다. 계룡산의 정기를 받아 신도안에 둥지를 틀고 새로운 왕도를 꿈꾸었던 수백 명의 '황제'들이 있었다. 그들은 1976년에 일어났던 종교정화운동의 여파 때문에 전주 모악산으로, 곳곳의 명승지 암자터로 뿔뿔이 흩어졌다. 이문열의 소설『황제를 위하여』는 이렇게 시작된다.

> 갑오년 동학의 무리가 창궐하여 삼남을 휩쓸 적에 황고께서는 아직 천시(天時)가 이르지 못함을 아시고 초연히 산수간을 소요하고 계시었다. 금강산에 발길이 미쳤다가 내맥을 따라 가장이 있는 계룡산 백석리로 돌아오시던 중 옛 거울 하나를 얻으셨다. 그 거울을 살피니 놀랍게도 열두 개의 참문(讖

文)이 보였다. 이 씨가 망하고 정 씨가 흥하리라. 정 씨 아닌 자가 이 거울을 얻으면 크게 흉하리라.

소설 속에서 황제는 이 나라에 황국의 기업을 열어, 계룡산 신도안에서 속세의 사람들이 인정하지 않는 제왕의 위엄으로 뒤죽박죽의 이 세계와 맞서 싸웠다. 세르반테스의 창조물이었던 돈키호테는 돌시네아 공주를 위해 싸웠지만, 황제는 동학농민혁명이 끝나고 일제 치하에서 허덕이는 백성들을 위해 눈물을 머금고 풍찬노숙의 싸움을 전개했다. 돈키호테가 목숨을 걸고 거대한 풍차와 사투를 벌였던 것처럼, 황제는 헝클어진 이 세계를 긍정하고 포용하기 위한 절체절명의 싸움을 계속했다. 그러나 황제는 갑오년의 동학농민군들처럼 끝내 패배하고 만다.
덕치와 인의로 나라를 세우려 했던 황제의 생애는 패배였는가, 승리였는가? 악한 자는 망하고 선한 자는 흥한다는 옛말은 신화로만 남고, 악한 자는 흥하고 선한 자는 망한다는 말을 부정할 수 없는 것이 현실인가? 생각은 끝없이 뻗어 나갔다.
계룡산 아래 경천 어디에도 백 년 전 이곳에 주둔했던 동학농민군들의 흔적도, 형형색색으로 나부꼈던 '황제'들의 깃발도 보이지 않았다. 경천리 뒤편에 계룡산이 있고 공주 쪽으로는 판치板峙, 널재라고도 부르는 무너미고개가 있다. 몇 년 전 전봉준이 천추의 한을 품고 잡힌 순창군 쌍치면 피노리를 역사기행 차 찾아갔었다. 전봉준이 잡혔다던 주막터와 옛 우물을 찾고 있었다. 무심한 듯 서 있는 계룡산을 바라볼 때 마을의 한 어른이 들려주던 이야기가 떠올랐다.

"전봉준이가 말여, 그 머시냐, 공주로 올라가기 전 용허다는 점쟁이를 찾아 갔다지. 사주를 봉게 계룡산과 무너미고개, 그라고 경천을 조심허라고 나왔어. 그 점괴가 나온 얼마 후에 충청도 어디라덩가 거그로 싸울라고 갔었다지. 그란디 하필이면 갔던 디가 계룡산 아래 경천점이라고 혔다던가. 거그서 들리는 말에 얼마 멀지 않은 곳에 무너미고개가 있더라 해서 정신 바짝 채리고 조심 많이 혔디야. 전봉준이는 큰 싸움에서 지고 부하들 많이 쥑이고 시방 자네들 서 있는 그 자리로 옛날 따라 댕겼던 부하, 김경천이를 찾아왔다지, 그란디 여기서 돈에, 벼슬에 환장한 김경천이가 고발해서 잽히고 말았다지. 왜 잡혔겄느냐 허먼 말여. 경천과 무너미고개는 충청도에만 있는 거이 아니고 바로 여그도 있었던 것 아니겄어. 저그 저 산 이름이 계룡산이고 저 고개가 무너미고개여, 그놈의 점괘가 용허긴 용혔등가봐."

훗날 지어낸 이야기인지는 몰라도 두 곳에 똑같은 지명의 산과 고개가 있다는 것에 조금 놀랐다.

경천리로 들어섰다. 들판이 마루처럼 넓게 깔려 있어서 마룻들이라고도 부르고, 근처 여러 작은 들판들의 종가와 같은 들이라 해서 종평宗坪들이라고도 부른다. 얼마 전만 해도 논산 상월 땅돌게가 여기까지 와서 살았다. 유난스레 뜸부기가 많았던 들녘이나 지금은 흔적조차 없다.

삭막한 11월의 이 들판에 밤을 새워 달려온 농민군들이 진을 쳤다. 『오하기문梧下紀聞』에 의하면 농민군 속에 청나라 군사 50여 명이 섞여 있었다고 한다. 충청감사 박제순은 동학군을 공주감영으로 유인하여 포살하려는 계획을 세웠다. 그런데 감영의 중군(장)이 농민군에게 잡히는 바람에 전봉준은 곧바로 공주로 진격하려던 계획을 변경하고 경천에 머물렀다. 주력부대가 경천에 머무는 동안 전봉준은 3천여 명의 군사를 최한규에게 주어 유구 방면으로 진출시켰다. 공주와 청주에서 한양으로 가는 길의 요충인 목천 세상산에는 북접의 김복용 부대가 자리 잡았다.

공주전투의 전초전, 이인 칠봉산 싸움

음력 10월 21일 세상산에서 벌어진 싸움은 공주전투의 전초전이었다. 이두황이 이끌고 온 장위영병壯衛營兵과 일본군의 혼성부대는 최신예 무기를 앞세워 농민군을 기습 공격하였다. 불의의 습격으로 농민군은 수많은 희생자를 냈다. 김복용은 중군 김영우, 화포대장 원금옥과 함께 포로가 되고 말았다. 뒤이어 예산전투에서 농민군은 홍주목사 이승우가 이끄는 관군에게 크게 패하였다. 전봉준은 경천에서 농민군을 둘로 나누었다. 손병희가 이끄는 북접 농민군을 이인 쪽으로 보내고, 자신은 남접군을 이끌고 효포(공주시 신기동)쪽으로 향했다.
10월 22일 호남 농민군은 공주 남쪽 10리쯤에 있는 효포를 위협했고, 북접의 옥천포부대도 효포로 전진하였다. 그때 공주전투에 참가했던 일본군은 『경성부사京城府史』에 의하면 2개 대대쯤 되지 않았나 싶다. 농민군의 주력부대는 연일 이인을 공격했다.

하늘은 티 하나 없이 푸르고 높았다. 겨울 들판에 드문드문 볏가리들이 서 있었고 따사로운 햇살이 산하에 가득했다. 공주로 부여로 갈라지는 삼거리에서 중년의 사내에게 칠봉산이 어느 산이냐고 물었다 "칠봉산", "칠봉산"

그는 고개를 갸웃거렸다. 한참을 생각하다가 "여그서는 칠봉산이라고 안허고 체봉산이라고 하는데 그 체봉산은 저 산이요" 하며 이인 뒤편의 높지 않은 산을 가리켰다. 믿어야지 하면서도 미심쩍어 건너편에 있는 면사무소에 들어갔다. 일직을 서는 직원들에게 칠봉산을 묻자, 이곳에서는 칠봉산을 체봉산이라고도 부른다고 확인해주었다.

이인은 백제 때 웅주에, 고려 때는 공주목에 속했던 곳이다. 백제가 나당연합군에게 망한 뒤 백제 유민들이 가장 많이 정착했던 곳이다. 유민들에게 한을 심어준 나루터가 이인면에 속했다가 지금은 공주시에 편입된 검상나루터다. 한양과 남도로 통하는 삼남대로가 지나는 곳으로 조선 말엽까지만 해도 지금의 이인초등학교 자리에 이인역참과 도찰방이 있었다. 학교 앞 선정비가 서 있는 길거리를 빗거리라 부른다. 혁명 당시 충청감사를 지냈으며 을사오적의 한 사람이었던 박제순과 관찰사 윤광안, 찰방 이계희 등의 선정비가 거기 서 있다. 옛날 무성한 나무와 울창한 숲이 두르고 있었던 이인은 학이 나는 들로 표현될 만큼 산수가 아름답기로 이름이 높았다.

논두렁길을 지나 개울을 건넜다. 밤나무 숲이 온 산을 덮은 칠봉산은 바라볼수록 고향 뒷동산을 닮았다 생각했다. 키 작은 잡목 숲을 헤치고 올라가자 칠봉산 정상이 나왔다. 동학 전적지의 산 중 백산(47.5m)보다 조금 높다. 넓게 펼쳐진 정갓들은 한없이 멀고 이인은 겨울 햇살 아래 졸고 있다. 충청도 땅 이인의 칠봉산에서 백 년 전 농민군들의 흔적을 뒤쫓는다.

산과 산이 흘러서 펼쳐놓은 기름지고 풍요한 들판 정갓들에서 농민군이 마지막으로 승리한 이인전투가 벌어졌다. 시월 스무이틀 안성군수 홍운섭은 공주로 가는 길목에 경리청 소속 1개 소대를 매복시켜 놓았다. 스즈끼 소위는 백여 명의 일본군을 이인역 뒤편 당산나무 아래 집결시켜 농민군의 근황을 살폈다. 농민군은 노성에서 출발, 취병산을 넘어 이인 들판을 장악하였고, 일부 농민군은 곰나루 쪽으로 나갔다.

시월 스무사흘 서산군수 성하영과 경리청대관 윤영성, 참고관 구완희가 이끄는 관군과 스즈키 소위의 일본군은 농민군을 집중 공격하여 이인역을 잠시 탈환했다. 후퇴해서 전열을 가다듬은 농민군은 다시 산 위에 올라가 대포를 쏘며 관군을 공격하였다. 해가 질 무렵 관군과 일본은 군사를 거두어 공주, 웅치로 물러서고 말았다. 그 싸움에서 관군과 일본군은 120여 명의 전사자, 300여 명의 부상자를 내는 큰 피해를 입었다. 농민군이 삼례, 논산을 거쳐 북상한 2차 봉기에서 최초로 승리를 거둔 이인 전투는 농민군의 사기를 한껏 높여준 중요한 전투였다.

밤나무 낙엽과 밤송이 이불을 덮고 있는 칠봉산을 뒤로하고 부여로 향했다. 위례성에 도읍을 정했던 백제가 공주로 옮긴 것은 장수왕 63년 475년이었다. 고구려는 백제의 서울인 위례성을 침범하여 백제의 왕 개로왕을 붙잡아 목을 베어 죽였다. 백제는 금강 너머 계룡산을 근처에 둔 웅진에 도읍을 정하였다. 웅진으로 도읍을 옮기고 얼마 지나지 않아 문주왕은 권신 해구에게 죽임을 당하고 삼근왕은 3년 만에 죽고 말았다.

동성왕 때 백제의 전성기를 맞았다가 육십여 년이 지난 후 마지막으로 옮긴 도읍지가 사비성, 곧 부여다. 부여는 122년에 걸쳐 백제의 흥망성쇠를 지켜보았다. 신라와 당나라의 연합군에게 망한 것이 31대 의자왕, 660년 7월이었다.

'날이 부우옇게 밝았다'는 말에서 나온 부여는 아침의 땅이었다. 조용했던

정림사지 오층석탑. 부여에 남은 백제의 옛 자취로 여러가지 상념을 주는 탑이다.

아침의 평온은 나당연합군의 침략으로 산산이 깨어졌다. 집들이 부서지고 시체가 우거진 듯 하였다. 삼천궁녀들이 낙화암에서 몸을 던졌다.

부여에서 내세우는 부여팔경은 관동팔경이나 단양팔경의 아름다운 광경이나 경치와는 이름부터가 다르다. 미륵보살상과 탑 하나 덜렁 남은 정림사지에서 바라보는 백제탑의 저녁노을, 수북정에서 바라보는 백마강가의 아지랑이, 저녁 고란사에서 들리는 은은한 풍경소리, 노을 진 부소산에 간간이 뿌리는 가랑비, 낙화암에서 애처롭게 우는 소쩍새, 백마강에 고요히 잠긴 달, 구룡평야에 내려앉은 기러기 떼, 규암나루에 들어오는 외로운 돛단배. 부여팔경은 부소산과 낙화암, 그 아래를 흐르는 백마강을 중심으로 한 경치다.

강 건너 솟아오른 산이 부소산이다. 부소산에는 임금과 신하들이 서산에 지는 달을 바라보며 풍류를 즐겼다는 송월대나 계룡산 연천봉에 솟아오르는 아침 해를 맞았다는 영일루가 있다. 군창터가 남아 지금도 불에 탄 곡식들을 찾아볼 수 있지만 그보다는 고란사에 찾아가 고란초를 볼 일이다.

임금이 고란사의 약수를 마실 적에 한 잎을 띄워서 마셨다는 고란초는 세종 때 편찬된 『향방약성대전鄕方藥性大典』에 수록되어 있다. 신라의 고승 원효가 백마강 하류에서 강물을 마셔보고 물맛으로 상류에 고란초가 있음을 알았다는 신비의 여러해살이풀이다. 고사리과에 속하며 한방에서 화류병의 특효약으로 쓰였다.

고란사 아래 백마강은 수심은 얕아졌지만 옛날과 다름없이 흐르고 있다. 흘러가는 백마강을 무심히 바라보았다. 패망의 역사, 험난했던 그 세월 속으로 천천히 거슬러 올라갔다. 김부식은 백제의 왕도 부여에서 떠돌아다녔던 말을 이렇게 적고 있다.

1119년 봄 2월에 여우 떼가 궁중에 들어왔는데 흰 여우 한 마리가 상좌평의 책상에 올라앉았다. 여름 4월에 태장궁에서 암탉이 참새와 교미하였다. 장수를 보내어 신라의 독산, 동잠 두 성을 침공하였다. 5월에 서울 서남쪽 사비하에 큰 고기가 나와 죽었는데 길이가 세발이었다. 가을 8월에 웬 여자 시체가 생초진에 떠내려왔는데 길이가 18척이었다. 9월에 대궐 뜰에 있는 홰나무가 사람의 곡성과 같이 울었으며 밤에는 대궐 남쪽 큰길에 귀곡성이 있었다.

1120년 봄에 서울의 우물물이 핏빛이었다. 서해에 조그마한 물고기들이 나와 죽었는데 백성들이 다 먹을 수 없게 많았다. 사비하의 물이 핏빛과 같이 붉었다. 여름 4월에 왕머구리 수만 마리가 나무꼭대기에 모였다. 서울 시민들이 까닭도 없이 누가 잡으려는 듯이 달아나다가 쓰러져 죽은 자가 백여 명이나 되고 재물을 잃어버린 것은 계산할 수도 없었다. 5월에 갑자기 바람이 불고 비가 내리면서 천왕, 도양 두절의 탑에 벼락이 쳤다. 또 백석사 강당에 벼락을 치고 동쪽, 서쪽에는 용과 같은 검은 구름이 공중에서 서로 부딪혔다. 6월에 왕홍사의 여러 중들이 모두 돛대 같은 것이 큰물을 따라 절 문간으로 들어가는 것을 보았다. 들사슴과 같은 웬 개 한 마리가 서쪽으로부터 사비하 언덕에 와서 왕궁을 향하여 짖더니 잠깐 사이에 간 곳을 알 수 없었다. 서울에 있는 뭇개가 노상에 모여서 짖고 혹은 곡을 하더니 얼마 후에 흩어졌다. 웬 귀신이 대궐 안에 들어와서 "백제가 망한다. 백제가 망한다"고 크게 외치다가 곧 땅 속으로 들어가매 왕이 이상하게 생각하여 사람들을 시켜 땅을 파게 하였다. 석 자 가량 되는 깊이에서 웬 거북 한마리가 발견되었는데 그 등에 "백제는 달과 같이 둥글고 신라는 달과 같이 새롭다"는 주문자가 있었다. 왕이 무당에게 물으니 무당이 말하기를 "달과 같이 둥글다는 것은 가득 찬 것이니 가득차면 기울며 달과 같이 새롭다는 것은 가득차지 못한 것이니 가득차지 못하면 점점 차게 된다"하매 왕이 성을 내어 그를 죽여버렸다. 어떤 자가 말하기를 "달과 같이 둥글다는 것은 왕성하다는 것이요. 달과 같이 새롭다는 것은 미약한 것이니 생각하건데 우리나라는 왕성하여지고, 신라는 차츰 쇠약해진다는 뜻입니다" 하니 왕이 기뻐하였다.

역사는 항상 이긴 자의 편에서 기록한다. 낙화암에서 떨어진 삼천궁녀 이야기는 훗날에 만들어진 이야기이고, 방탕한 임금 의자왕의 이야기는 몇백 년 세월이 흐른 뒤 서경천도를 주장했던 묘청을 몰아낸 김부식에 의해서 씌어졌다. 지금의 생각으로 당시 백제 국력으로 3천명의 궁녀는커녕 3백 명도 당치 않았을 것이다. 그것마저 옛 백제의 땅에서 살고 있는 우리들의 안쓰러운 항변이라고 말하지는 못하리라. 역사는 떠도는 기록에 의존한다. 그 기록이 전부 정답은 아닐 것이다. 잘못 쓰인 역사, 그래서 잘못 알려진 역사가 바로잡힐 그 날을 고대한다.

쓰러져가는 국운을 살리려는 마지막 전투

공주 주미산 동학농민군의 죽음과 부활을 바라본 산

동심협력하여 척양척왜 하올세라!

멀리서 길게 울려 퍼지는 종소리가 들렸다. 이천 년 전 이스라엘의 허름한 마구간에서 사람의 아들 예수가 태어난 날이다. 이 세상을 사랑으로 빛내고자 살았던 예수는 십자가에 못 박힌 채 골고다 언덕을 피 흘리며 넘었고, '보국안민 척양척왜'를 외치며 서울로 진군했던 동학농민군들은 공주 우금치에서 처절하게 쓰러졌다.

공주 우금치로 가는 초입에 접어들었다. 동산촌을 지나면서부터 안개 공화국이다. 서방산도 종남산도 서해로 흘러가는 만경강도 안갯속에 유배당한 채 보이지 않았다. 모든 것이 안개로 바뀌었다. 공주로 가는 미륵산 아래 어디쯤 지나고 있을 것이다.

공주는 백제의 두 번째 서울이었다. 백제 개로왕은 궁궐을 새로 짓는 토목

공주의 웅진성. 백제의 두 번째 서울이며 동학농민혁명 당시 충청감영이 있던 곳이다.

공사를 일으켜 민심이 불안했고 국력은 소모되었다. 고구려 장수왕이 위례성에 쳐들어왔고 개로왕은 사로잡혀서 죽었다. 한강 유역을 빼앗긴 백제는 공주의 옛 지명인 웅천으로 도읍을 옮겼다. 지금의 부여인 사비성으로 옮기기까지 60여 년 동안 공주가 백제의 서울이었던 때가 백제의 전성기였다. 백제를 멸망시킨 당나라는 공주에 웅진도독부를 설치했고 그들이 물러간 후 신라는 웅천주를 두었다. 고려시대에 이르러서야 공주라는 이름으로 개명했다. 갑오년에 공주에는 충청감영이 있어서 호남지방으로 통하는 관문 역할을 하였다.

공주 시내를 가로질러 공산성을 지났다. 곰나루로 가는 고개를 넘기 전 오

동학농민혁명 당시 3,8선이었던 공주의 공주 공산성

른편에 무령왕릉 무덤이 있다. 1971년 송산리 무덤에 물이 새어드는 것을 막기 위한 공사를 하다가 무령왕과 왕비가 합장된 무덤이 발견되었다. 백제사 연구에 커다란 획을 그은 대사건이었다. 오랜 세월 속에서 봉분이 깎여 일본인과 도굴꾼의 손길이 미치지 않은 무덤에서 나온 유물이 자그마치 108종, 2,906점에 이르렀다. 국보로 지정된 것만 열두 개가 넘고 부장품은 공주국립박물관에 진열되어 있다.

고개를 넘자 멀리 안개를 비집고 아스라이 강줄기가 보인다. 금강은 전라북도 장수군에 있는 수분재에서 시작된다. 강물이 역류하여 충청도 영동, 신탄진을 지나 공주, 강경, 군산을 거쳐 서해바다로 흘러간다. 후백제 견훤과 마지막까지 사투를 벌여 승리한 왕건이 고려를 창건하고 『훈요십조訓要十條』를 남겼는데, 8조에서 호남을 이렇게 깎아내렸다.

> 차령 남쪽과 금강 아래 지역은 산의 모양과 땅의 형세가 거슬리게 뻗어서 인심도 그와 같다. 그 아래 지역 사람들이 조정에 들어와서 왕가나 왕의 인척과 혼인하여 나라의 권세를 잡으면 나라를 어지럽게 하거나 백제 통합의 원망을 품고서 임금을 범하기도 하고 난을 일으키기도 할 것이다. 또 그 전에 관가에 매여 있던 노비나 잡직의 천한 무리들이 권세가에 기대서 빠져나가려 하거나, 왕가에 붙어 간교한 말로 권세를 농락하고 정사를 어지럽혀서 재앙을 불러오는 놈들이 반드시 있을 것이다. 그러니 비록 양민일지라도 벼슬자리에 있으면서 정사를 보게 해서는 안 된다.

그 후 호남사람들은 벼슬길에 나아가지 못했다. 선조 때 전주 사람 정여립의 모반 사건으로 반역의 땅이라 이름 붙었다. 그 영향이 한국 근현대사까지 줄기차게 이어져 온 것이다.

안개가 걷히자 겨울 한낮을 즐기고 있는 수백 마리의 철새가 보였다. 곰나루 금강은 갑오년 겨울에 삼팔선이었고, 휴전선이었다. 그렇게 가고자 했던 서울 길, 공주를 함락하고 서울로 진격해서 후천개벽 참세상을 열리라던 동학농민군의 간절한 바람은 푸른 물살로 흘러가버리고 말았던가. 갑오년 동짓달 곰나루를 건너지 못한 전봉준은 섣달에야 다리가 부러진 채 들것에 실려 저 강물을 건너갔다.

1895년 3월 12일 자 마이니치신문 3면에 "전봉준을 보다"라는 제목의 기사를 쓴 기자가 일본영사관 철창에서 신음하고 있는 전봉준을 2월 28일 면회

내일은 공주, 모레는 수원, 글피는 서울 하면서 기세 좋게 올라갔던 동학농민군의 한이 떠도는 공주 곰나루

했다고 한다. "총검 때문에 붕대를 감았고 안색은 창백해 병상이었지만, 눈빛은 예리하게 빛났다"고 전봉준을 묘사했다. 우리가 알고 있는 전봉준의 마지막 남은 사진은 순창에서 붙잡혀 형장으로 끌려가는 사진이 아니고, 당시 일본영사관에서 법무아문으로 옮겨갈 때 사진사가 찍은 것이었다.

전주에서 처형당한 김개남은 부릅뜬 눈빛만 살아서 갔고, 뒤따라 손화중도 김덕명도 포승줄에 묶여서 저 강을 건너갔다. 서쪽으로 흘러서 황해로 들어가는 물줄기가 비단결 같다 하여 금강이라 불렀다. 침몰선처럼 정박한 나룻배 한 척, 수많은 길손이 쉬어갔을 저 나무들, 둥그스름한 산봉우리 너머에 진정 그들이 갈구했던 그리운 나라가 있었을까. 철새들이 무리 지어 날아올랐다. 이름처럼 아름다운 금강에서 정희성 시인의 '황토현에서 곰나루까지' 몇 줄을 읊조렸다.

> 곰나루 바람 부는 모래펄에 서서
> 검불 모아 불을 싸지르고
> 싸늘한 성계육 한 점을 씹으며
> 박불똥이 건네주는 막걸리 한잔을 단숨에 켠다
> 얼마나 어둠이 깊어야 밝은 새 날은 올 것인가.

차마 떨어지지 않는 눈길을 금강변 곰나루에 두고 주미산으로 향했다. 주미산은 공주교대에서 바라보면 우금고개 좌측에 수줍게 얼굴을 내밀고 있는 산이다. 산길은 비좁고 가팔랐다.
겨울 산길에는 삶과 죽음이 함께 있다. 우뚝우뚝 서서 산을 떠받치고 있는 참나무는 외로움에 우리를 반기고 떨어진 나뭇잎은 더 깊은 침묵 속으로 들어갔다. 주미산 정상에서 바라보니 가깝게 혹은 멀리 월성산, 봉황산, 일락산, 견준봉, 취병산이 아득히 안개에 젖어 있다. 공주 시내도, 저 혼자 흘러가는 강물도 제 모습을 드러내지 않았다. 안개는 하루 종일 곁을 떠나지 않았다. 백 년의 세월이 흘렀어도 밝혀지지 않은 것이 있다고 안개가 일러주는 것만 같았다. 저 평화로운 공주 시내와 이 산자락 우금고개 견준봉 일대에서 농민군과 연합군이 사활을 건 전투를 며칠간 계속했다.

농민군은 이인과 판치를 선두로 2차 공격을 시작하였다. 판치를 지키던 구상조 부대와 이인을 지키던 성하영 부대는 농민군의 막강한 공격력에 쫓기어 공주성으로 철수한 후 모든 역량을 총동원해서 공주 방어에만 매달렸다. 효포, 웅치, 우금치에 일본군과 정부군이 배치되었다. 내포 방향에 있던 일본군도 공주로 합류했다. 드디어 동학농민군은 공주를 삼면으로 포위한 다음 총공격을 개시하였다. 전봉준은 몸소 가마에 올라타고 홍개를 휘날리며, 기를 들고 태평소를 불며 전선을 총지휘했다고 한다.

〈갑오관보甲午官報〉는 그 날의 광경을 이렇게 기록했다.

> 이 밤 농민군 진지의 불빛이 수십 리를 서로 비추고 인산인해로 마치 대하의 모래 수에 비할 만하다.

동학농민군과 정부, 일본, 연합군은 결코 물러설 수 없는 마지막 싸움에 돌입한 것이다. 농민군은 끊임없이 우금치를 향해 내달렸다. 연합군은 우금고개 위에서 막강한 화력으로 무차별 사격을 퍼부었다. 그 처절한 싸움을 관군의 선봉장 이규태는 다음과 같이 보고하였다.

> 아, 비류 몇만의 무리가 연연 4~50리에 걸쳐 두루 둘러싸고 길이 있으면 쟁탈하고 고봉을 점거하여 동에서 소리치면 서에서 따르고 좌에서 번쩍하면 우에서 나타난다. 기를 흔들고 북을 치며, 죽음을 무릅쓰고 앞을 다투어 기어오르니 그들을 어떠한 의리와 담략으로 타이르랴. 적정을 생각하면 뼈가 떨리고 마음이 서늘하다.

〈갑오관보甲午官報〉에는 "일군과 관군이 산 척에 둘러서 일시에 총탄을 퍼붓고 다시 안쪽으로 몸을 숨기고 적이 고개를 넘고자 하면 또 산 척에 올라 총탄을 퍼붓는다. 이렇게 하기가 4~50차례가 되니 시체 쌓인 것이 산에 가득하다"고 적고 있다.

죽어버린 과거는 죽어버린 그대로 묻어 두라"라고 사람들은 쉽게 얘기한다. "과거를 묻지 마세요"라고 노래를 부른다. 그러나 과거가 없이 어떻게 현재가 있으며 미래가 있겠는가. 어두운 과거를 묻고 또 물을 때, 진실로 사람다운 사람이 사는 내일이 온다. 칼과 낫과 몽둥이를 들고 물밀 듯 산으로 올라갔다가 짚단처럼 쓰러지고 또 쓰러지는 모습을 보다 못한 아낙네들이 치마에 돌을 날라다 주었던 그 싸움을 어찌 잊겠는가.

전봉준 마지막 전의를 불사르다

농민군은 십일월 열하루 농민군으로 변장한 관군의 기습공격에 많은 연환과 대포를 빼앗겼다. 그 전투에서부터 전의를 상실하고 공주성 싸움 자체가 승산이 없음을 알면서도 전봉준은 11월 12일 '동도창의소'의 명의를 걸고 경군과 영병 및 일반 백성에게 주는 고시문을 순우리말로 발표하였다.

무타(無他)라. 일본과 조선이 개국 이후로 비록 인방이나 누대적국이더니 성상의 인후하심을 힘입어 3항을 허개하여 통상 이후 갑신 시월의 사흉이 협적하여 군부의 위태함이 조석에 있더니 종사의 흥복(興復)으로 간당을 소멸하고 금년 시월의 개화간당이 왜국을 체결하여 승야입경하여 군부를 핍박하고 국권을 천자(擅恣)하여 우황(又況) 방백수령이 다 개화중 소속으로 인민을 무휼하지 아니하고 살육을 좋아하며 생령을 도탄함에 이제 우리 동도가 의병을 들어 왜적을 소멸하고 개화를 제어하며 조정을 청평하고 사직을 압보할 새 매양 의병 이르는 곳의 병정과 군교가 의리를 생각지 아니하고 나와 접전함에 비록 승패는 없으나 인명이 피차에 상하니 어찌 불쌍치 아니하리요. 기실은 조선끼리 상전하자는 바 아니거늘 이렇게 골육상전하니 어찌 애통하지 아니하리요. 또한 공주, 한밭 길로 논한다 하여도 보원(報怨)한 것이라 하나 일이 참혹하여 후회막급이며 방금 대군이 서울을 누르고 있어 팔방 흉흉한데 편벽되이 상전만 하면 가히 골육상전이라. 일변 생각컨대 조선 사람끼리라도 도(道)는 다르나 척왜와 척화의 뜻은 일반이라. 두어 자 글로 의혹을 풀어 알게 하노니 각기 돌려 보고 충군 우국지심이 있거든 곧 의리로 돌아오면 상의하여 같이 척왜척화하여 조선으로 대국이 되지 않게 하고 동심협력하여 대사를 이루게 하올세라.

갑오 십일월 십이일

농민군이 이 고시문에서 말하고자 했던 것은 일본군이 개화당 김홍집 내각과 결탁하여 조선을 왜국화하려는 책동에 대한 규탄이었다. 조선 사람의 일반적 정서인 척왜척화로 반외세 반침략을 벌일 것을 정부군과 조선의 민중들에게 호소한 글이었다.

11월 11일 금산을 출발 회덕을 함락하고 11월 13일 청주성을 공격한 김개남 부대도 무참히 패배하고 말았다. 전하는 말로는 청주성 싸움에서 북접의 도인들은 총칼을 들고 싸움에 임하지 않고 부적을 가슴에 붙이고 '시천주조화정영세불망만사지'라는 동학의 본주문만 외웠다고 한다. 총알도 피해 간다고 믿었던 부적이나 주문이 무슨 소용이 있었을까. 싸움에서 패배한 농민군이 죽기 전까지 기다린 것은 무엇이었을까?

동학을 창시한 최제우는 한울이 사람 속에 개화만발하는 것을 '만년나무에 천 떨기 꽃이 활짝 피어나는 만세춘', 영원한 봄의 성취라고 하였다. 남접의 남계천이 해월 최시형에게 물은 적이 있다.

"맨날 후천개벽 후천개벽 떠드는데 그놈의 후천개벽은 도대체 어느 날에 되는 겁니까?"

해월이 남계천에게 다음과 같이 답변했다고 한다.

"모든 산이 푸르러지고 모든 길에 비단이 깔릴 때, 만국의 병마가 이 땅에 들어왔다가 이 땅에서 물러갈 때가 바로 후천개벽의 때다."

우리가 어찌 현자들의 오묘하고 깊은 말뜻을 이해하겠는가. 우리의 시간과 한울의 시간이 같지 않음을 '아니다'라고 부정할 수 없지만 순교란 이름으로, 학살이란 이름으로 숨져간 그들도 끝까지 좋은 세상이 열리기를 기다렸을 것이다.

갑오년 겨울 우금고개 싸움은 그 이상도 그 이하도 아니었다. 관군과 일본군의 우수한 화력 앞에 칼을 들고 쇠스랑 들고 농민군들은 수많은 불나방들이 활활 타오르는 불길을 향해 자기의 전 생애를 내던지듯 처참하게 쓰러져 갔다.

농민군이 가지고 있던 화승총은 심지가 타들어 가야 발사되며 백보 안에 있는 사람을 맞힐 수 있는 구식중의 구식이었지만 일본군이 가지고 있던 모리타라는 총은 1분에 12발을 쏠 수 있고 500보 떨어진 적을 맞힐 수 있었다. 동학농민전쟁 당시 악명 높았던 모리오 대위는 그가 작성한 「동학당 정벌에 관한 제보고」에서 12월 4~5일 이틀간의 우금고개 싸움의 전황을 이렇게 적고 있다.

— 12월 4일 오후 4시 판치의 경계에 임한 경리영병으로부터 오후 3시 우수한 적의 공격을 받아 공주로 퇴거한다는 보고를 받았다.

— 당시 공주에 있는 관군은 다음과 같다. 제2중대(1소대와 2중대는 결) 한병(韓兵) 810명.

— 위 보고에 의해 한병(경리영병) 250명을 월성산으로 가게 하고 요지를 점령하여 적을 방지케 하였다. 이인에 있는 경리영병 280명을 우금치로 후퇴시켰다. 오후 5시 30분 스즈끼 특무조장으로 하여금 그 소대 및 이인에서 후퇴한 한병을 가지고 우금치와 이인 가도를 수비케 하였다. 대위 모리오는 제 3소대로 향봉 부근에 있었다.

— 향봉에 이르러 적정을 정찰하건데 적은 향봉산성으로부터 약 1,400m 떨어진 일대의 산 위에 군집해 있었다(약 2만여 명). 불을 피우며 동·남면을 포위하여 세력이 대단히 성하였다. 그러나 전진하는 징조는 없었다. 서로 대치하여 익일 아침에 이르렀다.

— 5일 오전 10시 이인 가도 우금치산에서 떨어지기 약 10리 되는 곳에 적도 1만여 기가 나타나 아우익 서방을 향해 급진하여 왔다. 그들은 모두 극렬하였다. 우금치산은 공주의 요지로서 이를 잃으면 또한 공주를 수비할 방책이 없다. 이와 동시에 삼화산의 적(약1만 여 명)이 오실후산을 향하여 전진하므로 형세가 대단히 급하고 또 이곳도 공주의 요지로서 천연의 험(險)이 있었다. 그런고로 다나까 군조로 하여금 1분대 및 한병 1분대로 굳게 오실후산을 방지할 것을 명령하였다.

— 오전 10시 40분 우금치산에 이르러 적정을 정찰하건데 적은 우금치산 전방 약 500m의 산상으로 전진해 왔다. 스즈끼 특무조장은 다음과 같이 배치를 하였다. 1분대를 견준산의 산복에, 또 다른 1분대를 우금치산의 산

복에 모두 이인 가도의 우방(전방도로를 방어할 수 있는 곳) 한병 280명을 봉황산에, 잔여의 2분대는 우금치산.

여기에 있어서 제 3소대를 우금치산에 증가시켜 일제 사격으로써 전방의 산상 약 800m되는 곳에 군집한 적에게 당하게 하고 경리영병으로서 가장 가까운 적을 향하여 사격케 하였다. 그러나 적은 교묘하게 지물을 이용하여 약 200여명은 우금치산정에서 150여m 떨어진 산북으로 진출해 오고 이 선두의 50~60명은 수 미터 앞까지 접근해 오고, 전면 산상의 적은 점점 전진해 와 격전 수 시간 아병은 역전(力戰)에 가장 힘썼다.

— 오후 1시 40분 경리영병의 일부(50명)는 우금치산의 전방 산북으로 나가게 함으로써 우금치 산정에서 떨어지기 약 140~150m의 산북에 있는 적 좌측을 사격케 하였다. 적은 전방 약 500m의 산정으로 퇴각하였다. 오후 2시 20분 우금치산의 아병을 그 전방산북으로 나아가게 하고 경리영병으로 하여금 급사격을 하게 하여 적이 동요하는 것을 보아 1소대와 1분대를 거느리고 적진에 돌입하였다. 이에 적은 퇴거하였다. 따라서 경리영병으로 하여금 추격케 하고 중대는 이인 가도로 나가려 하였다.

— 중대는 이인가도로 나와 급히 추격하여 마침내 이인 부근에 이르러 일대 산복에 불을 놓고 몰래 퇴거하였다. 그러나 동·남방의 적도는 여전히 퇴거하지 않았다. 따라서 한병으로 하여금 우금치산, 오실후산, 항봉, 월성산 등의 경계에 임하게 하고 기타를 공주로 철수시키니 때는 오후 8시였다.

작게는 만 명에서부터 십만 명에 이르렀던 농민군의 시체가 우금고개와 개좃배기라 불리는 견준봉 자락에 산을 이루었다. 그들이 흘린 피가 곰내를 적시고 푸르른 금강에 흘러들었다. 오죽했으면 농민군의 시체를 모아 한곳에 매장했다고 해서 송장배미라는 이름이 붙었으랴. 농민군은 천추의 한을 품고 논산으로 물러났다.

일본군의 개입으로 우금고개 싸움 실패로 끝나다

농민혁명이 실패할 수밖에 없었던 여러 이유가 있었다. 농민군은 주력부대였던 전봉준은 공주로, 김개남은 전주로, 손화중은 나주로 분산되었다. 반면 정부군과 일본군의 연합군은 공주 한 곳에 집중적으로 몰아쳐서 힘의 균형 면에서 어긋나 있었다. 농민군 제압에 나선 일본군은 비록 3개 중대에 불과하다 할지라도 부족한 인원은 정부군에서 보강되었고 그들의 작전은 모두 일본군의 수뇌부에서 나왔다.

일본군은 일본 국내에서의 내란진압과 대만에서의 민중탄압 특히 몇 개월 전에 있었던 청일전쟁을 치르며 축적된 경험을 백 퍼센트 활용할 수 있었던 것이다. 그들의 작전은 농민군의 행동을 한발 앞서 예측할 수 있었고, 우수한 화력은 재래의 무기를 가진 농민군을 시종 압도했다. 농민군들은 황토현이나 황룡강에서 관군들을 크게 무찔렀었다. 그 싸움은 이동 중의 싸움이었다. 그러나 수성전에서는 그렇지 못했다. 어떤 싸움이 유리할까를 깨달았어야 함에도 농민군은 우금치 싸움에서 그 점을 적절히 활용하지 못했다. 역사에서 가정이 허락된다면, 2차 봉기 시점이 겨울이 아니고, 무르익은 봄날이었거나 여름이었다면 사정은 달라졌을 것이다. 실패했지만 동학농민혁명이 근현대사의 정점이었다는 사실에 이의를 제기할 사람은 없을 것이

우금치 혁명 기념탑. 동학농민군들이 무참히 쓰러져간 통한의 현장이다.

다. 그렇다고 긍정할 때 이 우금치는 그냥 우금치가 아니다. 무거운 가슴을 쓸어내리며 산길을 내려가 다시 고개를 넘었다. 우금치고개는 야트막한 산이다. 소만 한 금이 묻혔다고 해서 우금치라고도 하고, 소를 몰고 넘지 못한다고 해서 우금고개라고 부른다.

동학농민군의 최후의 결전장인 우금고개에 동학혁명위령탑이 세워져 있다. 이 탑은 5·16 군사쿠데타를 일으켰던 박정희가 세웠다. 이 탑에는 "5·16 혁명 이래의 신생 조국이 새삼 동학혁명군의 순국정신을 오늘에 되살리면서 빛나는 10월 유신의 창돌을 보게 된 만큼……"이라는 글귀가 새겨져 있는데 이 글귀처럼 그는 자신을 위해 일으켰던 군사쿠데타를 성스러운 동학농민혁명에 비유했다. 그러나 탑의 뒷면에 새겨진 그의 이름은 짓이겨져 있었다.

또 하나 지워진 이름이 있으니 천도교 교령을 지냈던 최덕신崔德新이다. 독립운동가인 최동오崔東旿의 아들인 최덕신은 평안북도 의주에서 출생했다. 1936년 중국 황푸군관학교를 졸업한 최덕신은 광복군에 복무하며 민족운동에 참여하였다. 8·15광복으로 귀국하여 이듬해 1946년 육군사관학교 특별반 과정을 마치고 1949년 미국 포트릴리육군종합학교를 거쳐 다음 해 미국 포트베닝보병학교를 졸업하였다.

6·25전쟁 때 제8사단과 제11사단의 사단장으로 참전하였으며, 지리산 토벌군으로 거창양민학살사건에 관여되었다. 국군 소장으로 재직하던 1953년 휴전협정 때 UN 군사령관 클라크Clark,M.W.장군을 보좌하여 휴전협정조인에 관여하였다. 1956년 육군 중장으로 예편한 뒤 주 베트남공사를 지냈고 5·16 군사정변 후 1961년 10월부터 1963년 3월까지 외무부 장관을 지냈다. 외무부장관 재임 중 1961년과 1962년 UN총회 한국수석대표로 참석하였고, 그

뒤 국가의 요직을 두루 거쳤다.

그 뒤 천도교계에서 실권이 박탈된 뒤 박정희 정부와의 불화로 1976년 2월 미국으로 건너갔다. 1981년 6월 북한 평양을 방문하고, 1986년 9월 북한으로 들어가 10월에 조국평화통일위원회 부위원장, 1989년 3월 천도교 청우당 중앙위 위원장을 지내다가 세상을 떴다.

그런데, 그의 아들도 얼마 전에 북한으로 들어갔고, 살아생전 인연에 금이 갔던 박정희는 총애했던 부하 김재규의 총에 1979년 10월 26일 유명을 달리했다. 역사는 가고 오며 사람 역시 가고 온다. 무엇이 선이고 무엇이 악인가? 백 년 전 곰나루를 건너 압송되어 가던 녹두장군을 시인 안도현이 비장한 시 「서울로 가는 全琫準」 편을 써서 전송하고 있다. 몇 구절을 여기 적어본다.

그대 떠나기 전에 우리는 목 쉰 그대의 칼집도 찾아 주지 못하고
조선 호랑이처럼 모여 울어 주지도 못하였네
그보다도 더운 국밥 한 그릇 말아 주지 못하였네
못다 한 그 사랑 원망이라도 하듯
속절없이 눈발은 그치지 않고
한 자 세 치 눈 쌓이는 소리까지 들려오나니

그 누가 알기나 하랴
겨울이라 꽁꽁 숨어 우는 우리나라 풀뿌리들이
입춘 경칩 지나 수군거리며 봄바람 찾아오면
수천 개의 푸른 기상나팔을 불어제낄 것을

지금은 손발 묶인 저 얼음장 강줄기가

옥빛 대님을 홀연 풀어헤치고

서해로 출렁거리며 쳐들어 갈 것을

갱도를 위해 죽는 것은 조금도 원통하지 않다

정읍 입암산 패하고 들어간 전봉준을 받아들인 산

전봉준이 마지막 밤을 보낸 차치구의 집

눈 내리는 정읍 태인 벌판을 지난다. 1894년, 그 해가 속절없이 가버리고 눈 내리는 겨울, 꽃피는 봄이 몇 번 흘러갔던가. 사랑도 미움도 가고 세월도 함께 갔다. 모든 싸움에 지고 기약할 수 없는 내일을 꿈꾸며 쫓겨 갔던 전봉준. 그 산과 들 징게맹경 외애밋들에 눈이 내린다. 모든 길들이 하얗게 지워진다.

우금치 싸움에서 패배한 동학농민군이 노성에 집결하였다. 그러나 연합군의 막강한 공격력에 힘을 잃고 소토산으로 본진을 옮겼다가 다시 후퇴하여 논산의 남쪽 황화대로 농민군을 집결시켰다. 여산접주 최난선은 강동방면에서 공주 전투를 지원하기 위해 1천여 명의 농민군을 거느리고 달려왔다.

우금치 싸움의 패배를 확인한 최난선은 패배한 농민군과 자신의 군대를 황화대에 모아 연합군의 추격에 맞서 최후의 혈전을 벌였다. 모리오 대위가 이끄는 일본군 일개 소대와 관군의 막강한 화력을 지친 농민군이 어찌 당해낼 수 있으랴. 수 시간의 접전 끝에 오후 네 시 농민군은 패배하고 말았다. 관군의 기록이 "가까운 밭에 죽은 시체와 머리가 눈에 걸리고 발에 채이다"라고 전하는 것을 보면 황화대의 싸움이 얼마나 처참했는가 짐작할 수 있다. 전주성으로 철수하여 전열을 가다듬은 농민군은 11월 23일 금구현 원평으로 내려갔다.

농민군은 구미란 싸움에서 연합군에 다시 패하고 태인에 이르렀다. 태인에서 11월 27일 운명을 건 한판 싸움이 벌어졌다. 일본군의 작전명은 청야작전이었다. 한국전쟁 때도 사용되었던 청야작전은 나라를 들판에 빗대어 깨끗이 청소한다는 의미다. 만여 명의 농민군은 절체절명의 싸움을 전개했으나 끝내 패하고 말았다. 12월 농민군이 통한의 눈물을 머금고 해산한 후 조선 남방은 관병과 일병 천지가 되었다. 동리마다 살기가 충천하고 유혈이 가득했다.

동학군이 관병, 일병, 수성군, 민포군에게 당한 참살 광경은 이루 말할 수 없었다. 가장 참혹한 곳이 호남이었고, 충청도가 그다음이며 또한 경상, 강원, 황해 등 여러 도에서도 살해가 많았다. 전후 피해자를 계산하면 무릇 3,40만에 달하였고, 동학군의 재산은 모두 관리의 것이 되었고 가옥과 물건은 죄다 불 속에 들어갔다. 부녀자 강탈 능욕은 차마 말로 할 수 없는 지경이었다.

태인에서 해산한 전봉준이 하룻밤을 보낸 집은 정읍시 입암면 대흥리에 있는 차치구의 집이었다. 차치구는 평민 두령으로 용맹을 떨쳤으며, 그의 아들 차경석은 훗날 증산사상을 기반으로 민족종교 보천교를 세운 사람이다. 동학농민혁명이 실패로 돌아간 후 홍덕에서 관군에게 붙잡힌 차치구는 그 앞산에서 포살되었다. 열다섯 살이었던 차경석은 아버지의 시신을 업어다가 대흥리에 묻었다고 한다. 지금의 대흥리는 입암산과 갈재를 그윽이 바라보며 고창군 신림면으로 가는 길옆에 있는 조용한 마을이다. 하지만 1920년대에서 30년대 중반까지 경성 다음으로 중요한 곳이었다.

1920년대 보천교 신도수가 조선총독부 집계로 무려 170만 명을 웃돌았고, 보천교의 집계로는 700만을 넘었다는 통계가 나와 있는 걸 보면 보천교의 교세가 어떠했는가를 짐작할 수 있다. 증산의 제자였고 보천교를 일으킨 차경석은 자기가 거처하던 입암면 대흥리를 오성귀원五星歸垣의 명혈이라고 했다. 즉 내장산은 오행의 화성火星에 속하고, 입암산은 수생으로 화생토火生土가 된다. 노령산맥으로 이어지는 한쪽 자리에 자리 잡은 방장산은 금성이니 토생금土生金이 되며, 순창 쌍치의 회문산은 수성이라 금생수金生水가 되고, 두승산은 목성으로 수생목水生木이 되니 완전한 오행상생의 형국을 이룬다고 풀이한 바 있다. 풍수지리학자 최창조 선생에 따르면 지고지귀한 땅이라 하늘이 내려주어야 얻을 수 있는 천하대지天下大地다.

보천교 중앙본부라고 쓴 낡은 솟을대문은 굳게 잠겨 있고 옆문으로 들어서니 마당에는 금세 내린 눈이 소복했다. 인기척을 듣고 주인이 문을 열고 나왔다. 차용남 옹은 동학의 십대접주 차치구의 손자였고, 차경석의 큰아들이었다. 어린 시절 유복했던 환경 덕분에 한학을 공부해서 주역과 한학에 일가견이 있어 손꼽히는 주역의 대가다. 차용남 옹의 집에는 눈 내리는 겨울에도 사람의 발길이 끊이지 않았다. 세배를 오는 사람, 공부를 하다가 의문이 나서 온 사람과 보천교도들이었다.

동학농민혁명 다시 평민출신의 두령 차치구의 아들 차경석이 세운 정읍 입암 보천교 본부

"오늘이 할아버지 기일이지요"라면서 차용남 옹은 젊은 청년에게 상을 차려 내오라고 말한다.

"열다섯 살 때 아버지가 돌아가셨지. 총독부 관리들이 보천교 간부들을 이간질시켰고, 조만식 선생이 이곳에서 체포되었어. 그때 이곳에 '대성전'이라는 십일전 건물을 지었는데 대들보를 만주 훈춘현 노령지방에서 가져온 재목을 썼었다네. 반만년 역사상 어느 왕조도 쓴 일이 없는 노란 기와를 올린 것은 중국의 천자궁을 그대로 본뜬 존대의식이었지. 십일전 건물이 얼마나 컸었는지 2층까지 합하면 186간이 되었다니 경복궁 근정전의 두 배쯤 되었을 것이네. 저 남쪽에 있는 입암산을 바라보고 짓지 않고, 등을 지고 세운 오좌지형이었다고 하네. 이러한 좌향은 현세는 선천시대와 달리 운수가 뒤집혀 좌향도 정반대가 될 것이라고 해서 그렇게 지었다고 나중에야 들었네. 삼국시대 이후 이 나라에서 가장 큰 건물이었던 십일전이 아버님(차경석) 선화 하신 1936년 5월 이후 일본 사람들이 500원에 경매해서, 서울에 있는 조계사의 대웅전이 되고 말았지. 지금은 없어진 전주 역사가 이곳에서 뜯어다 지은 건물이었다고 하니 그 교세가 어떠했겠는가. 신도들이 수저 하나씩을 모아 일만팔천 근의 대종을 만들었는데 직경이 8척에 높이가 12척이었다네. 그 대종을 동정각에 걸어놓고 아침, 점심, 저녁에 세 번 각기 72번씩 타종을 하면 먼 지평선 너머 이리 시내까지 들렸다고도 전해지는데, 종은 해체되어 흔적도 없어. 아버님은 평생 비단옷을 입지 않으셨고, 신출귀몰하다는 소리가 있었네. 아버님을 못 잡으니까 낮에는 새가 되고 밤에는 쥐가 되어 도망갔다고 총독부 관리들이 거짓 보고를 한 거지."

조만식과 이상재를 비롯한 민족주의자들의 발길이 끊이지 않았고 한 방에서 며칠씩 쉬어가곤 했다는 그의 말은 대체로 사실이었다. 가슴 아픈 이야기들을 어찌 다 기록하겠는가. 훗날 밤을 새워 들어도 모자라리라. 자리에서 일어서자 옹은 "저 방에서 전봉준이 조부님과 그 마지막 밤을 지냈지"라는 쓸쓸한 뒷말을 남겼다.

눈 내리는 겨울, 퇴락해가는 기와집에서 보천교의 위세 당당했던 전성기를 기억해내기는 역부족이었다. 경상도 함안 일대와 전라도 고흥 일대에서 조상도 버리고 재산을 팔아 이곳 정읍 땅으로 꾸역꾸역 몰려왔던 민중들의 절절한 삶을 20세기를 살고 있는 우리가 짐작이나 하랴. 증산 강일순이 세계의 배꼽이라고 명명했던, 정읍시 입암면 대흥리에 증산의 예언대로 세계열강의 사람들이 「남조선 뱃노래」를 부르며 올 날은 언제일까.

전봉준, 피노리에서 생포되다

만화동에서부터 입암산 산행이 시작됐다. 눈 내린 산길은 미끄러웠다. 눈 속을 헤치고 흘러가는 개울 물소리가 들렸다. 가파른 산길을 넘어 입암산성으로 향했을 전봉준은 머잖아 있을 세상과의 이별을 예감하면서 걸어갔을 것이다. 조병갑의 폭정에 매 맞아 돌아가신 아버지, 먼저 보낸 아내, 저 아래 어디에선가 굶주림과 추위에 떨고 있을 어린 자식들, 수없이 쓰러져간 동지들, 생각만 해도 그리운 얼굴과 고향이 못 견디게 보고 싶었을 것이다.

눈 내리는 산정에는 가야 할 곳을 일러주는 이정표가 바람을 맞으며 서 있었다. 갓바위: 0.4km, 남창골: 3.5km, 만화동: 1.2km, 새재: 2.0km. 여기서부터 능선이다. 잔해만 남은 옛 성터에 눈이 쌓였다. 망루였던 듯싶은 돌무더기와 키 작은 싸리나무와 산죽에도 눈이 소복했다. 푸른 하늘 아래 흐르는 구름 따라 천천히 갓바위 쪽으로 올라갔다.

입암산 정상은 장엄의 극치였다. 비단 같은 평야, 미움도 원망도 세상에 어떤 악도 전쟁도 있을 것 같지 않은 순결한 누이 같은 평야와 첩첩이 포개진 산들이 펼쳐져 있었다. 그 구석구석에 사람이 살고 아름답고 슬픈 역사가 있다. 갓바위는 건너편에서 무심하게 세상만 굽어보았다. 이 지상에 지금 살아 있는 것은 무엇인가. 역사도 저 산맥도 저 평야도 한낱 풍경이고 환각인 것만 같았다. 산성 쪽으로 천천히 내려갔다.

입암산성은 전라북도와 전라남도를 가르는 입암산 정상에 있는 석성이다. 전남북을 잇는 국도와 철도, 호남고속도로가 이 산 서쪽에 있는 방장산 사이의 골짜기 갈재를 통과한다. 예부터 교통의 요충지였고 서해안과도 가까운 거리에 있어서 입암산성은 군사적으로 중요한 곳이었다. 문헌에 나타나는 최초의 기록은 고려 고종 43년 몽고군의 6차 침입 때에 송고비 장군이 입암산성에서 몽고군을 크게 이겼다고 전한다.

그 후 입암산성은 별로 쓰이지 않고 방치되었다가 임진왜란 때 장성현감 이귀와 윤진이 개축하였다. 정유재란 때 소서행장의 예하 부대와 산성별장이었던 윤진이 관군과 의병, 승병을 모아 싸우다 장렬히 순절하였다. 이후 하멜표류기로 알려진 화란사람 하멜이 『조선에 온 화란인』에서 입암산성을 거쳐 갔다고 언급했다.

성안에 우뚝 솟은 갓바위(입암)와 동서남북에 각각 포루가 있었고 성의 길이가 3.6m에 이르렀다. 7개 고을의 군량미를 저장하였던 시설물과 건물이 언제 폐쇄되고 없어졌는지 정확한 기록은 없다.

동학농민혁명 당시 태인 전투에서 패하고 농민군을 해산한 전봉준이 수하의 몇 사람을 거느리고 순창으로 가던 길에 산성별장(이중록)과 친분이 있어 하룻밤을 묵어갔다. 그 일로 별장이 처벌을 받았으며 그 후에 별장을 없앴다는 설만 남아 있다. 마지막까지 남아 있던 남문루는 일제 말엽에 없어졌다고 한다.

거세게 몰아치던 눈보라는 언제 그랬느냐는 듯 잦아들었다. 허물어진 옛집터에 햇살은 천연스레 빛났다. 지금은 억새와 잡목만 우거진 분지 같은 입암산성에 갱정유도회(일심교)를 믿었던 사람들이 살다가 갔다. 혼인 전에는 댕기를 길게 땋았다가 혼인 후에는 쪽을 찌거나 상투를 틀고서 사서삼경 같은 고전을 읽으며 살았던 그들은 1975년 용인민속촌으로 옮겨 갔다가 자신을 바라보는 세상 사람들의 따가운 시선을 견디지 못하고 "우리는 동물원의 원숭이가 아니다"라는 말을 남기고 되돌아왔다가 결국 지리산 청학동으로 들어갔다. 무너질 대로 무너진 옛집의 기둥에는 수없이 많은 못들

백양사 청류암의 남천감로가 새겨진 바위

이 녹슨 채 구부러져 있었다. 물을 끌어 올리던 작두는 지금도 마당 가운데 힘 있게 박혀 있다.

갑오년 섣달 초하루 전봉준은 입암산성을 지나 백암산 청류암에 도착했다. 그는 흐르는 물에 목을 적시고 암벽에다 부지깽이를 들어 '남천감로南泉甘露'라는 네 글자를 새겼다고 한다. 내일을 기약할 수 없이 쫓기던 그가 어떻게 글자를 새길 수 있었을까. 여러 정황으로 미루어 사실이 아닐 것이다. 전봉준은 청류암을 내려가 백양사에 도착했다.
백양사는 백제 무왕 때 여환선사가 창건한 절이다. 정토사라고 불렸다가 조

청류암을 거쳐 피노리로 가던 전봉준의 자취가 서려 있는 정읍 백양사

선 선조 때 백양사라고 개칭되었다. 환양선사가 천일굴에서 법화경을 독경하고 있는데, 백학봉에서 흰 양 한 마리가 선사의 독송을 듣고 간 뒤 양의 무리가 자주 왕래했다는 전설을 따라 백암산 백암사를 백양산 백양사로 고쳤다고 한다.

그 이유로 백양사의 역대 조사를 조사라고 부르지 않고 환양이라고 한다. 그만큼 백양사의 품격이 다른 절에 비해 높다고 할 수 있다. 쌍계루에는 고려 말의 학자 포은 정몽주의 8행시가 걸려 있었는데 불에 타버려 흔적이 없다. 천왕문을 들어서면 설선당이 있고 그 앞으로 보선각과 원당이 있다. 원당의 좌우로 선선당, 조사전, 명부전, 정운당, 극락전, 우화루, 향적전, 엄종

각 등이 있다. 백양사에는 망암스님의 사리탑이 있고, 조선 선조 때 기행으로 이름이 높았던 진묵대사가 주석했다고 사지는 기록하고 있다.

임진왜란 직전에 진묵대사는 이 절 운문암에서 차를 끓이는 소임을 맡은 이름 없는 중이었다고 한다. 그 진묵스님을 누가 불보살의 화신이라고 믿겠는가. 어느 날 백양사에 있는 모든 스님에게 운문암에서 차를 끓이고 있는 스님을 백양사의 조사로 모시라는 현몽이 있었다. 스님들이 운문암으로 올라서 그 말씀을 전하자 진묵대사는 조실에 앉아 있다가 갑자기 "내가 올 때까지는 이 불상에 도금을 하지 마라"라고 말하였다. 그리곤 그 말을 남기고 그는 자취를 감추고 말았다. 그 후 지금까지도 운문암 불상은 도금을 하지 않은 채 검게 남아 진묵대사가 돌아오기만을 기다리고 있다. 몇백 년의 세월이 흘러도 돌아오지 않는 진묵대사를 기다리는 것이 이 나라의 불교다. 오직 종교의 힘이 있어서 가능한 일이다.

백양사를 나온 전봉준은 김개남을 만나기 위해 발길을 재촉했다. 나라 안에는 전봉준을 잡으라는 방이 수도 없이 붙었다.

> 관문을 부수고 무기를 탈취하여 나라를 어지럽힌 동학 비도들을 무슨 죄로 다스려야 옳은가? 다행히 우리 정토군의 위세 앞에 비도들은 스스로 궤멸되었으나, 아직 괴수 전봉준은 종적을 모르고 있다. 전봉준을 잡아 관문에 바치는 자에게는 일등지 군수를 봉할 것이요, 상금 삼천 냥을 줄 것이다. 다투어 전봉준을 잡아다 바쳐 나라의 화근을 없애도록 할지어다.
>
> 갑오 11월 순무영 도순무사 신정희

해가 뉘엿뉘엿한 저녁 무렵 순창군 쌍치면 피노리(행정구역상 금성리)에 도착했다. 쌍치 쪽으로 넘어가는 무너미고개와 피노리 뒤편에 계룡산 저 마을 어디선가 살았을 김경천을 생각했다. 이 피노리에서 눈빛이 유난히 빛났던 조선의 사내 전봉준의 마지막 잠행이 끝난다. 전봉준은 부하를 거느리고 피노리로 옛 부하였던 김경천을 찾아왔다. 김경천은 전봉준을 반갑게 맞이하여 길가 주막으로 안내했다. 저녁밥을 잘 대접한 후 그는 같은 마을에 사는 전주퇴교全州退校 한신현에게 밀고하여 전봉준을 생포케 한다.

주막을 포위하자 그것을 눈치챈 전봉준이 담장을 뛰어넘다가 다리를 내려쳤다. 그때가 섣달 초이틀 밤. 재기를 도모하기 위해 김개남과 만나기로 했던 전봉준이 잡힌 피노리는 김개남이 잡힌 태인 종성리와 불과 20리 거리였다. 전봉준은 교도대에 인계되어 순창에서 나주로 송치되었다. 그때 상황을 『오하기문梧下紀聞』은 이렇게 기록하고 있다.

> 봉준은 화중과 함께 나주에 송치되었는데 화중이 민종렬을 보고 머리를 조아리며 스스로를 소인이라고 일컫자, 봉준은 "뭐 소인? 민종렬에게 스스로를 소인이라고 낮추는 너는 진실로 짐승 같은 놈이다. 내가 사람을 알아보지 못하고 너 같은 놈과 일을 도모하였으니 실패한 것은 당연하다"라며 질타하였다. 봉준은 관리들을 너 또는 자네라고 부르면서 꾸짖고 조금도 굴하지 않았다. 압송 도중 푸른 대쪽을 불에 구워서 받은 진액과 인삼을 구해 상처를 치료하고 쌀밥을 먹는 등 행동에 두려움이 없었다. 압송하는 사람들도 그를 공손하고 조심스럽게 대했다.

순창 피노리. 전봉준이 김경천의 고발로 체포된 곳이다.

나는 잘못된 세상을 바로잡고자 했을 뿐이다

전봉준은 나주에서 뱃길로 전주에 갔다. 전주에서 이틀간 묵은 전봉준이 공주를 거쳐 서울에 호송된 때는 1월 중순이었다. 을미년 2월 9일 첫 심문을 받았다. "죄인을 일으켜 앉히라"는 법관의 말에 "네 어찌 감히 나를 죄인이라 하느냐?"고 되받았다.

법관이 "동학당은 나라에서 금하는 바이거늘 도당을 모아 난을 일으켜 군기 군량을 빼앗고 양반과 부자들을 욕보이며 종문서를 불살라 버리고, 새 나라를 도모코저 하였나니, 이는 곧 대역불괴의 범죄를 범한 것이거늘. 네 어찌 죄인이 아니라 이르느뇨?"라며 그의 죄를 낱낱이 들어 따지자, 전봉준은 타는 눈길로 되받아쳤다.

"도 없는 우리나라에 도학을 세우는 것이 무엇이 잘못이며, 좋건 그르건 남의 나라 도학만을 추세하고 의뢰하는 것이 어찌 옳은 일이냐? 외방으로부터 들어온 유, 불, 선도나 서학에서 대해서는 말이 없고 우리나라에서 주창하는 동학만을 배척함은 무슨 뜻이냐? 동학은 자국의 소산이라 싫다는 것이냐? 사람이 곧 하늘이라 하니 그 뜻이 싫어 금하는 것이냐?"라며 오히려 그를 심문한 법관을 나무라며 되물었다

"동학은 잘못된 세상을 바로잡고자 하는 것이다. 탐학 하는 관리를 없애고 그릇된 정치를 바로잡는 것이 죄가 될 수 없으며 조상의 뼈다귀를 우려 행각을 하며 백성의 고혈을 빨아먹는 자를 없애는 것이 무엇이 잘못이며, 사람으로서 사람을 매매하는 것과 국토를 농하여 사복을 채우는 자를 치는 것이 어찌 하여 잘못이냐? 너희는 외적을 이용하여 자기 나라를 해하는 무리니 그 죄가 자못 크거늘 도리어 나를 죄인이라 하느냐?"라고 하자 법관은 국태공 대원군과 전봉준의 관계를 물었다. 전봉준은 크게 웃으며 "어리석구나. 대원군은 유세한 자다. 유세한 자가 어찌 하향 백성을 위해 동정이 있겠느냐!"라고 대답했다.

법관이 악형을 가하며 심문을 계속지만 전봉준은 끝까지 "너희는 나의 적이요. 나는 너의 적이라. 내 너희를 쳐 없애고, 나랏일을 바로잡으려다가 도리어 너의 손에 잡혔으니 너희는 나를 죽일 것뿐이요. 다른 말은 묻지 말라. 내 적의 손에 죽기는 할지언정 적의 법을 받지는 아니하리라"라며 의연하게 답변했다.

전봉준에게 일본인이 찾아와 국사범이기는 하나 사형에까지 이르지 않으

니 살려달라고 요청하라고 하자. "내 구구한 생명을 위하여 활로를 구함은 본의가 아니다. 그런 비열한 마음을 가리고 내가 어찌 살 수 있을 것인가. 나는 죽음을 기다린 지 이미 오래다"라며 그들의 말을 거절하였고, 드디어 전봉준은 법무아문으로부터 판결문을 받았다.

전봉준 판결문,

제37호, 판결 선언서, 1895년 3월 29일 선고문,

전라도 태인 산외 동곡 거

농업, 평민, 피고 전봉준 년 41

우기자의 전봉준에 대하여 형사피고사건을 심문하여 본즉 피고는 동학당이라 칭하고 비도의 괴수로 접주라 부르고 개국 501년 전라도 고부군수 조병갑이가 초임 도임하여 자못 학정을 행함에 해지방인등이 질고를 견디지 못하고, 익년 11월, 12월 분에 그 군수를 향하여 그 가정을 고쳐 달라고 애간하였더니, 도리어 다 잡히고 옥에 갇히고,……

고향으로 돌아가 다시 모병하여 전라도에서 일병을 맏으려 하더니 응모자가 없는 탓으로 동모, 3.5인과 의논하고 각기 변복하여 가만히 경성으로 들어가 정탐코자 하여 피고는 상인처럼 하고 단신으로 상경, 태인을 떠나 순창을 지날 때 민병한테 붙잡힌 것이다.

우에 기록한 사실은 피고와 및 동조자 손화중 최경선등이 지목한 공초 압사한 증거문적이 분명한지라, 그 소위는 대전회통 형전 중의 군복기마작변관문자 부득시참 이라 하는 율을 조한 것이니라. 후에 이유로써 피고 전봉준을 사형에 처하노라.

> 개국 504 3월 29일 법무아문 권설재판소 선고, 법무아문대신 서광범, 협판 이재정, 참의 장박, 주사 김기조, 오용묵, 회심 경성주재 일본제국영사.

전봉준에게 사형을 집행한 법무아문대신 서광범은 김옥균과 함께 갑신정변을 주도했던 사람으로 정변이 실패하자 일본으로 망명을 했고, 훗날 복권되어 전봉준에게 사형을 언도했으니, 이 무슨 운명의 짓궂은 장난인가?
전봉준은 "정도를 위해 죽는 것은 조금도 원통할 바 없으나, 역적의 이름을 받고 죽는 것이 원통하다"고 말하였다. 삼월 스무아흐레 봄비가 추적추적 내리는 가운데 전봉준은 동지였던 손화중, 최경선, 성두한, 김덕명과 함께 교수형을 받았다.
법관이 전봉준에게 마지막 할 말이 있으면 하라고 하자 "다른 할 말은 없다. 너희는 나를 죽일진대 종로 네거리에서 목을 베어 오고 가는 사람에게 보여주는 것이 옳은 일이거늘 어찌하여 컴컴한 적굴 속에서 암연히 죽이느냐!"라고 말했다. 최후의 순간까지 조선인의 굳센 기개를 잃지 않았던 전봉준을 당시 집행총순을 맡았던 사람이 훗날 이렇게 말하였다.

> 나는 전봉준이 처음 잡혀 오던 날부터 형을 받던 날까지 전후의 행동을 살펴보았다. 과연 그는 풍문으로 듣던 것보다 훨씬 남달랐다. 외모부터 천인만인의 특으로 뛰어난 인물이었다. 청수한 얼굴과 정채 있는 미목으로 엄정한 기상과 강장한 심지는 세상을 한번 놀랠 만한 대위인, 대영걸이었다. 그는 평지돌출로 일어서서 조선의 민중운동을 일으킨 자이니 죽을 때까지라도 뜻을 굴치 아니하고 본심 그대로 태연히 간 자이다.
>
> 오지영, 『동학사東學史』

어지러운 세상 수난의 땅 남녘에서 태어났던 의로운 영웅 전봉준은 가슴에 사무치는 유시 한편과 '새야 새야 파랑새야'만 남기고 그렇게 갔다. 그의 나이 마흔한 살이었다.

운명(殞命) 전봉준 유서

때를 만나서는 천하도 힘을 합하더니(時來天時皆同力)

운이 다하여 영웅도 어쩔 수 없구나(運去英雄不自謀)

백성을 사랑하고 정의를 위한 길이 허물이더냐(愛民正義我無失)

나라를 위한 일편단심 그 누가 알리(愛國丹心誰有知)

새야새야 파랑새야

1. 새야새야 파랑새야 녹두밭에 앉지마라

녹두꽃이 떨어지면 청포장수 울고 간다

2. 새야새야 파랑새야 녹두밭에 앉은새야

녹두꽃이 떨어지면 부지깽이 매맞는다

3. 새야새야 파랑새야 녹두밭에 앉은새야

엄마죽은 넋새보오 엄마죽은 넋이외다

4. 새야새야 파랑새야 너는어이 날아왔니

술잎댓잎 푸릇푸릇 봄철인가 날아왔지

피노리에서 산내로 가는 섬진강의 지류는 더없이 아름답다. 이제 물이 오르기 시작한 버들강아지가 섬진강 맑은 물에 제 그림자를 드리우고, 겨울을 보내느라 앙상하게 줄기만 남은 갈대들은 바람에 서걱거렸다.

그날 전봉준이 피노리에서 잡히지 않았다면 이 길을 걸어 산내로 갔을 것이다. 흰 눈이라도 내렸다면 외로운 발자국을 남기며, 가슴은 천 갈래 만 갈래 찢어지지만 포기할 수 없는 믿음을 다지며 걸어갔을 것이다. 잡히지 않았다면 종성리에서 김개남을 만나 재기의 칼날을 갈았을 것이다. 다시는 실패하지 않을 계책을 몇 날 며칠, 몇 달이라도 세웠으련만, 이미 흘러가버린 강물 같은 일이다.

김개남은 회문산 아래 산내면 종성리 매부 집으로 몸을 숨겼다. 그 마을에 옛 친구 임병찬이 있었다. 아전 출신인 그는 근방의 부호였다. 임병찬이 아랫마을에 있는 김개남에게 자기가 있는 마을로 올라오라고 한 뒤 전주 감영에 신고했다. 전라감사 이도재는 강화 수비병의 종군이었던 황헌주와 포교들을 보냈다.

김개남이 숨어 있던 집을 포위한 관군이 "어서 나와 포승줄을 받으라"라고 말하자 김개남은 측간에서 변을 보고 있다가 "올 줄 알았다. 똥이나 누고 나가겠다"며 껄껄 웃었다고 한다. 그를 잡아갈 때 혹시 도술을 부릴지 모른다고 열 손가락 열 발가락 끝에 대꼬챙이를 박았다고 한다.

김개남은 전주로 끌려가 전라관찰사 이도재의 즉결심판으로 전주 서교장에서 효수당해 고난에 찬 생애를 마감했다. 처형 장면을 황현은 이렇게 적어놓았다.

> 적 김개남이 형벌에 복종하여 죽음을 받았다. 심영(沁營)의 중군 황헌주가 개남을 포박하여 전주에 도착하자 감사 이도재가 개남을 신문하였다. 개남은 큰소리로 "우리들이 한 일은 모두 대원군의 은밀한 지시에 의한 것이다.

지금 일이 실패한 것은 하늘의 뜻일 뿐인데 어찌 국문한다고 야단이냐"고 하였다. 도재는 마침내 난을 불러오게 될까 두려워 묶어서 서울로 보내지 못하고 즉시 목을 베어 죽이고 배를 갈라 내장을 끄집어냈는데 큰 동이에 가득하여 보통사람보다 훨씬 크고 많았다. 그에게 원한을 가지고 있는 사람들이 다투어 내장을 씹었고, 그의 고기를 나누어 제사를 지냈으며 그의 머리는 상자에 담아서 대궐로 보냈다.

김개남을 밀고한 임병찬은 훗날 면암 최익현과 더불어 의병 활동을 시작하고 대마도까지 동행한다. 최익현이 순절한 뒤 고향으로 돌아온 그는 다시 체포되었다. 1916년 5월 유배지 거제도에서 단식사하고 만다. 나라를 위한 마음은 똑같았지만 방법은 그렇게 달랐다.

1994년 사월 김개남이 죽은 지 백 년이 넘어서야 그가 살았던 정읍시 산외면 동곡리 지금실 마을에 '김개남 장군이 살았던 옛터'라는 유허비와 1995년 4월 9일에 그의 무덤을 만들고 묘비를 세웠다.

1994년 12월이었다. 겨울 한파가 몰아왔을 때, 동학농민혁명 백 주년 행사를 마친 뒤 갑오년이 저물어 가던 때였다. 피노리에서 종성리 가던 섬진강 길, 그곳에서 나는 슬픔에 젖어 다음과 같은 '전봉준이 붙잡힌 피노리에서 김개남이 붙잡힌 종성리 가던 길'이라는 글을 썼다.

"지금은 잊었다고 고개 흔들어도 그날의 그 역사가 무슨 의미가 있느냐고 두 손 들고 거부해도 마음속에 시퍼렇게 살아 달려오는 아름다운 이름, 아름다운 얼굴들이 있다. 형체도 없이 분해되고 해체되어 사라져 갔던 그들이 갑오년의 그 역사가 다시금 이 땅에 저렇게 선명하게 되살아오는 그것들

은 무엇인가. (중략)

이 땅은 두 동강이로 갈라진 땅이고, 사람과 사람들이 사람이 만든 이념으로 쓰잘 데 없는 욕심으로 만나고 합하지 못하는 땅이다. 나는 물었다. 사람이 한울인 나라 미륵의 나라 그리운 나라여! 당신은 어디쯤에 있고 우리는 어디쯤 가고 있는가?"

그로부터 25년이 흐른 지금, 무엇이 변하고, 무엇이 머물러 있고, 무엇이 변하고 있으며, 나는 또 누구고, 그대 또한 누구인가.

사람을 섬기고 모시러 이 세상에 왔다

경주 구미산 동학을 창시한 최제우의 산

깨달음이란 무엇인가?

을해년 3월 초하루 새벽이었다. 기미년 그날, 민족대표 33인은 파고다공원도 아닌 태화관이라는 요정에 모여 독립선언문을 낭독하고 만세삼창을 불렀다. 민족대표들은 자기들의 위치를 통고한 후 모두 스스로 체포당하였다고 한다. 기독교 대표가 16명, 불교 대표가 2명, 천도교 대표가 15명이었다. 그들 중 훗날까지 변절하지 않은 사람이 과연 몇이나 될까. 동학농민혁명이 끝나고 뿔뿔이 흩어졌던 마음들이 우여곡절 끝에 천도교란 이름으로 15명이 민족대표의 이름을 내걸고 민족사에 재등장한 것이 기미년 3월 1일이었다.

경주시 현곡면 가정리 포덕문 입구에 도착했다. 태양은 구미산 정상에서 눈부시게 솟아오르고 있었다. 조용히 혹은 장엄하게 산그늘을 거둬가는 햇살

구미산 용담정. 수운 최제우가 깨달음을 얻은 곳이다.

의 위용 앞에서 모든 나무와 움터 오르는 새싹들은 경이로움에 춤추듯 떨고 있었다. 표현할 길 없는 애틋한 그리움이 구미산을 감싸고 있었다.

구미산은 첫 번째 올 때 다르고, 두 번째 올 때 다르고, 세 번째 올 때 다르다. 동학의 최대 성지이자, 신령한 터 용담정은 올 때마다 사람은 없고 적막강산만이 반겼다. 장터처럼 북적거리는 천도교 중앙총본부나 사람의 물결이 인산인해를 이루는 곳에서 느끼는 감정과는 다른 기쁨이 있었다. 가슴 한 귀퉁이가 텅 빈 듯한 마음을 무어라고 설명할까?

포덕문을 지나 수도원 성화문에 들어섰다. 오솔길을 따라서 한참 올라가 작은 다리를 건너면 용담정이다. 쓸쓸하게 서 있는 용담정의 옛터에서 수운 선생이 후천개벽의 깨달음을 얻었다고 한다.

수운 최제우

최제우는 산림공 최옥의 아들로 경주 현곡리에서 태어났다. 어릴 적 이름은 복술, 호는 수운제였다. 그가 태어날 때 하늘이 아주 맑았으며 해와 달이 밝은 빛을 발했다고 한다. 상서로운 기운이 집 주위를 둘러싸고, 구미산 봉우리가 기이한 소리를 내며 사흘을 울었다. 어렸을 때부터 총명하고 인물이 훤해서 주위의 신망을 한몸에 받았다.

수운은 어린 나이에 어머니를 여의었고, 열일곱에 아버지마저 사별하였다. 삼년상을 치르고 그때부터 수운은 삶의 덧없음을 극복하기 위한 방법으로 어지러운 세상을 구할 수 있는 참다운 진리를 찾아 나섰다. 불교와 유교, 바다를 건너온 천주교까지 섭렵하여 보았으나 그것만으로는 세상을 건질 수 없음을 깨달았다.

수운은 전국을 떠돌아다녔다. 서른한 살 되던 해, 처자를 데리고 울산으로 갔다. 다음 해 봄에 초당에 앉아 세상의 이치를 생각하다가 어떤 도인으로부터 『을묘천서乙卯天書』라는 책 한 권을 받는다. 그 책의 마지막 페이지에는 49일을 기도하라고 씌어 있었다. 그는 서른셋에 양산에 있는 내원궁으로 들어가서 기도하다가 47일에 숙부가 죽을 것을 예감하였다. 수운이 돌아오자 숙부가 죽었고 그때부터 그를 도를 통한 사람이라는 뜻의 이인異人이라고 불렀다.

수운은 세상을 떠돌아다녔지만 하고자 하는 일은 어긋나기만 했고, 뜻한 바는 하나도 이루어지지 않았다. 빚이 산더미처럼 쌓인 중에 할머니 한 사람을 죽였다가 살리는 경험을 했다. 수운은 아버지가 글을 가르치던 용담정에 돌아와 세상과의 인연을 끊고 유유자적하기로 결심한다.

수운이 서른일곱 되던 해가 경신년 1860년이었다. 4월 5일, 장조카의 생일에 참석했다가 한기가 몹시 나서 집에 돌아온 수운은 상제의 음성을 듣고 상제로부터 세상의 병을 고치는 영부靈符와 세상을 다스릴 수 있는 조화造化를 얻었다. 수운은 이 세상을 구하는 큰 깨달음을 얻는 황홀함 속에서 "나의 영부를 받아 사람을 질병에서 건지고 나의 주문을 받아 사람을 가르치라. 내 마음이 곧 네 마음이니라. 사람이 어찌 이를 알리오. 천지는 알고 귀신은 모르니 귀신이 곧 나이니라. 너에게 무궁무진한 도를 내릴 것이니, 이를 닦고 다듬어서 글을 지어 사람을 가르치고 그 법을 바르게 하여 덕을 펴라. 너로 하여금 이 세상을 빛내게 하리라"라는 한울님의 말씀을 들었다.

수운이 한울님으로부터 들은 '오심즉여심吾心卽汝心'은 풀어 말하면 '내 마음이 네 마음이고 네 마음이 내 마음'이다. 즉 누구든 깨달음을 얻으면 한울님이 된다는 것이었다. 수운은 한울님의 말을 듣고 성신이 맑아짐을 느꼈고 무어라 설명할 수 없는 신비한 체험과 빛이 다가오는 것을 느꼈다.

수심정기, 마음을 가다듬고 기氣에 열중한 그는 〈용담가龍潭歌〉, 〈처사가處士歌〉, 〈교훈가敎訓歌〉, 〈안심가安心歌〉를 잇따라 지었다. 다음 해에는 '지기금지 원위대강 시천주조화정 영세불망만사지至氣今至 願爲大降 侍天主造化定 永世不忘萬事知'라는 21자 주문을 짓게 된다. 풀어쓰면 '지극한 기운이 지금 이르러 크게

수운 최제우 동상. 경주 용담정 입구에 있다.

내리도록 비나이다. 한울님을 모셔 조화가 정해지는 것을 영세토록 잊지 아니하면 온갖 일을 알게 되나이다'라는 뜻이다. 그 도의 이름을, 당시 널리 퍼져 있던 천주교, 서학에 빗대어 "우리는 또한 동방에서 나서 동방에서 산다. 도는 천도라 하여도 학은 동학이다. 땅이 동서로 나누어져 있는데 무슨 까닭으로 서를 동이라 하고 동을 서라 부를 수 있겠는가? 공자는 노나라에서 태어나 정나라에서 교를 넓혔기 때문에 정노鄭魯의 풍이 지금 세상에 전해진다. 우리 도는 이곳에서 받아 이곳에서 넓힌 것으로 어찌 서학의 이름으로 부를 수 있겠는가?"라며 동학이라 이름 지었다.

도를 깨친 수운은 도를 널리 펴려다가 사람들로부터 시새움과 중상모략을 받게 된다. 추로지향鄒魯之鄕을 자처하는 영남지방의 맹목적인 추종과 권위적이고 경직된 유교사상의 반발에 부딪칠 수밖에 없었다. 그는 울분에 찬 마음을 가슴에 새긴 채 그해 12월 전라도로 피신한다. 죽장망혜로 이 고을 저 고을을 떠돌아다니다 남원 교룡산성 안에 있는 선국사 은적암에 들어갔다.

해는 저물고 절의 종소리는 때맞추어 들려왔다. 뭇 스님들이 모여 불공을 드리며 법경의 축원을 드리는 광경을 보고 그는 송구영신의 감회에 빠져든다. 고향을 떠나올 수밖에 없었던 상황, 모든 것을 잃어버린 듯한 허전함, 스산한 타향의 서러움과 함께 그리운 친지와 처자를 생각하며 〈도수사道修詞〉, 〈권학가勸學歌〉 가사와 「동학론東學論」을 짓는다.

아무에게도 알리지 않고 숨어 지낸 은적암에 최시형이 찾아온다.

"그대는 혹시 듣고서 찾아왔는가?"

"제가 어찌 알겠습니까? 스스로 얻고자 하는 마음이 있어서 왔을 뿐입니다."

수운과 해월의 숙명적인 인연은 그렇게 시작된다. 사람이 곧 한울인 이 세상에 귀천이 어디 따로 있을까? 라고 가르친 수운은 두 여종을 딸과 며느리

최제우가 경상도 사대부들로부터 핍박을 받아 8개월간 숨어 지낸 선국사 은적암 터

로 삼았다.

수운 최제우가 창시한 동학의 도업은 "유·불·선에서 유래한 것이 아니라 유·불·선이야말로 천도(동학)의 일부분이다. 유의 윤리와 불의 각성, 선의 양기養氣는 인간성의 자연스러운 품격이고 천도의 고유한 부분이며 우리 도는 무한대원을 얻는 것이다"라고 말한다. 또 수운은 인내천사상과 인간평등을 실현하고자 하는 다음과 같은 교리를 폈다.

"우리 도는 본래 인간성의 자연을 근본으로 무위이화無爲而化하는 것이다. 스스로의 성품을 따르고 천주의 가르침을 받는다면, 기화氣和가 자연 속에서 생겨나고 인간과 천주가 두 개로 있지 않다. 그에 반해 서도는 천주와 인간과의 사이에 거리가 있어서 몸에는 기화하는 신령이 없고, 마음에는 천주의 감화를 받을 수가 없다. 따라서 천주의 생각은 있지만 천주의 주呪는 없고 형식은 있으나 도는 허무에 가깝다. 이것이 가장 큰 차이였다. 내가 바라는 바는 오로지 하늘만 믿어 해몽된 너희들이 책을 전부 폐하고 수도에만 노력하는 것이다. 이것이 올바른 도덕이며 문장이라 하고, 도덕이라 하는 허사에 돌아감을 두려워하여 13자를 극한다면 만권의 시서가 아무런 필요가 없다. 보라, 간교한 자 음험한 자 오히려 만권시서를 읽은 자에게 많지 않은가? 나라를 망하게 하고 세상을 혼란시킨 것은 시서를 배운 유생이 아닌가? 따라서 도덕이 주인이고 문필이 객임을 제군은 특히 명심하라."

한편에서는 동학이 민중적이지만 어디까지나 종교적이라 정치적·사회적 정신에 있어서 민중과 걸음을 같이 하는 데까지는 나가지 못했다는 지적을 받았다. 봉건 정부 아래에서 질곡의 수렁에 빠져 있던 민중들 속에 깊숙이 파고들었음에도 사회변혁의 중심축으로 작용하는 데는 실패했다는 것이다. 보국안민과 광세창생의 기치를 내걸었으면서도 동학의 상층집단은 현실적 전망이나 구체적인 대응방안을 내놓지 못했다. 동학 지도부들이 교도와 이 땅의 민중들에게 포덕천하를 만들기 위한 방안으로 동학은 양이고 서학은 음이기 때문에 양으로써 음을 제압하기 위해서는 13자의 주문을 일상적으로 구송하도록 했고 동학교도들은 검가를 짓고 산중에서 제단을 만들어 하늘에 제사하고 용천이검龍泉利劍이라는 목검을 가지고 검무를 가르쳤다.

1860년 이후 동학에 입도하고 공부하는 민중의 열기는 엄청난 것이었다. 수운을 체포하여 압송했던 선전관 정운구의 장계에 의하면 문경새재에서 경수에 이르기까지 4백여 리, 십여 개 군에 동학에 대한 이야기가 그칠 줄 몰랐다. 구멍가게 아녀자와 산골짜기 초동에 이르기까지 동학의 주문을 외지 않는 자가 없을 만큼 널리 퍼져 있었다. 그러나 수운은 좌도난정의 죄목으로 대구 달성공원에서 처형되었다. 수양딸 부부가 목이 없는 그의 시신을 거두어 장례를 지냈다. 깨달음을 얻고 포덕을 시작한 지 3년 만이었다.
황현은『동비기략東匪紀略』에서 수운의 동학사상을 이렇게 적고 있다.

> 경주에 최제우란 자가 있는데 스스로 말하기를 천신이 난을 내린다 하여 문서를 짓고 참언을 만들고 부적과 축문을 쓰는데, 그 학은 역시 천주를 존경하는 것으로 서학과 구별하기 위해 동학이라 개칭했다. 그는 지례, 금산 및 호남의 진산, 금산 산골짜기를 왕래하면서 양민들을 속여 하늘에 제사를 지내어 계를 받게 하고 선언하기를, 이 씨가 장차 망하고 정 씨가 일어나서 대란이 일어날 것인데 동학을 하는 자가 아니면 살아남을 수 없다. 우리는 다만 앉아서 천주만 외고 진주를 보좌하면 태평한 복을 누리리라 한다는 것이다.

이처럼 동학의 역사도 보는 사람에 따라 이렇게 다르다. 수운은 세상을 구제하려다가 단두대의 이슬로 사라졌다. 삶과 죽음 앞에서 깨달음이란 무엇인가. 그 깨달음을 붓다는 "길의 끝에 자유가 있다. 그때까지는 참으라"라고 말한다. 붓다는 40여 년의 설법여행을 끝내고 쿠시나아리 숲 춘다의 초대를 받아 음식을 먹은 다음 길 위에서 이 세상을 하직했다. 그는 "나는 일찍이 한마디 말도 한 적이 없도다"라는 마지막 말을 남겼다.
가야 할 길은 멀고 아득하지만, 그 길이 문득 더는 갈 수 없는 종점으로 나타난다면 우리들은 그 마지막을 겸허하게 받아들일 수 있을까. 깨치지 못하는 화두는 화두로만 남겨두고 산을 올랐다.

섬김을 받으로 온 게 아니라 섬기려 왔다

구미산으로 올라가는 길은 우리 같은 보통사람의 눈에는 수운이 『용담유사龍潭遺詞』나 여러 저서에서 말한 것만큼 아름답지는 않았다. 바위 사이로 물이 흐르고 헐벗은 나무들은 애잔해 보였다.

구미산은 송화산과 연결되어 있는 높이 594m의 산이다. 구미산은 불국사의 석굴암이 있는 토함산, 삼국유사에 "절은 하늘의 별처럼 많고 탑은 기러기 떼처럼 솟아 있다"고 기록된 남산과 더불어 경주를 에워싸고 있다. 국립공원으로 지정된 구미산은 작지만 아홉 개의 폭포가 있고, 웬만한 가뭄에는 물이 마르지 않는다. 제법 울창한 나무숲을 자랑하는 산이다. 산정에 올라서면 모든 것이 평등하다. 평등하다는 전제 아래 아득히 펼쳐진 신라의 땅 경주나 내가 지난밤까지 머물렀던 백제의 땅 전주가 어떤 의미를 지니는가. 잠시 살다 가는 세상에서 우리는 이런저런 인연을 맺으며 살고, 크고 작은 일을 하다가 왔던 곳으로 돌아간다.

내려가는 길은 오르던 길을 버리고 능선길을 따라갔다. 용담정에 내려가 물을 한 모금 마시며 숨을 돌리고 수운 선생의 옛집이었던 가정리로 갔다. 허름한 집이라도 한 채 지어놓았을 법한데, 잘 다듬어진 집터에 나무 몇 그루와 유허비만 덜렁 서 있었다.

나는 물어보고 싶었다.

"수운의 깨달음과 참혹한 죽음, 갑오년 동학농민혁명은 어떤 연관관계가 있는가?"

나무도 풀도 그 누구도 물음에 답하지 않았다. 풀지 못한 숙제를 가슴에 안은 채 경주와 구미산과 용담정에 작별을 고하고 울산으로 향했다.

도착한 곳은 울산시 두동면 천전리 태화강 상류였다. 경관이 수려한 골짜기가 펼쳐지고, 강가를 따라 내려가자 바위벼랑이 나타났다. 신라 화랑의 맹세가 새겨진 글씨와 그림이 있었다. 반구대의 것보다 늦게 만들어진 것으로 짐작되는 이 글씨와 그림들은 예부터 화랑유적이라고 알려져 왔다. 지금은 국보 140호로 지정되어 있다.

철망 속에 갇힌 화랑유적을 돌아보고 울산시 언양면 반곡리에 있는 반구대라고 불리는 바위벼랑의 아랫도리에 새겨진 그림을 보았다. 댐이 만들어지기 전에는 수시로 볼 수 있었으나 댐이 만들어진 후에는 물속에 잠겼다. 가뭄이라 오랜만에 모습을 드러냈다.

유명한 돌고래 그림이 제일 먼저 눈에 띄었다. 돌에다 새긴 개, 늑대, 멧돼지, 호랑이, 고양이, 사슴, 염소, 사람의 형상도 있었다. 고고학자들은 고대인들의 자연숭배나 동물숭배 사상을 드러낸 것이라고 주장한다. 입체감은 살리지 못했다는 지적이 있지만 사물을 정확히 바라보고 대상과의 거리와 비례에도 신경을 쓴 그림들이다.

옛사람들은 우리가 봐서는 도무지 알 수 없는 그림으로 무엇을 표현하고자 했을까. 옛사람들이 자연을 섬기고 동물을 섬겼다면 갑오년 이 땅의 민중들이 목숨과 전 생애를 걸고 섬겼던 것은 무엇이었을까? 오늘을 살고 있는 현대인들이 섬기는 것은 무엇일까?

길을 잃은 우리에게 머지않아 또 다른 길이 나타날 것이다. 중요한 것은 우리는 이 세상에 섬김을 받으러 온 것이 아니라 섬기러 왔고 그 섬김은 모심이다. 사람을 섬기고, 자연을 섬기고, 세상의 모든 것을 섬기는, 섬김과 모심을 통해서만 세상은 밝고 건강하게 존재할 것이라고 믿어 의심치 않는다.

정면충돌과 해산, 기로에 선 동학농민군

보은 보습산 보은집회를 바라본 장안의 뒷산

최시형의 자취를 찾아서 보은에 가다

사랑은 그렇게 오고 또 그렇게 가는 것이리라. 푸르던 하늘에 구름이 가득 덮여오고 한 줄금 비가 내리듯, 천둥 번개 내려치듯. 곁을 바람처럼 왔다가 바람처럼 스치고 지나간다. 그 사랑을 우리들은 보았다고도 하고 보지 않았다고도 하며 어떤 사람은 사랑은 아예 존재하지 않는 그 무엇이라고도 한다. 1863년 최제우에게서 법통을 넘겨받은 최시형의 생애는 그래서 비극이면서 또한 희극이다. 그는 한 사람에 대하여, 종교에 대하여 품었던 사랑과 믿음을 한 번도 의심하지 않고 몸소 따르고 실천하다 간 사람이다.

최시형의 생애와 그 사랑을 따라 보은 지나서 장안에 도착했다. 먼저 구병산부터 다녀오리라 마음먹었다. 꽃은 피지 않았어도 들판은 봄이었다. 고개 내민 봄나물이 싱싱했다. 진사래 뜰 벌판은 생각보다 넓다. 전라도 땅의 지평선이 보이는 넓은 들에 비할 바는 아니지만 충청도 땅에서는 이만큼 너른 들을 찾기 힘들다. 그래서 해월이 이곳에 도소를 두고 보은집회를 열지 않았을까.

해월 최시형

동학 2대 교주 최시형은 경주 동촌 황오리에서 빈농의 아들로 태어났다. 열두 살 이전에 부모를 여읜 뒤 천애의 고아가 되어 어릴 때부터 괴로운 일이 그치질 않았다. 배울 기회가 없었기 때문에 까막눈이었던 그가 동학에 입도한 것은 1861년이었다. 그는 최제우가 대구 장대에서 사형된 다음 해 교도들과 함께 수운 대선사 앞에 다음과 같이 맹세하였다.

> 사람이 바로 한울인 고로 사람은 평등하고 차별이 없다. 사람이 인위에 의해 귀천으로 나누어진 것은 하늘의 이치를 거역하는 것이다. 우리 도인은 일체 귀천의 차별을 철폐하고 수운 대선사의 뜻에 부응함을 주로 하기 바란다.

그는 잿더미가 된 『동경대전東經大全』과 『용담유사龍潭遺詞』를 구술하여 1880년에는 강원도 인제군 갑둔리 김현수 집에서 동경대전을 간행하였다. 1881년 충청도 단양군 남면 천동 여규덕의 집에서 『용담유사』를 간행하여 각 포에 돌렸다. 1884년에는 육임제도를 확립하였고, 1885년에는 보은 장안에 동학의 본부를 두었다.

1894년 동학과 조직이 최대의 세를 이루었고 반권력 조직으로 등장하였다. 그때까지 동학은 불법이었다. 좌도난정률로 죽은 교조 최제우가 면죄되지 않는 한 동학도라는 사실만으로도 수탈과 박해는 물론이거니와 축적한 재산까지 몰수당하는 상황이었다. 1892년 즈음 충청도 관찰사 조병석을 비롯해, 전라도 관찰사 이경석의 동학도에 대한 탄압은 극에 달하였다. 서인주, 서병학 등은 시기상조라 하여 때를 기다리자는 최시형에게 교조신원을 요구하는 항의 운동을 제기했다. 우여곡절 끝에 최시형은 각도에 통문을 보냈다. 그 첫 번째 집회가 삼례집회였다.

1892년 12월 삼례집회를 통하여 세를 과시한 동학교도들은 지방관의 권한 밖에 있는 교조신원을 국왕에게 직소하기 위해 40여 명의 상소단을 조직하였다. 1893년 3월 경복궁 앞에서 공개적으로 교조신원을 요구했다. 그 복합상소마저 동학의 금납과 엄벌을 요구하는 유생들의 상소에 힘입어 별다른 소득 없이 해산하고 말았다.

최시형은 대접주들에게 통문을 발하여 보은 장안에서 보은집회를 열 것을 촉구한다. 지방관리들은 동학교도의 모임을 방관할 뿐 달리 저지할 방도가 없었다. 교도들은 각 접주의 인솔 하에 질서정연하게 보은 장안에 모여 석성을 쌓았다. 척왜양창의 대기와 각 접을 표시하는 중기와 소기를 걸었다. 만 사람이 한 사람같이 일사불란했고 음식값은 반드시 지불했다. 배설물은 땅에 묻었고 복장은 단정히 하였다고 한다. 동학교단은 3월 11일 보은관아의 삼문 밖에 다음의 격문을 붙였다.

보습산. 충북 보은 외속리면 장내리 뒤편의 산으로 이 산 아래에서 보은집회가 열렸다.

무릇 인사로서 어려운 일이 셋 있으니, 절개를 세우고 충성을 다하여 나라를 위해 죽는 것이 죽음의 어려움이고, 힘을 다하고 효도를 성실히 하여 어버이를 섬기는데 죽는 것이 자식의 어려움이고, 정조를 지키고 뜻을 고상히 하여 지아비를 따라 죽는 것이 아내의 어려움이다. 삶도 있고 죽음도 있는 것은 사람의 상도이고 일이 있고 없는 것은 시세의 이치이다. (중략) 지금 왜양의 도적 떼가 나라 한복판에 들어와 크게 어지럽힘이 극에 이르렀다. 오늘의 국도를 보건대 이적의 소굴이다. 임진년의 원수, 병인년의 치욕을 어찌 잊을 수 있는가. 우리나라 삼천리강산이 금수에 짓밟히고 오백년 종묘사직이 끊어지게 되었으니 인의예지, 효제충신이 지금 어디에 있단 말인가? 우리들 수만 명은 힘을 모아 죽기를 맹서하고 왜양을 타파하여 나라의 은혜에 보답하고자 하니 각하께서도 협력하여 충의 한 선비를 선발해서 함께 국가를 보존할 것을 간절히 바란다.

통문의 내용을 보면 종교문제는 떠나 있고, 왜양과 맞서 나라를 구하려는 의지가 담겨 있다. 사태의 심각성을 우려한 보은군수는 이 사실을 즉각 정부에 알렸다. 옥녀봉 장안마을 수많은 집들 중 가장 큰 집에 동학도소가 설치되었다. 그 기와집은 허물어져 논으로 변해버렸다.

"산 아래 평지에 돌성을 쌓았는데 길이는 일백여 걸음, 넓이도 일백여 걸음이며, 높이는 반장 정도로 사방에 출입문을 내었다"라는 기록에서 보듯이 동학교도들은 삼가천에 있는 돌을 주어다 성을 쌓았고, 낮에는 천변에 있다가 밤에는 부근 마을에 흩어져 잤다. 장안마을에 모여 있던 동학교도가 2만3천 명 정도 되었다고 하는데 황현의 『오하기문梧下紀聞』에는 8만여 명으로 나와 있다.

동학농민군과 양호사 어윤중 비극의 최후를 맞다

3월 20일 최시형은 포의 이름을 정하고 대접주를 임명했다. 금구 대접주 김덕명, 태인 대접주 김기범(훗날 김개남으로 바꿈) 등 동학농민혁명의 주요 인물들이 그때 나타난다. 보은군수 이중익의 보고를 받은 정부는 크게 놀라 호조참판 어윤중을 양호사로 임명하여 보은 현지로 보낸다.

어윤중은 누구인가. 세종 때 과거에 급제하여 정일품에 속하는 숭록대부에 올랐던 사람으로 어효첨이란 사람이 있었다. 그는 풍수에 비판적이었다고 전해지는데, 풍수를 아꼈던 세종임금은 그를 못마땅하게 여겼다. 그러나 어효첨의 사람됨이 올바른 데다 그가 비판했던 풍수관이 묘자리나 봐주는 음택풍수의 사기성을 지적하기 위해서였음을 알고부터 그를 인정했다고 한다. 어효첨의 두 아들 중 어세겸의 후손이 임진, 병자 양란 중에 충청북도 보은군 외속리면 봉비리로 들어온다. 전란이 휩쓸고 간 어지러운 세상에서 평화롭고 아늑한 땅을 찾아 이곳에 왔을 것이다.

보은집회를 해산시킨 선무사 어윤중

속리산에서 뻗어내린 구병산 자락에 자리 잡은 이 마을을 사람들은 봉비리(새비랭이)라고 부르는데 풍수지리상 비봉귀소형飛鳳歸巢形의 길지라고 한다. 봉비리는 둥지로 날아드는 봉황의 날개에 싸여 있다.

마을 사람들은 봉황을 마을에서 떠나보내지 않기 위해 부지런히 오동나무를 심었다. 낮에는 봉황이 서남방에 있는 수경산에서 놀다가 저녁이 되면 봉비리로 찾아들었다고 한다. 그 봉황의 날개 바깥쪽에 진사래뜰이 백만 평이 넘는 기름진 들판을 펼쳐 놓았다. 구병산의 정기가 뻗어 내려 봉황을 낳았고, 어윤중 같은 인물도 구병산이 낳았을 것이다.

삼정면에서 태어났던 어윤중은 어린 시절을 이 마을에서 자랐다. 전라도 암행어사를 역임했던 그가 고종임금에게 보은집회의 퇴산령을 명받고 양호선무사라는 직함을 가지고 고향 땅을 밟았으니 역사는 얼마나 우연과 필연

속에 자리하는가. 어윤중의 조부 어명능이 정약용의 제자였고, 일찍이 부모를 여윈 어윤중은 조부에게서 글을 배웠다. 또한 전봉준이나 김개남은 정약용의 『경세유표經世遺表』를 읽으며 농민혁명의 꿈을 키웠다.
어윤중은 1894년 김홍집 내각의 탁지부대신이 되었다. 어윤중은 민비가 살해된 이듬해 을미사변 이후 '아관파천'때 고향인 보은의 봉비리로 피신해 오던 중 용인에서 비참하게 살해되었다. 어윤중은 1910년 규장각 대제학에 추증되었다. 결국 동학의 지도자들도 어윤중도 구한말 험난했던 역사의 소용돌이 속에서 운명적으로 비극적인 최후를 맞았다.

보습산의 옥녀봉에서 장안마을을 내려다보았다. 보은집회 당시 보은 지방에는 "보은 장안이 장안이지 서울 장안이 장안인가"라는 말이 유행했다고 한다. 1893년 3월, 마을엔 2만에서 8만에 이르는 사람들이 북적거렸다.

선무사 어윤중은 동학조직에서 뽑은 허연, 이중광, 서병학, 이희인, 송병조, 조재하 등과 면담을 가졌다. 그때 동학교단의 입장은 다음과 같았다.

> 저희들은 선왕조의 덕화로 살아온 백성이며 천지지간에 무고한 창생이옵니다. 수도하여 오륜과 삼강의 밝음을 알고 마음속에는 중화와 오랑캐를 구별함이 있습니다. 왜놈과 오랑캐가 짐승 같은 줄 비록 어린이라도 알고 그들과 같이 있는 것을 부끄러워합니다. 그런데 어찌 왜양을 물리치려는 창의가 큰 죄가 되어 한편으로 체포되고 한편으로 소탕하려고 합니까? (중략)
> 감사의 병폐는 심해져서 무고한 창생들을 모두 도탄에 빠뜨리니 목숨 귀하기는 같은데 어찌 이렇게 잔인합니까? 또 왜양이 우리 임금을 위협함이 극

에 달했으나 조정에서는 이를 부끄럽게 여기는 사람이 없으니 임금이 욕되면 신하는 죽음으로 막는다는 의리는 어디에 있습니까?

고종의 명을 받고 선무사로 내려온 어윤중은 동학의 교세와 도인들의 성향 내지는 실상을 비교적 자세히 알고 있었다. 척양척왜를 외치며 들떠 있는 동학도들에게 위압보다 설득으로 해산을 유도했다. 3월 27일 어윤중은 동학도를 만난 경위와 그들의 주장을 장계로 올렸다.

그들의 본뜻은 한마음으로 척양척왜하여 나라에 충성을 다하려는 것뿐인데 방백과 장리들이 비류로 대하여 침탈하고 학대함이 끝이 없다고 합니다. (중략) 오직 바라는 것은 우리들의 실정을 조정에 알려서 적자로 인정한다는 임금님의 밝은 뜻을 얻도록 하는 것이며, 그리하면 마땅히 물러가서 생업에 힘쓰겠다고 말하였습니다.

장계를 올린 날 보은군수 이중익은 장안마을에 찾아가서 "왜 즉시 해산하지 않고 깃발도 내리지 않느냐?"라며 추궁하였다. 동학도들은 흩어질 기미를 보이지 않고 경향 각지에서 수백여 명씩 계속 몰려들었다. 동학 지도자들은 군수의 말에 "각 접의 인원수가 많아 돌아가려면 식별하기 어려워서 깃발을 걷지 못했다. 앞으로는 등불에다 접의 이름을 쓰는 것으로 바꾸겠다. 오늘 노약자를 먼저 돌려보냈으나 각 군현의 경계지점에서 군교를 배치해 막고 있어서 돌아왔다. 나라에서 회신이 오는 것을 기다려 일제히 돌아가겠다"라고 답변하였다. 엄밀한 의미에서 정부의 퇴산령을 거부한 것이나 다름없었다.

정부는 3월 28일 장위병 영장 홍계훈에게 병력 6백 명을 주어 보은으로 내려가기를 명했다. 3월 30일에는 기관포 3문을 가진 경군이 청주에 도착하였고, 4월 1일에는 1백 명의 군대를 거느린 청주영장이 보은에 도착했다. 보국안민과 척양척왜의 주장을 외치는 동학도들을 조선왕조는 회유와 군대로 막으려 한 것이다. 동학교단의 지도부는 정면충돌과 해산, 둘 중 하나를 선택하지 않으면 안 될 기로에 섰다. 그 사정을 아는지 모르는지 교도들은 집으로 돌아가기도 하고 찾아오기도 했다. 4월 1일 선무사 어윤중은 청주진 영장 박남석과 보은군수와 함께 장안마을로 찾아와 강경한 고종의 윤음을 읽어주고 해산을 명령했다.

> 너희들은 감히 돌을 쌓아 진을 만들고 깃발을 높이 달며 창의라 칭하고 글발을 띄우거나 방을 내붙여 인심을 선동하고 있다. 너희들은 비록 사리에 어둡고 완고하다고 하나 어찌 나라에서 약속한 것을 듣지 않고 천하의 대의라고 버티는가.
>
> 무엇 때문에 화를 남에게 전가시키고자 하며 가산을 탕진케 하며 농사를 망치게 하는가. 명의는 비록 창의라 하나 이는 곧 난을 일으킨 것이다. 너희들이 한곳에 모인 무리를 믿고 방자하게도 나라의 명령을 지키지 않으니 고금을 통해 이것을 의거라 하겠는가? 모든 것이 나 한 사람이 너희들을 안락하게 못한 까닭이며, 여러 지방관이 재산을 박탈하여 고통스럽게 했기 때문이다……
>
> 이제 영을 내려 호군 어윤중으로 선무사를 삼아 나를 대신해 달려가서 윤음을 전하는 것이니 먼저 타이른 후에 형벌하자는 뜻이다. 너희들은 모두 양민이라 스스로 물러가는 자는 전산을 마땅히 추환하여 안업케 할 것이니 의

심하거나 겁내지 말라. 만일 이 타이름을 들은 후에도 계속 뉘우치지 않고 해산하지 않으면 나는 마땅히 큰 처분을 내릴 것이다.

그 말을 듣고 초기 동학의 강경 지도자였고 훗날 변절한 서병학은 "제가 불행하게도 여기에 들어와 사람들의 지목을 받은 지가 오래되었습니다. 마땅히 이곳에 모인 내력을 상세히 말씀드리지요. 지금 호남의 원평에 모인 무리들은 예사로 보면 같으나 종류가 다릅니다. 통문을 내고 방문을 붙인 것은 모두 그들이 한 짓이니 실정이 매우 수상합니다. 원컨대 공께서는 자세히 살피시어 결단하되 이들 무리와 혼동하지 말고 옥석을 구분해 주십시오"라고 말했다 한다.

서병학과 최시형을 비롯한 동학의 지도자들은 밤을 틈타 도주하고 말았다. 지쳐 있던 교도들도 각기 고향으로 출발하고 말았으니 보은에서 집회를 연지 20여 일 만이었다. 어윤중은 전라도 원평에 모인 동학도의 해산 책임도 같이 지고 있어서 보은집회의 해산 과정을 장계로 올리고 전라도로 향했다. 원평집회가 해산하던 같은 날에 보은집회도 해산하였다.

반봉건, 반외세의 입장을 분명히 드러내고 전면적 항쟁에 나서려 했던 보은집회에서 서병학과 교단의 지도자들이 도망갈 수밖에 없었던 이유는 무엇이었을까. 최시형은 끊임없이 잠행을 하며 이루어놓은 교단이 무너지는 것을 염려했을 것이고, 아직 시기가 이르다고 생각했을 것이다. 그러나 서병학은 내심 동학혁명의 성공과 실패의 갈림길에서 또 다른 길을 예비했음이 훗날 그의 행적을 통하여 드러났다.

구한말 역사에 중심축으로 떠올랐던 보은지역은 교통이 편리하고 삼남의 교도들이 오고 가기가 쉬웠기 때문에 1894년 동학농민혁명이 일어난 후 또 다시 동학의 본부 역할을 하게 되었다. 최시형, 손병희, 손천민 등 고위 간부들이 청산과 보은 장안을 계속적으로 오가며 각지의 동학교도들과 연락하고 활동해 나갔지만 안타깝게도 갑오년 동학농민혁명은 수십만 명의 희생자를 내고 실패로 돌아갔다. 최시형은 태인 전투가 끝난 후 손병희와 함께 임실, 무주, 영동을 지나 괴산으로 들어갔다. 괴산에서 최시형은 충주 주둔 일본 병참소에 두 차례 글을 보냈다.

> 비도의 뜻을 품은 서장옥(서인주)과 전봉준의 무리가 사문을 핑계대어 망령되이 척화라 일컫고 무지한 교도들을 선동하여 깃발을 내걸고 죽창을 든 행동이 모질었습니다. 우리 북접을 끼고 때를 타서 함께 봉기하려 했으나 북접은 각별히 스승의 훈계를 따라 굳게 따르지 아니했습니다. 저 남접이 무리를 모아 세력을 믿으며 사람을 많이 죽였습니다. 북접은 죄를 짓지 아니했다고 생각합니다. 장차 무리를 들어 (남접을) 성토하려고 합니다.
> (『시천교역사』 626쪽)

첫 번째 글을 보내고 뒤이어 두 번째 글을 보냈다.

> 근래 한 지역이 겉으로 우리 교를 핑계 대고 속으로 역적의 마음을 품고서 남접이라 자칭하고 도중을 규합하여 함부로 침폭하였습니다. 위로는 임금에게 근심을 끼치고 아래로는 백성에게 화를 부채질하였으니 지극히 통탄스럽습니다. 서장옥, 허윤초 등은 우리 북접이 결단코 움직이지 않는 것을 원망하여 교인들을 셀 수도 없이 살해하였습니다. 이 같은 짓이 충군, 우국하는 마음이겠습니까? 북접은 차마 앉아서 곤궁함을 당할 수가 없어 부득

이 성토하려고 합니다. 대중이 모이는 날 마땅히 이해로 깨우쳐 귀순케 하겠습니다. (『시천교역사』 627쪽)

사람이란 얼마나 나약한가. 강한 것은 부러지고 약한 것은 휘어진다. 사랑이 깊으면 미움도 깊다. 그 미움은 어찌할 수 없는 사랑이 아닐까? 한 사람이 없어져도 이 우주에는 아무런 변화가 없다. 그러나 한 사람이 없어질 때 한 우주가 소멸된다. 사람이 한울일 때 한 사람의 목숨은 얼마나 귀하고 아름다운가. 최시형은 그 상황에서 잔존하고 있는 동학도들을 구하는 길은 그 방법밖에 없었을 것이다.

하인, 어린이, 동물까지도 한울림처럼 대하다

동학농민혁명은 갑오년에 종지부를 찍었다. 최시형은 다시 잠행 길에 접어들었다. 관군의 추적이 하도 심해서 해월은 며칠 또는 보름, 한 달, 길게는 두 달 이상을 한 곳에 머문 적이 없었다. 끊임없이 이 집에서 저 집으로 옮겨 다녔다. 그는 새끼를 꼬거나 짚신을 삼았고, 새끼를 꼴 짚이 없을 때는 다시 풀어서 새끼를 꼬거나 짚신을 삼았다. 제자들이 "좀 쉬시지 않고 무엇 때문에 그렇게 몸을 움직이십니까?" 물으면 "한울님이 쉬지 않는데 사람이 한울님이 주는 밥을 먹으면서 손이 놀고 있으면 한울님이 노하신다"고 말했다.

그는 교도의 며느리가 베를 짜는 것을 보고 "베 짜는 어려운 일을 하고 있는 며느리를 일 속에서 어려움을 당하고 계신 한울님으로 알고 한울님 같이 섬기라"고 말했다. 또한 "밥 한 그릇이 만고의 진리"라고 설파했다. 1897년 4월 5일에는 경기도 이천시 설성면 수산리 앵산동 마을에서 밥그릇을 벽 쪽에 두지 않고 자기 앞에 놓고 제사를 지내는 향아설위를 가르친다. 그 밤이 지나고 최시형은 손병희에게 향아설위에 대하여 "내가 어젯밤 앞으로 오만 년 동안 바꾸지 못할 법을 만들었다"라고 하면서 다음과 같이 말하였다.

> 부모의 귀신이 자손에게 전하여 왔으며 선생님의 귀신이 제자들에게 내려왔을 것으로 믿는 것은 이치에 합당하다. 그러면 내 부모를 위하거나 선생님을 위하여 제사를 지낼 때, 위패를 제사를 지내는 나를 향해서 놓는 것이 가한 일이 아니냐. 아무리 생각해 보아도 또 누가 생각한다 하더라도 죽은 뒤에 귀신이 살아 있다는 것을 믿는다면, 그 귀신은 훗날 사람의 마음과 정신을 버리고, 어디에 의지하고 어디에서 배회하겠는가? 그러므로 제사 지내는 나, 즉 상제 앞으로 위패나 메밥 그릇을 돌려놓는 것은, 직접적으로 한울님과 사람이 하나라는 위치를 표시하는 것이며 천지 만물이 내 몸에 갖추어져 있는 이치를 밝히는 것이다.

최시형은 새로 이사 간 집에 반드시 능금나무나 과일나무를 심었고 겨울이면 멍석을 만들었다. 가인과 제자들이 "내일이라도 다른 곳으로 이사를 갈 터인데 그것은 하여 무얼 합니까?" 물으면 "이 집에 오는 사람 누구든지 과실을 먹고 이 물건을 쓴들 안 될 일이 있겠느냐? 만약 세상 사람이 다 나와 같으면 다닐 때마다 기구를 가지고 다닐 필요가 없나니라"라고 대답했다고 『천도교 창건사』 제6장에 기록되어 있다.

40평생을 보따리 하나 둘러메고 도망만 다닌 최보따리 최시형은 1898년 4

월 5일 제자 원덕여의 집에서 관군에게 붙잡혔다. 치악산 근처 원주시 서면 송동에서 붙잡혀 서울로 압송되었다. 동학교도들이 그를 따르며 울음을 삼키자 군사들이 그들을 때리고 발로 찼다. 그 때 해월은 "죄 없는 사람을 때리면 도리어 그 죄를 받게 된다. 너희들은 하늘이 두렵지 않느냐"고 그들을 나무랐다고 한다.

처음에는 경무청에 수감되어 서소문형무소에 수감되어 한 달 보름여를 지냈다. 그 뒤 고등재판소에서 재판을 받다가 고등재판소의 판결에 따라 1898년 6월 1일 고등재판소 사형장으로 옮겨 수감이 되었다. 그리고 그 다음 날인 6월 2일교수형이 처해졌고 사흘이 지나서 제자들에 의해 경기도 광주의 묘지에 묻히며 한 많은 생을 마감했다.

그는 재판장 조병직과 판사 조병갑에 의해 좌도난정의 죄목으로 6. 2일 교수형을 받았다. 그에게 사형을 내린 사람은 동학농민혁명을 일어나게 한 장본인 전 고부군수 조병갑이었다. 엄청난 사건을 유발케 했으면서도 그를 돌보아 주는 인맥이 많아, 유배지에서 풀리자마자 관직에 올랐고, 판사로서 동학의 2대 교주인 최시형에게 사형을 언도한 것이다.

다행인 것은 역모의 죄명은 추가되지 않았다. 그의 나이 일흔두 살이었다.

"사람이 곧 한울이요 한울이 곧 사람이니 사람밖에 한울이 없고, 한울 밖에 사람이 없다"고 법설에서 말했고, 내수도문內修道文에서 "하인, 어린이, 동물까지도 한울님처럼 대하라"고 가르쳤던 해월 최시형은 그렇게 세상을 하직했다.

보습산에서 내려와 삼가천을 건넜다. 속리산에서 흘러내린 삼가천의 맑은 물이 큰 개울을 이루고 개울 중간에 돌과 흙이 모여 삼각주를 이루었다. 배 모양의 섬이 되었는데 이 같은 곳을 풍수지리상 연화부수형蓮花浮水形의 명당

선병국 가옥. 보은집회가 여렸던 장내리에 세워진 아름다운 한옥

이라고 한다. 아름드리 소나무들이 숲을 이룬 중앙에 99칸의 큰 기와집이 있다. 이 집이 중요민속자료 134호로 지정된 보은 선병국가옥報恩宣炳國家屋이다. 1919년에서 1921년 사이에 당대 제일의 목수들을 가려 뽑아 후하게 대접하면서 이상형의 집을 지었다. 요긴하게 이용될 공간이 집안에 망라되도록 설계하였다. 이 시기에는 개화의 물결을 타고 이른바 개량식 한옥의 구조가 시험 되던 때여서 재래식 한옥으로 질박하게 짓기보다는 진취적인 기상으로 새로운 한옥의 완성을 시도했다. 그런 시대적인 배경에서 특색 있게 지어졌으므로 학술적으로 중요한 가치를 지니고 있다.

1980년 수해 때 돌각담들이 무너져서 아늑하고 유연하던 분위기가 많이 없어졌다. 대문 맞은편에 돌각담을 두른 일곽이 있고, 그 안에 여러 채의 부속 건물들이 있었으나 6·25사변 이후 무너져서 지금은 볼 수 없다. 솟을대문과 소나무 숲은 여전하지만 선병국 가옥의 행랑채는 고시촌으로 변해버렸다. 선병우 가옥은 음식점이 되어 그 집을 찾는 내방객들을 어리둥절하게 만들고 있었다. 그나마 남아 있는 선병국 가옥은 문이 잠겨 있어서 감나무 위에 올라서서야 잘 지어진 집을 바라볼 수 있었다.

산자락을 돌아 개울물이 졸졸졸 흘러가는 봉비리마을을 향해 걸어갔다. 봉비리마을은 풍수지리상 산룡이 마을을 향해 내려온 형국인데 억지로 상생 관계를 살리기 위하여 마을이 지나치게 주룡 줄기로부터 떨어져 나왔다. 계곡 안쪽으로 조금만 더 들어갔어도 안온한 마을 터를 이룰 수 있었는데 욕심을 내서 들판 쪽으로 마을이 조성되어 봉비리마을 자체가 주민들에게 불안감을 준다고 한다. 그러나 내가 어찌 들은풍월로 풍수를 논하랴.

봉비리마을을 떠나 청주에 도착했다. 김개남은 청주에서 대패하여 통한의 눈물을 머금고 물러서고 만다. 농민군과 관군의 격렬한 싸움에서 숨진 청주병영 장졸들의 영혼이 모충사에 모셔져 있다. 모충사 비탈진 언덕에 초토사 홍계훈의 비가 세워져 있었다. 홍계훈은 1882년 임오군란 당시 민비를 궁궐에서 탈출시킨 공로로 중용되었다. 그는 충청병사에 제수되었고 이듬해 동학농민혁명이 일어나자 양호초토사로 임명되어 전주성 싸움까지 농민군과 접전을 벌였다. 1895년 을미사변 때 훈련대장으로 광화문을 수비하다가 민비와 더불어 장렬히 전사했다. 후에 군부대신에 추종 되었고, 충의공의 시호가 내렸던 그의 비는 사람들의 발길이 미치지 않는 청주시 모충동의 비탈진 곳에서 그 날의 역사를 쓸쓸하게 증언하고 있었다.

어느 산 어느 곳이고 갑오년의 역사를 찾아 나선 동학기행은 이렇듯 쓸쓸하다 못해 참담하다. 수운도 가고 해월도 가고 그 세월마저 가버린 자리에 사랑은 어떤 모습으로 남아 있고 또다시 움틀 것인가. 치밀어 오르는 슬픔과 허전함을 가슴에 새기며 '기다리지 않아도 오고 기다림마저 잃었을 때에도 온다'는 이성부 시인의 '봄'처럼 그렇게 떠날 시간은 찾아왔다.

역사의 아픔을 품어준 지리산과 섬진강

지리산 형제봉 동학농민군의 섬진강 싸움을 바라본 산

역사와 함께 살아 숨 쉰 지리산

남원 거쳐 곡성, 구례, 하동에 이르는 길은 섬진강을 따라가는 길이고, 섬진강을 따라가는 길은 지리산에 이르는 길이다. 우리에게 지리산은 어떤 의미를 지니고 있는가. 전설 속에 지리산은 반역의 산反逆山, 불복의 산不服山이다. 이성계가 고려를 무너뜨리고 조선을 개국할 때 이 나라 명산에 기도를 올려 창업의 뜻을 물었다. 그때 지리산만 반기를 들고 태조의 뜻에 따르지 않아서 반역의 산이라고 부르게 되었다고 한다.

그곳에만 가면 살 수 있다고 믿고 수많은 사람들이 여러 천 년을 두고 들어갔던 곳이 지리산이다. 답이 없는 생각을 안고 지리산으로 섬진강으로 떠났다. 그 길에는 동학농민혁명의 지도자 김개남, 김인배의 발자취가 선명하게 남아 있다. 이름도 없이 스러져간 농민군의 못다 부른 노래가 떠돌고

있다. 지리산 자락 아래 섬진강이 흐른다.
섬진강을 따라가는 곡성에서 구례에 이르는 길이 얼마나 운치 있고 수려한지 가본 사람은 안다. 곡성 압록역에 내려서 강변을 따라 걸어가면 강물 위를 부는 시원한 바람에 가슴이 뻥 뚫리는 기분이다. 밤재터널을 지나 산동으로 가는 길도 남다른 맛이 있다. 만복대, 고리봉, 노고단, 간미봉, 원사봉, 지리산의 연봉들이 물 흐르듯 흘러내린 곳에 펼쳐진 너른 들녘을 바라보며 가는 길도 남다른 기쁨이 있다.
산동에 접어들면서부터 구례만의 냄새가 나기 시작한다. 밭 가장자리와 담벼락에 노란 산수유가 지천으로 피었다. 산동에서 구례, 광의에서 천은사로 가는 길, 하동으로 가는 길마다 핀 산수유. 구례의 봄은 산수유 환한 꽃이 데려오는 것만 같다. 산수유뿐 아니라 목련이며 매화며 복숭아꽃도 앞서거니 뒤서거니 피어 온통 꽃 천지다. 산동에서 구례로 가는 길을 따라 매천 선생이 계시던 월곡마을에 도착한다. 봄은 이곳에도 당도해 꽃이 피어 있다.
구례군 광의면 수월리 월곡마을. 한 말의 이름난 시인이었고 절개 높은 선비였던 매천 황현이 살던 곳이다.
'유림의 집'이라는 팻말이 붙은 대문을 열고 들어섰다. 매천사 안으로 천천히 들어갔다. 이곳에서 매천은 동학농민혁명을 처음에서 끝까지 자세하게 기록한 『오하기문梧下紀聞』을 남겼다. 서두는 이렇게 시작한다.

> 아아! 화변이 온다는 것이 어찌 우연한 일이겠는가? 나라가 잘 다스려지고 어지러워지는 것은 운수가 있고, 일이 막히거나 태평스러운 것도 때로는 서로 뒤바뀐다. 이것은 비록 시운(時運)이나 기화(氣化)가 한결같이 정해져 있어서 바꿀 수 없는 것이라지만, 사람들 일의 잘잘못에 기인하기도 하는 것

이니, 대개 오랫동안 쌓이고 쌓인 형태가 그렇게 만드는 것이요, 하루아침이나 하루 저녁에 갑자기 이루어지는 것은 아니다.

매천 황현, 구례 월곡마을에서 조선의 실정을 기록하다

매천은 1855년 12월 11일, 전라남도 광양군 봉장면 서석촌에서 태어났다. 그의 선조는 신라 때 시중벼슬을 지냈던 원이었다. 세종 때 영의정을 지냈던 장수사람 황희와 임진왜란 당시 진주성을 지키다가 장렬하게 전사한 황진도 그의 선대 조상이다. 몰락한 시골선비 황시묵과 풍천 노씨의 2남 3녀 중 장남으로 태어난 그는 태어났을 때부터 총명이 뛰어나 보는 사람을 놀라게 했다고 한다. 7살에 입학하여 시를 읽기 시작하였고, 11살에 무리 지어 날아가는 기러기를 바라보며 한시를 지었다.

> 날아가는 기러기가 우짖는 소리는 어디든지 다 같게 퍼질지라도, 일에 열중하는 사람들은 듣기가 어려우니, 한가하게 노는 사람들은 그 소리를 먼저 들을 수 있다.

매천은 14~15세에 이르면서부터 광주에서 열린 본도향시에 나아갔다. 그가 붓을 잡고 글을 쓰면 바람이 일었다. 장내에 있던 응시자들이 광양의 황신동이라고 일컬었던 소문이 호남 전역에 널리 퍼졌다.
17세에 해주 오씨와 결혼한 매천은 행동이 단정하고 음성이 맑았으며 불의를 보면 참지 못하였다. 20세가 되던 해부터 서울을 왕래하면서 강위, 이건

매천사. 구례에 있는 매천 황현의 사당

창, 김택영, 정만조와 사귀었다. 매천은 스물여덟에 특별보거시라는 과거를 보았다. 시험관 한미산은 매천을 장원으로 뽑았다가 태생이 시골인 것을 알고 차석으로 뽑았다. 그 사실을 알고 매천은 고향으로 돌아와 책을 읽으며 초야에 묻혀 지내려 했다. 그러나 아버지 시묵 "과거에 급제하고 못하고는 비록 운수가 있는 것이나 내 생전에는 과거를 폐하지 말고 내가 죽은 후에는 네 마음대로 해라"라고 말한다.

매천은 그해 아버지의 뜻을 따라 성균시를 보았고 장원급제하였다. 그의 나이 서른넷이었다. 매천은 박정양이 주미공사로 부임할 때 수행원으로 나갈 것을 추천받았으나 수행원이란 벼슬에 익숙하지 못하다고 거절하였다. 구례군수 박항래가 성균관 박사시를 권유했으나 "나는 탕건을 잊은 지 오래일세"라고 말했다고 전해진다.
그가 스무 살을 갓 넘었을 무렵 기울어져 가던 조선은 일본의 우세한 힘 앞에 병자수호조약을 체결하였다. 당시 우리나라 상황은 대원군과 민비가 첨예하게 맞서고, 수구와 개화의 갈등 속에서 미국, 영국, 청나라 등 구미열강의 각축장이 되었다. 갑신정변, 한성조약이 맺어졌고 영국 함선이 거문도를 점령했다.
그는 스물에 구례군 광의면 수월리 월곡부락으로 거처를 옮겼다. 한양으로 올라오기를 권유하는 친지들의 요청을 받아들이지 않았다. 매천은 책을 읽고 쓰는 데 온 정열을 다 쏟았다. 죽을 때까지 이 마을을 떠나지 않았다. 『매천야록梅泉野錄』, 『오하기문梧下紀聞』 등을 저술하며 풍전등화의 위기에 놓인 조선의 실정을 낱낱이 기록했다.

매천의 '절명시'

을사년 음력 10월 을사보호조약이 체결되었다는 소식을 들은 매천은 식음을 전폐하고 통곡하기를 여러 날 끝에 「오애시五哀詩」를 지었다. 국난을 당하여 순절한 민영환, 홍만식, 조병세, 최익현, 이건창을 추모하는 글이다.
1910년 융희 4년 8월, 한일합방으로 조선은 국권을 상실하고 매천은 중대결단을 내린다. 동생이었던 석전 황원은 매천에 대해 이렇게 기록했다.

경술(1910) 음 7월 25일 대한제국은 망했다. 시골에는 8월 3일 황제의 양국

조서(讓國詔書)가 도착했다. 매천은 이 글을 반도 채 읽지 않아 더 이상 읽지 못하고 기둥에 끼워 놓았다. 내가 밖에서 돌아와서 이를 읽자 매천은 듣기 싫으니 밖에 나가서 읽으라고 쫓았다. 나도 읽기를 중단하고 "오늘 이런 일을 당했으니, 아모 아모는 죽어야 마땅합니다" 했더니 매천이 말하기를 "자신은 죽지 않으면서 남이 죽지 않는 것을 책하는 것이 옳겠느냐? 종묘사직이 망하는 날 사람마다 다 죽어야 할 것인데, 어찌 몇몇 사람뿐이겠느냐?" 하였다.

매천은 8월 5일에 손님과 바둑 다섯 판을 두었다. 밤에 황성신문을 읽고 있는데, 이웃 노인이 와서 매천과 한방에서 자기를 청했다. 매천은 술을 내다가 대접하고, 밤에 할 일이 있으니 내 아들 방에서 자라며 문을 닫고 「절명시 4수」와 「유자제서遺子弟書」를 썼다.

국가가 선비를 기른 지 5백 년에 나라가 망하는 날을 당하여 한 사람도 죽는 사람이 없다면 어찌 통탄스러운 일이 아니겠느냐. 너희들은 과히 슬퍼하지 말라. 서책은 곧 나의 정력소재(精力所在)이니 잘 수호하라.

덧붙여 가사 처리에 대한 것까지 세세히 썼다. 그러고 나서 아편을 마시고 혼절했다. 새벽에 집안사람들이 이 일을 알고 해독을 서둘렀으나 선생은 이를 물리치고 "세상일이 이와 같으니 선비는 마땅히 죽어야 한다" 했다. 오시에 이르자 정신이 점점 혼미해지기 시작하여, 초 7일 닭이 두 번 울 때 절명했다. 이때 매천의 나이 56세였다. 유서에 쓴 대로 위로는 황천에 떳떳한 아름다움과 아래로는 평일에 읽은 글에 어긋남이 없이 눈은 감고 영원히 잠드니 자못 통쾌함을 느꼈을 것이다. 사대부가 마땅히 가야 할 길이라고 여겼을 것이다. 절명시 4수는 다음과 같다.

난리 속에 어느덧 백두가 되니
몇 번이나 삶을 버리려 해도 하지 못했네.
오늘이야말로 참으로 어찌할 수 없으니,
바람에 날리는 촛불이 하늘에 비치고 있네.

요망한 기운이 가려서 제성(帝星)이 옮겨지니,
대궐이 어두워서 시간도 더디구나.
이제부터는 조칙을 받을 길이 없으니
구슬 같은 눈물이 흘러 흘러 종이를 적시네.

새와 짐승도 슬피 울고 바다와 산도 찡그리니,
무궁화 꽃 삼천리는 이미 망해버렸네.
가을 등장에 책을 덮고 천고의 일 생각하니,
인간의 글자 아는 사람 되기 어렵구나.

일찍이 나라 지탱할 조그만 공도 없었으니,
다만 인(仁)을 이룰 뿐이요 충성은 아니었네.
끝맺음이 겨우 능히 윤곡(尹穀)을 따를 뿐이니,
당시의 진동을 좇지 못하는 것이 부끄럽구나.

그가 살았던 시대는 혼돈의 시대였고 비극의 시대였다. 봄꽃이 만발한 매천의 사당을 나왔다. 매천의 죽음은 무슨 의미가 있는가. 매천의 결단을 지식인의 한계라고 단정 짓는다면 의로운 죽음에 누가 되는 말일까? 그의 죽음이 온 나라 민중들에게 용기를 불러일으킨 것은 사실이다. 그가 살았었고 순절한 구례는 절개의 고장으로 오늘날까지 알려져 있다.

섬진강과 악양벌판, 그리고 소설『토지』

화엄사 가는 길로 접어들어 화엄사는 가지 않고 하동 쪽으로 방향을 틀었다. 어린 벚나무가 벚꽃을 가득 피우고 있었다. 하동에서 화개에 이르는 길은 벚꽃이 흐드러져 있을 것이다. 들방문지는 구례군 토지면 오미리다. 풍수지리상으로 이 마을은 노고단의 옥녀가 형제봉에서 놀다가 금가락지를 떨어뜨린 형상이라고 한다. 남한의 3대 길지 중 하나다. 집을 지으면 자손대대로 부귀영화를 누릴 수 있다는 말이 몇 백 년 전부터 전해 내려왔다.

이곳에 낙안부사를 지냈던 안동사람 유이주가 운조루라는 아흔아홉 칸짜리 집을 지었다. 그 뒤를 따라 몇십 명이 마을 일대에 집을 짓기 시작해 해방 무렵에는 300여 채가 들어섰었다고 한다. 지금 남아 있는 것은 중요민족자료 8호로 지정된, 1,400평 대지에 세워진 운조루와 손님을 맞았던 귀래정뿐이다. 아랫마을에 금가락지 모양으로 높은 담과 대숲에 둘러싸인 기와집 한 채가 남아 있다.

『조선의 풍수』를 지은 일본의 풍수지리학자 무라야마지준이 "이 꽃이 떨어지게 되면 모든 사람이 애석하게 되니 이 땅은 모든 사람에게 애석함을 주

동학농민군의 자취가 서린 구례 운조루

는 인물을 낼 것이다"라고 했다고 한다. 그래서인지 이 집에도 아픈 역사가 있었다. 지금 운조루를 지키는 사람이 시인 이시영의 누님의 아들인데 그의 큰아버지였던 유종택 씨는 사회주의자였으며 일본유학을 마친 인텔리였다. 그는 해방공간과 한국전쟁 당시 지리산으로 숨어들어 어디론가 사라졌다고 한다.

토지면을 벗어나니 다시 섬진강이다. 여기서부터 섬진강의 강폭은 드넓다. 섬진강 건너로 백운산이 보이고 사적 106호로 지정된 석주관이 나타난다. 석주관은 전라도와 경상도를 연결하는 지리산의 중요한 요새였다. 정유재란 때 이곳에서 치열한 싸움이 벌어졌는데 왜군들이 들이닥치자 이곳을 지키던 만호 이원춘이 남원으로 후퇴하여 싸우다 죽었다. 그 사실을 전해들은 광의사람 왕득인을 비롯한 몇이서 석주관에서 왜군들과 싸우다가 패배했다. 다시 왕득인의 아들 왕의성과 의병 몇백 명, 승병 백 오십여 명이 재래식 무기를 들고 일본군의 조총에 맞서 싸웠으나 역부족으로 모조리 전사하고 말았다. 그 사실이 200년이 지난 순조 때에야 알려졌고 뒷날 일곱 의사 순절비가 세워졌다.

길은 강변을 따라가고 강은 바다로 향해 흘러간다. 어느새 피아골 입구다. 골짜기를 따라 올라가면 붉게 타오르는 단풍으로 유명한 피아골이 있고 그 길목에 연곡사가 있다. 소설『토지』에서 서희의 할머니 윤 씨 부인은 연곡사에 불공을 드리러 갔다가 동학접주 김개주를 만난다. 윤 씨 부인은 아이를 배고 구천(김환)이를 낳게 되는데 구천이는 김개주의 형 우관스님의 슬하에서 어린 시절을 보내다가 평사리에서 형수인 최치수의 아내와 지리산으로 숨어들고 만다. 화개장터로 유명한 경상남도 하동군 화개면이 피아골과 지척이다. 김동리의 소설『역마』에 화개를 가장 화개답게 표현한 장터 풍경이 나온다.

> 지리산으로 들어가는 길이 고래로 허다하지만 화개협 시오리를 끼고 앉은 화개장터의 이름이 높았고 경상·전라 양도 접경이 한두 군데일 리 없지만 또한 이 화개장터를 두고 있었다. 장날이면 지리산 화전민들의 더덕, 도라지, 두릅, 고사리들이 화개골에서 내려오고 전라도 황화물 장사들의 실, 바늘, 면경, 가위, 허리끈, 족집게, 골백분들이 또한 구롓길에서 넘어오고, 하동길에서는 섬진강 하류 해물 장사들의 김, 미역, 청각, 명태, 간조기, 간고등어들이 들어오곤 하여 …… 그러나 화개장터의 이름은 장으로 하여서만

하동읍의 섬진강. 영호대접주 김인배가 거느린 동학농민군들이 많이 희생한 곳이다.

> 있는 것은 아니었다. …… 가끔 전라도 지방에서 꾸며 나오는 남사당, 여사당, 협률, 창극, 신파, 광대들이 마지막 연습 겸 첫 공연으로 여기서 반드시 재주와 신명을 떨고서야 경상도로 넘어간다는 한갓 관습과 준례가 이 화개장터의 이름을 높이고 그립게 하는지도 모른다.

화개는 옛 시절 전라도와 경상도의 물산이 만나 흥정이 이루어지는 중요한 장터였다. 지금은 옛날 화려했던 모습은 사라지고 현대식 상가로 정비되었다. 월선네가 주막을 열어 장이 서는 아침마다 용이를 기다렸던 화개장터는 어디로 갔나. 매천은 『오하기문梧下紀聞』에서 화개동을 지나간 농민군의 행적을 이렇게 적고 있다.

> 적은 날이 밝자 무리를 수습하여 부 안으로 들어와 민포를 모두 죽이겠다고 떠들면서 10여 채의 민가에 불을 지르고, 부 안에다 도소를 설치하였다. 한편 적은 사방으로 흩어져 마을을 약탈하였다. 화개동에 들어가서 제일 먼저 민포가 일어난 곳이라며 특별히 미워하여 오백여 채의 민가를 불태웠다. 베틀과 물레, 나막신까지 약탈해 바리바리 실어 나르느라 광양·순천으로 가는 길이 며칠 동안 막힐 정도였다. 민포 중에 앞뒤로 사로잡혀 죽은 사람은 십여 명 정도였다. 적은 대엿새 정도 머물다가 돌아갔고 그 중 흉포한 자들은 인배를 따라 진주로 갔다.

불태워버렸다는 오백여 채의 민가는 어느 곳에 있었을까. 옛 기억을 회상할 길은 없고 푸른 대숲과 차나무와 섬진강물만 눈에 들어왔다. 『삼국사기三國史記』에 의하면 신라 홍덕왕 때에 당나라에서 가져온 차를 처음 심은 곳이 지리산 기슭 화개동이었다고 한다. 차를 재배하고 차를 만드는 화개제차 공장을 지나 악양으로 향했다.

한국문학사에 가장 방대한 소설 『토지』의 주무대 평사리의 행정구역명은 경상남도 하동군 악양면 평사리다. 조선조 말에서 해방공간에 이르는 세월 속에 최참판 댁의 4대에 걸친 가족사 이야기다. 평사리에서 북간도, 진주, 서울 등을 오가며 펼쳐지는 『토지』는 동학, 무속, 유가와 기독교적 윤리관들이 자연스럽게 녹아 있다. 20여 년 만에 완결된 『토지』는 이렇게 시작한다.

> 1897년의 한가위.

하동 자운영 꽃 핀 평사리

까치들이 울타리 안 감나무에 와서 아침 인사도 하기 전에, 무색옷에 댕기 꼬리를 늘인 아이들은 송편을 입에 물고 마을 길을 쏘다니며 기뻐서 날뛴다. 어른들은 해가 중천에서 좀 기울어질 무렵이래야, 차례를 치러야 했고 성묘를 해야 했고 이웃끼리 음식을 나누다 보면 한나절은 넘는다. 이때부터 타작마당에 사람들이 모이기 시작하고 들뜨기 시작하고 남정네 노인들보다 아낙들의 채비는 아무래도 더디어지는데, 그럴 수밖에 없는 것이 식구들 시중에 음식 간수를 끝내어도 제 자신의 치장이 남아 있었으니까. 이 바람에 고개가 무거운 벼 이삭이 황금빛 물결을 이루는 들판에서는 마음 놓은 새떼들이 모여들어 풍성한 향연을 벌인다.

"후우이이- 요놈의 새떼들아!"

소설가 박경리는 평사리를 한 번도 가보지 않았다고 한다. 1960년대 말 토지를 구상할 무렵 이곳을 지나면서 작품의 무대로 삼기로 마음먹은 데는 다음과 같은 뜻밖의 이유가 있었다.

> 내가 경상도 안에서 작품의 무대를 찾으려 했던 이유는 언어 때문이다. 통영에서 태어나 진주에서 성장한 나는『토지』의 주인공들이 쓰게 될 토속적인 언어로 경상도 이외의 다른 지방 말을 구사할 능력이 없었다. 그러나 '만석꾼'의 토지란 전라도 땅에나 있었고, 경상도 안에서 그만큼 광활한 토지를 발견하기는 어려웠다. 평사리는 경상도의 어느 곳보다 넓은 들을 지니고 있었으며, 섬진강의 이미지와 지리산의 역사적 무게도 든든한 배경이 돼 줄 것 같아서 평사리를『토지』의 무대로 정했다.

악양 벌판에는 누런 벼 이삭들이 고개를 숙이고 섬진강변 대숲에는 바람소리가 소슬했다. 슬레이트 지붕은 초가지붕으로 바뀌었지만 곱게 단장한 담장 안의 온갖 나무들은 변함이 없었다. 감, 모과, 석류가 주렁주렁 열려 있었다. 내 고향 돌담도 아름다움의 한 전형으로 남아 있지만 평사리 돌담길의 아름다움은 그 이상이었다.

임이네와 강청 댁이 머리채를 잡고 싸웠던 마당가에서 악양벌판을 바라보았다. 형제봉에 오르기 위해 산길로 들어섰다. 길은 있는 듯 없는 듯 이어졌다. 고갯마루를 넘어서 조금 올라가자 고소성이 나왔다.

사적 151호로 지정되어 있는 고소성은 이곳이 신라와 백제의 접전지였음을 알려주는 성이다. 지리산의 여맥인 형제봉의 중턱에서 평사리를 내려다보며 쌓은 이 성은 허물어진 성벽만 군데군데 남아 있다. 하동읍지에는 신라 때에 쌓은 성이라고만 기록되어 있다. 하동사람들의 전해오는 말로는 신라의 김유신과 당나라의 소정방이 백제를 치기 위한 전진기지로 삼으려고 쌓았던 성이다. 그 사실을 증명할 말한 기록은 남아 있지 않다.

형제봉 정상은 바위로 이루어져 있었다. 지척인 듯 백운산이 눈앞에 있고, 풍요의 상징인 악양 벌판과 섬진강이 평화롭게 펼쳐져 있다. 저 아래 악양 팔경이 아름다운 경치를 뽐내고 있다. 상시청풍, 어촌낙조, 원포귀범, 소상야우, 동정추월, 평사락안, 강촌모설, 한산모종. 한산모종은 해가 질 무렵 한산사에서 치는 종소리라고 하는데 꼭 한번 들어보고 싶다.

드넓은 악양 뜰 너머 섬진강은 남해바다와 합쳐지기 위해 마지막 힘을 내는 듯 보였다. 곧 바다가 될 섬진강을 넋 놓고 바라보다가 지리산으로 눈길을 돌렸다. 이중환은 『택리지擇里志』에서 지리산 일대를 이렇게 묘사하고 있다.

> 지리산은 남해 가에 있다. 백두산 산맥이 크게 끝난 곳이므로 산의 딴 명칭은 두류산이다. 세간에서는 금강산을 봉래산, 지리산은 방장산, 한라산을 영주산이라 하는데 소위 삼신산이다. 「지지(地誌)」에는 지리산을 태을선인(太乙仙人)이 사는 곳이며, 뭇 신선이 모이는 곳이라 하였다. 골판이 서리어 뒤섞였고 깊고 크다.
>
> 흙이 두텁고 기름져서 온 산이 사람 살기에 알맞다. 산 안에 백 리나 되는 긴 골이 있어 바깥쪽은 좁으나 안쪽은 넓어서 사람이 발견하지 못한 곳이 있고, 나라에 세도 바치지 아니한다. 지역이 남해에 가까우므로 기후가 따뜻하여 산중에는 대가 많고 또 감과 밤이 많아서 저절로 열렸다가 저절로

떨어진다. 기장이나 조를 높은 산봉우리 위에 뿌려 두어도 무성하게 자란다. 촌사람과 중들이 섞여 살며 대를 꺾고 감과 밤을 주워서 수고하지 않아도 생리(生利)가 족하며, 농부와 공장(工匠)이 또한 심히 노력하지 않아도 충족하다. 이 산에 사는 백성은 풍년·흉년을 모르므로 부산(富山)이라 부른다.

산 남쪽에 화개동과 악양동이 있다. 모두 사람이 살고 산수가 매우 아름답다. 고려 중엽에 한유한이 이자겸의 횡포가 심한 것을 보고 장차 화가 미칠 것을 염려하여 벼슬을 버리고 가족과 함께 악양동에 숨어 살았다. 그 후 조정에서 찾아서 벼슬을 주고 불렀으나 유한은 도망쳐 숨고 세상에 나타나지 않았다. 그가 언제 죽었는지도 모르는 바 신선이 되었다고도 한다.
서쪽에는 화엄사와 연곡사가 있고 남쪽에는 신응사와 쌍계사가 있다. 쌍계사에는 신라 때 사람 고운 최치원의 화상이 있다. 시냇가 석벽에는 고운이 쓴 큰 글씨가 많이 새겨져 있다. 세상에 전해 오기로는 고운이 도를 통하여 지금도 가야산과 지리산 사이에 왕래한다는 것이다. 선조 신미년에 중이 바윗돌 사이에서 종이 하나를 주웠는데 절구 한 수가 적혀 있었다. 글자의 획이 금방 쓴 듯하고 필법은 세상에 전해오는 고운 필체와 같았다.

동쪽 나라 화개동은,
항아리 속의 별다른 천지여라.
선인이 옥 베개를 밀치며 잠을 깨니,
세대는 벌써 천 년이 지났는가.

또한 지리산에는 한국인이 찾는 이상향 만수동과 청학동이 있다는 말이 예전부터 전해왔다. 청학동의 전설을 고려 때의 이인로는 다음과 같이 글로 남겼다.

> 옛날 노인들이 서로 전하는 이야기에 의하면 지리산 속에 청학동이 있는데, 그곳으로 들어가는 길은 좁아서 사람이 겨우 지나다닐 정도이다. 기어서 가다시피 하여 수십 리쯤 들어가야 비로소 넓은 곳에 다다른다. 주위는 모두 기름진 밭과 땅으로 씨 뿌려 농사짓기에 알맞고, 나무를 심어서 숲이 우거져 그 속에는 청학이 서식하고 있어서 청학동이라고 부른다.

다산 정약용은 「두치진豆巵津」이라는 시에 읊기를 "돌아보니 지리산이 안갯속에 잠겨 있고, 청학은 높이 날아 쫓아가기 어렵구나"라 하였다.

섬진강을 끼고 있는 지리산으로 이인로의 뒤를 따라나섰던 사람들은 누구였던가? 동학농민혁명이 끝나고 농민군의 잔여세력들이 지리산으로만 가면 살 길이 있다고 들어갔었다. 그 뒤로 해방공간과 한국전쟁 사이에 무수한 파르티잔들이 입산했고 그들은 나뭇잎이 부스러지듯 역사 속에 스러져 가고 만다.

악양 벌판을 바라보니 흘러가는 섬진강물이 눈이 부시게 달려온다. 악양에는 기름지고 풍요로운 들판에 걸맞게 이름난 부잣집이 몇 채가 있었다. 악양 소재지 첫 마을 강부자 집이 첫 번째이고 상신마을에 있는 조부자 집이 두 번째다. 170여 년 전에 지었다는 조부자 집은 대지만도 1천여 평이 넘는데 솟을대문과 행랑채, 지금도 변함없는 몸채만 남아 있다. 12월이나 1월은 곶감이 마루 위에 가득 걸려 있다.

악양을 벗어나자 배꽃이 눈부시다. 제철을 만났는지 섬진강에서 재첩 잡는 사람들이 제법 눈에 띄었다. 그것만 봐도 하동이 멀지 않다.

하동·광양전투에서 살아남은 동학농민군 지리산으로

갑오년 당시 경상도 하동과 광양 지방의 큰 전투는 금오산과 광양의 섬거역 그리고 고성산전투를 들 수 있다. 얼마나 많은 사람들이 죽었으면 죽은 혼령들이 고시랑거리는 소리가 들린다고 고성산을 고시랑산이라고 불렀을까. 『오하기문梧下紀聞』은 영호대접주 김인배의 활약상을 다음과 같이 기록했다.

> 9월 초하루. 금구(金溝)의 적 김인배가 광양·순천지방의 적과 합세하여 하동을 함락하였다. 이 무렵 하동지방의 적 가운데 광양에 숨어 있던 자들은 처지가 궁핍하여 돌아갈 곳이 없었으므로 분하고 원통해 하며 보복하고자 하였다. 이들은 마침내 인배를 끌어들이고 여러 포들에게 8월 그믐 무렵 하동에 모이라고 하였다.
>
> 부사 이채연은 적에게 원한을 사서 겁이 나 대구로 도망쳤다. 일이 이렇게 되자 사람들은 주부(主簿) 벼슬을 지냈던 김진옥을 민포대장으로 추대하는 한편, 통영에 급히 사람을 보내어 대완포 12좌를 얻어와 강변에 매설하고 죽음을 무릅쓰고 사수할 계획을 세웠다.
>
> 인배는 순천역 유하덕과 함께 만여 명을 이끌고 강가에 진을 쳤다. 적들은 하동의 방비가 엄중한 것을 보고 겁이 나서 강을 건너지 못하였다. 인배는 부적 한 장을 그려 수탉의 가슴에 붙여 백 보 앞에다 놓고 자신의 심복 포졸

> 에게 총을 쏘도록 하였다. 큰소리로 사람들에게 "닭은 반드시 총알을 맞지 않을 것입니다. 여러 접장들께서는 저의 부적을 믿으십시오"라고 하면서 연달아 세 번 총을 쏘았는데 하나도 맞지 않았다. 적들은 환호성을 지르며 부적의 효험을 칭송하였다. 그리고 부적을 옷에다 붙이고 앞을 다투어 강을 건넜다. 이들은 두 갈래로 나뉘어, 한 갈래는 섬진강의 얕은 여울 중 물살이 세찬 곳을 건너 부(附) 북쪽에 진을 쳤고, 또 한 갈래는 망덕 나루터에서부터 배다리는 이어놓고 물살을 거슬러 올라가 부 남쪽에 진을 쳤다. 하동부는 원래 성곽이 없이 산을 등지고 앞으로 강을 향하여 있는 지형을 지리적 이점으로 삼았는데, 지방병력과 민포들은 부 뒤쪽 안봉(鞍峯)에 진을 치고 있었다. 또 대완포를 발사할 때 점화방법을 정확히 몰라 발사가 지체되었고, 포탄이 공중으로 날아갔다. 적은 재빨리 엎드려 피해버렸으므로 관군은 겁을 먹었다. 2일 초저녁, 어둠이 내리자 적은 함성을 지르며 사방에서 맨몸에다 부적을 붙이고 육박해 올라왔다.

김인배는 전라도 금구현에서 태어났다. 스물넷에 영남과 호남을 모두 관할하는 영호대접주가 되어 10대 접주의 한 사람으로 크게 활약했다. 그는 진주성을 점령했고 비가 억수같이 내리는 10월 22일 밤 8만여 명의 농민군을 이끌고 섬진강을 건너갔다. 그는 다시 엿새 뒤 좌수영을 공격했고, 몇 번에 걸친 좌수영 공격에 실패한 뒤 물러서고 말았다. 김인배는 붙잡혀 광양객사에서 효수되었다. 언제 죽었는지 제삿날을 몰라서 후손들은 쌀가루에 새 발자국이 뚜렷이 나타난 날 12월 9일을 기일로 정했다고 한다.

여정은 이제 섬진강 5백 리길 끄트머리에 서 있다. 하동에서 광양으로 건너가는 다리에 서서 섬진강과 하동 송림을 바라본다. 신라와 백제의 사신이 저 소나무 우거진 송림에 모여 앉아 군사동맹을 맺었다. 백사청송의 고장이라는 이름은 섬진강변의 모래와 송림에서 비롯되었다. 광양 섬진강 강물에 빠져 죽은 농민군이 3~4천 명에 이르렀다고 한다. 살아남은 자들은 지리산으로 백운산으로 숨어 들어가 화전민도 되고 의병도 되었다.

그들이 흘린 피와 눈물이 단풍잎처럼 떨어져 남해바다로 흘러갔을 것이다. 가슴 아픈 그 날의 역사를 아는지 모르는지 강물은 고요히 흐르고 푸른 강물에는 백로를 닮은 새들이 드문드문 앉아 있다. 물살은 제법 출렁거리며 흐르고 사람들은 강변에서 낚싯대를 드리운 채 은어를 낚는다.

역사의 길, 걷고 또 걸어갈 길이여!

장흥 억불산 석대뜰 싸움을 바라본 이방언의 산

장흥 대접주 이방언의 마지막 항전

동학농민군의 주력부대는 원평, 태인 전투를 끝으로 해산하고 말았다. 전봉준, 김개남이 체포된 후였으나 장흥 대접주 이방언은 흩러든 농민군과 부근의 군사를 모아 최후의 항전을 계속했다. 경주에서 피어나 장흥에서 최후를 맞기까지의 역사는 짧은 것인가, 긴 것인가. 백 년 후의 나는 순식간에 경주와 전주, 장흥 사이를 오고 간다.

빛고을 광주는 80년 오월 광주민중항쟁이 아니라도 이 도시는 언제나 깨어 있다. 깨어 있음으로 해서 수난의 땅이었다. 무등산 자락을 지나 화순으로 가는 너릿재를 넘었다. 조선 중종 때 정암 조광조가 유배되어 사약을 받았던 화순, 능주목을 거쳐 장흥에 도착했다. 그곳에서 차를 타고 석대뜰로 향한다. 운전사는 차창 밖으로 흘러가는 산들을 알려주었다.

"저 산은 사자를 닮아 사자산이고 뒷산이 제암산이며, 좌측에 저 산이 억불산이라고 하지요. 장흥읍을 가로지르는 탐진강에 동학군 시체가 가득 떠내려갔다고 어른들한테 들었지라우. 바위가 층층이 쌓인 저곳이 석대고 저 석대 때문에 저 벌판이 석대뜰이요."

"그럼 혹시 이방언 장군에 대한 이야기도 아십니까?"

운전사는 한참을 생각하다가 말했다.

"글씨요. 바쁘니께 어려서 들은 이야기 하나만 하고 갈라요. 자울재라고 고읍 가는디 고개가 있시요. 그 자울재로 이방언 장군이 옮겨갔다고 합디다. 그는 싸울 때도 가마를 타고 싸웠다는디, 자울재를 겨우 넘어 가마를 내려놓고 쉬었답디다. 그때 부하들이 가쁜 숨을 내쉬면서 장군에게 무슨 말을 했느냐 허면, '장군님, 언제까장 이렇게 도망만 댕길랍니까. 이제는 도술을 부려 쫓아오는 놈덜을 무찌를 때도 되았잖습니까?' 그러자 이방언 장군이 뭐라 혔겄소. '낸들 어찌하리'. 그 말을 듣고 부하들은 장군을 내팽개치고 도망치고 말았답디다. 그 뒤로 '낸들 어찌하리' 그 말이 장흥지방에 한참을 유행혔다고 혀요."

그랬을 것이다. 손화중의 비결 탈취사건이나 황톳재·황룡강 싸움의 승리가 전설처럼 번져 나가자 동학의 지도자들이 도술을 부린다거나 신출귀몰하다는 말이 떠돌았다. 우리 접주님은 위급한 순간이 오면 도술을 부려 고난에서 구제하리라 믿었을 터인데 그것이 한순간에 무너져 내릴 때의 허망함과 분노는 짐작할 만하다.

12월 3일 이방언은 부대를 모아 장흥부의 북문과 남문, 동문을 공격해 들어갔다. 성이 함락되고 농민군이 몰려오자 어떤 사람이 장흥부사 박헌양에게 도망가라고 권유했다. 박헌양은 "나는 차라리 집무실에 앉아서 죽겠다"며

물러서지 않고 총에 맞아 죽었다. 그의 시체는 어떤 청상과부가 거두어 암장했다고 한다. 민가와 관아가 불에 타고 객사만 남아 성안이 텅 비어 있었다. 이날 싸움에서 부사를 비롯한 95명의 관군이 전사했다.
강진, 해남으로 가는 길을 바라보며 실학자 위백규의 동상이 의연하게 서 있고 뒤편 공설운동장의 높다란 언덕에 장흥동학농민혁명기념탑이 세워져 있다.
저 석대뜰에서 수없이 많은 농민군들이 쓰러져 갔다고 한다. 때아닌 더위에 윗옷을 벗어들고 석대에 올라섰다. 조선 초기 판서 벼슬을 지냈던 김괴라는 사람이 이 석대에 정자를 짓고 놀았다는데 농민혁명 당시에는 농민군 수뇌부가 이곳에서 작전을 지휘했다.
천천히 읍내로 들어서자 장흥서초등학교가 눈 안에 들어왔다. 그곳에서 이방언과 그의 아들 성호, 수많은 동학농민군이 처형되었다. 장태장군으로 알려진 이방언은 장흥군 용산면 묵촌에서 토반의 아들로 태어났다. 어려서부터 유학을 배운 그는 1891년에 동학에 입도했다. 갑오년에 51세로 접주 중에서 가장 연장자였다.
그는 고부, 황룡강, 전주성 싸움에 참가했다. 특히 황룡강 싸움에서 장태를 발명하여 이장태라는 별명으로 유명해졌다. 우금치 싸움에는 참여하지 않았으나 남접 최후의 격전지인 강진, 장흥 싸움에서 농민군을 총지휘했던 것으로 전해진다. 그는 붙잡힌 뒤 서울로 압송되어 갔다. 일설에 의하면 대원군 덕분에 무죄 방면되었다가 전라감사의 재체포명령으로 붙잡혔다. 그의 손자 이종찬 씨는 "산 사람을 묶어 놓고 짚으로 씌운 채 태워 죽였다고 합니다. 세상에 어떻게 그럴 수가"라고 얘기했다.
이름하여 분살형이었다. 집안 어른들이 그의 시신을 수습하여 묘를 썼다니

장흥 동학노인군 위령탑. 장흥접주인 이방언 부대가 관군과 접전을 벌였던 곳이다.

그나마 다행이었다. 다른 동학농민군 지도자들보다 나은 경우였다. 12일 장흥으로 들어온 농민군과 토벌 임무를 띠고 온 경군이 최후 항전을 벌이게 된다. 나주에서 파견된 교장敎長 황수옥의 보고 내용은 이러했다.

> 병정 30명을 거느리고 능주에 도착하여 주숙하고, 12일 오경(실제로는 13일 새벽 4시경) 장흥에 도착하여 주숙했다. 13일 미명 전에 적의 형세를 탐지한 즉 본부 남문 밖에 적도 수천 명이 주둔하고 있으므로 일병과 통위영병 30명이 합력하여 진격하니 수합도 채 겨루기 전에 적도들이 사방으로 흩어져 달아나기에 승세를 타 추격하여 20여 명을 포살하였으며 나머지 무리들은 죽기로써 달아나 흔적을 찾을 수 없어 되돌아와 주숙하옵더니.(하략)

12일 남문 밖과 모정 등에 주둔하고 있던 농민군은 그날 밤과 13일 새벽 통위영병과 일병으로 이루어진 30명의 토벌군 선발대와 1차 접전을 하여 20여 명의 희생자를 내고 퇴각하였던 것이다. 수천 명이나 되는 농민군이 30명의 토벌군 선발대에 밀린 이유는 말할 필요도 없이 신식무기 때문이었다.

자울재를 넘어 남면·고읍 등지로 퇴각했던 농민군은 13일부터 14일 사이에 집결하여 수만의 군대를 이루어 장흥부를 재차 포위하였다. 토벌군과의 전면전을 각오한 듯 농민군의 위세는 대단했다. 농민군 지휘자는 이방언, 이인환을 비롯한 장흥지방 동학 접주들 중심이었다. 15일 교도중대장 이진호가 이끄는 경군과 일본군의 본대가 장흥에 도착하면서 전세는 급박하게 돌아갔다. 농민군은 고읍 방향으로부터 자울재를 넘어 석대뜰을 가득 메우며 장흥부로 진격해 들어왔다. 장흥에 도착해 잠시 휴식 중이던 교도중대를 비롯하여 12일에 먼저 도착했던 토벌군 선발대와 전면전이 개시되었다.

당시의 전투상황을 교도중대장은 이렇게 보고하고 있다.

> 금일 1일 장흥읍에 도착하여 읍의 사정을 살펴보니 (중략) 주둔하여 잠시 쉬는 사이 뜻밖에 비류 삼만 명이 고봉 아래로부터 북쪽 후록 주봉까지 산과 들 가득했다. 수십 리에 뻗쳐 봉우리마다 나무 사이로 기를 꽂고 함성을 질러 서로 호응하며 포를 쏘아대며 날뛰어 창궐했다. 그 세력을 감당하기 어려워 부내 백성들은 창황 분주하여 어찌할 할 바를 모르고 있었다. 그래서 일본군 중위와 상의한 뒤 통위병정 30명으로 후록 주봉의 적을 막게 하고 교도중대 본대와 일병은 장흥부성 모퉁이 대숲 아래 숨게 하고 먼저 민병 수십 명을 내보내 평원으로 유인하게 하였다. 사졸들이 분발하여 총들을 들고 양로로 나누어 진격하여 죽 늘어서서 대열을 벌이고 접전하고 진격하면서 수백 명을 포살하였으며, 대소포 4좌·회룡창 1자루· 기타 궁시와 약환, 잡다한 기물 등을 노획하였다. 20리를 더 추적하여 자오현에 이르니 해가 지고 북풍이 차게 불고 군사들이 굶주린 기색이 있고 (중략) 그리하여 본진으로 돌아와 주둔하니 한편으로 환호하고 한편으로는 호곡하였다.

자울재를 넘어 석대들판으로 밀려들었던 삼만여 농민군은 경군과 일본군의 우수한 화력 앞에 수백 명의 희생자를 내고 물러섰다. 장흥 일대에서 위세를 떨쳤던 농민군의 조직적 항쟁이 막을 내리고 만 것이다. 장흥부로 전출해 온 농민군은 압도적인 병력을 믿고 신식무기로 무장한 경군과 일본군에 맞섰다. 농민군이 유인전술에 속아 산기슭으로부터 들판으로 밀고 내려오자 토벌군은 기다렸다는 듯이 진을 벌여 일제사격을 하며 공격했다. 기껏해야 2~30여 미터밖에 나가지 않는 데다 심지에 불을 붙여 발사하는 조총,

죽창이나 몽둥이 등으로 무장한 농민군은 수백 명의 희생자를 내고 자울재 너머로 퇴각했다. 신식무기의 위력 앞에 굴복하고 만 것이다.

살아남은 농민군들은 후일을 기약하며 피신의 길에 나서게 되었다. 자신들을 알고 있는 고향 마을로 숨을 수는 없었다. 15일 석대전투에 농민군이 결정적으로 패배한 후 유생들이 중심이 된 민보군들이 마을을 지키고 있었다. 이들 민보군들이 살아남은 농민군을 체포하기 위해 토벌군의 앞잡이 역할을 한 것이다.

농민군들을 인근의 천관산으로, 강진의 대구·칠량 방향으로, 보성·회령방향으로 혹은 회진 등 남쪽 바닷가 쪽으로 갔다가 배를 타고 섬으로 숨어들었다. 잡힌 농민군들은 말뚝에 묶인 채 짚으로 만든 무지개를 얼굴에 씌운 뒤 불을 질러서 죽이는 가혹한 형벌을 받았다.

천천히 영회당 가는 골목길로 들어섰다. 가파른 골목 위쪽에 자리 잡은 영회당은 갑오년 12월 5일 장흥 싸움에서 숨진 95명 관군의 위패가 모셔져 있다. 장흥 싸움이 막을 내리고 난 후 호남도순무우선봉장 이두황은 장흥성을 지켜야 한다는 명분과 관의 명으로, 패할 줄 번연히 알면서도 장렬히 싸우다 희생당한 장흥부사 박헌양과 장졸들의 공을 찬양하는 포상을 청했다. 이에 나라에서 포상이 내려졌고 그들의 후손들이 계를 조직하여 당을 만들어서 전라관찰사였던 이도재가 이름을 '영회'라 지었다.

바로 뒤편 낡은 비각 속에는 박헌양의 공적비가 세워져 있다. 1899년 세워진 비각은 자물쇠로 굳게 잠겨 있다. 비각에서 내려와 영회당이라고 쓴 현판 앞에 주저앉아 먼 산을 바라보았다. 초등학교 뒤 선유도에 있는 장자바위를 닮은 억불산이 솟아 있고, 크지도 작지도 않은 장흥 읍내가 한눈에 들

장흥 영회당. 농민과의 싸움에서 숨진 95명 관군의 위패가 모셔져 있다.

어왔다. 멀리서 해풍이라도 불어올 만한데 날씨는 푹푹 쪘다. 목을 축이고 억불산으로 향했다.

며느리바위의 슬픈 전설이 있는 억불산

들녘은 연두색이고 하늘에는 잿빛 구름이 자욱했다. 들판을 가로질러 억불산자락으로 들어갔다. 약수터를 지나고 한참을 더 올라가다 도라지꽃이 만발한 밭머리에서 길을 잃고 말았다. 되돌아갈까 망설였지만 올라온 길이 아까웠다. 그냥 헤치고 올라가자. 높아 봐야 얼마나 높을라고. 그러나 길이 갈수록 깊어지다가 중간에 사라져버렸다. 명감나무, 복분자, 찔레 넝쿨에 다 무성한 칡넝쿨이 뒤엉켜 있어서 걸을 수조차 없었다. 저만치 능선이 곧 닿을 듯 한데 가보면 능선이 아니었다.

가쁜 숨을 몰아쉬며 한발 한발 올라갔다. 땀이 비 오듯 했다. 산을 돌고 돌아서 간신히 더는 오를 수 없는 정상에 이르렀다. 산정은 구름 속에 떠 있었다. 구름은 산을 감싸고 낮은 곳에서 산정을 향해 부는 바람 소리가 들렸다. 휘이, 바람이 몰려오는 소리에 이어, 쐐에 바람이 지나가는 소리가 들렸다. 구름은 저만큼 내려가 평야를 덮었다. 억불산 연대봉 해발 518m라고 쓴 표지석이 바람을 맞고 있었다.

억불산은 장흥읍의 동남쪽에서 장흥읍을 바라보고 있는 아름다운 산이다. 길 건너로 사자산과 제암산을 바라보고 자푸재를 향해 내려가는 능선이 부드럽다. 아름다운 여인이 치맛자락을 펄럭이며 걸어가는 모습과 닮았다. 억불산 정상에는 옛날에 봉수대가 있었다고 하나 지금은 자취를 찾을 수 없다. 정상아래 애기 업은 여자처럼 다소곳한 바위가 슬픈 전설이 있는 며느리바위다. 며느리바위의 치맛자락이 동, 서, 북쪽으로 흘러갔기에 억부산億婦山 또는 억부산億夫山이라고 불렀다.

옛날 장흥고을에 마음씨 곱고 효성이 지극한 며느리가 시아버지를 모시고 어린 아들과 오순도순 살았다. 비단결처럼 고운 며느리와는 달리 시아버지는 자린고비로 인근에 소문이 자자했다. 밥을 지을 때 쌀알을 세어서 내줄 정도로 구두쇠였다. 어느 날 남루한 옷을 입은 거지가 동냥을 하러 왔다. 노인은 곡식을 내주기는커녕 매를 때려서 쫓아버렸다. 다음날 다른 거지가 가도 마찬가지였다. 거지가 장흥고을 사또에게 노인의 나쁜 심성을 일러바치자 사또는 노인을 관아로 불러 문초를 했다.

"네 이놈 듣거라. 네가 동냥을 하러 온 사람을 도와주기는커녕 매를 때리고 못살게 군 일이 있느냐?" 노인은 절대로 그런 일이 없다고 대답했다. 사또는 앞으로는 그런 말이 들리지 않도록 하라며 노인을 돌려보냈다. 그 일이 있은 후 어느 스님이 탁발승으로 가장을 하고 그 집을 찾아갔다. 목탁을 두드리며 "절에서 나왔습니다. 시주 좀 하십시오" 하고 말하자 "네 이놈 여기가 어디라고 얼씬거리느냐, 썩 물러가지 못하겠느냐?" 하고는 시주는 하지 않고 똥을 한 바가지 퍼서 탁발승한테 끼얹었다. 그러고는 쌀통에서 쌀을 한번만 퍼가지고 가라고 했다. 못을 박고 철사로 둘둘 감아서 한 움큼 밖에 꺼낼 수 없도록 만든 통이었다.

탁발승이 그때 나온 며느리에게 배가 고프다고 말하자, 며느리는 밥과 쌀을 내 와서 시아버지를 용서해달라고 빌었다. 그러자 탁발승이 말하였다.

"부처님의 뜻을 따라 회개할 수 있는 기회를 주었는데도 회개할 기미가 안 보이니 어쩔 수 없습니다. 지금 내 말을 잘 들으시오. 어느 날 어느 시에 천둥번개가 내리치고 장대 같은 소나기가 쏟아질 것입니다. 그때는 주저 말고 저 억불산으로 올라가시오. 절대로 뒤를 돌아보면 안 됩니다. 명심하십시오."

무슨 말을 물어보려고 하자 스님은 눈 깜짝할 사이에 사라지고 말았다. 탁발승이 예언한 그 날이 왔다. 맑았던 하늘에 먹장구름이 가득 덮여왔다. 천둥번개가 몰아치고, 동이로 물을 퍼붓듯 소나기가 쏟아졌다. 며느리는 탁발승이 가르쳐준 대로 시아버지와 함께 억불산으로 가려 했으나 그는 재산이 아까워서 막무가내였다. 며느리는 하는 수 없이 어린아이를 데리고 산으로 올라갔다. 얼마만큼 올라갔을까. 산 아래에서 시아버지의 "애야, 며느리야, 나 좀 살려다오"라 외치는 다급한 목소리가 들렸다. 그러자 애절한 울부짖음에 탁발승의 당부를 잊고 며느리는 뒤를 돌아보았다. 그때 "우르르 꽝꽝" 천둥번개가 하늘을 가르고 순식간에 며느리는 바위로 변했다. 아랫마을은 온통 물바다가 되고 말았다. 그때부터 그 바위를 며느리바위라 불렀으며, 물난리에 생긴 소沼를 박 씨와 임 씨, 두 성씨가 살았다고 해서 박림소라고 이름 붙였다. 며느리가 돌로 변할 때 수건이 날아간 곳에 수건 건자巾에 뫼 산山자를 써서 건산리라고 이름 지었다고 한다. 지금도 그 자취로 탐진강 중류 장흥읍 연산리, 창랑정 앞에는 깊게 패인 소가 남아 있고 건산리라는 마을이 있다.

억불산에서 뻗어내린 능선 끝에 말의 안장같이 생긴 고개가 덕림재다. 여러 길이 뚫리기 전에는 장흥의 남부지방으로 통하는 길이었다. 덕림재에서 떠오르는 보름달과 예양강 낚시꾼의 호롱불이 한데 어우러진 모습이 아름다워 장흥 팔경의 하나로 불린다. 장흥 읍내를 지나는 탐진강에 억불산의 그림자가 거꾸로 비치는 모습은 한 폭의 그림 같다.

장흥의 산 구비구비에 그리운 얼굴들

장흥은 유난히 산세가 아름답다. 지척에 보이는 사자산은 머리가 사자 모양이다. 허리가 길게 뻗어 안양면의 월계골까지 이어져 있다. 고개를 들고 먼 산을 바라보는 사자 모양의 산은 장흥 읍내를 지키는 수문장, 즉 스핑크스와 닮았다. 일제 때 장흥에 살았던 일본인들도 이 산의 모습에 찬탄을 아끼지 않았다. 일본의 후지산과 닮았다고 하여 장흥 후지산으로 부르기도

했다고 한다.

사자산을 지나 높게 치솟은 산이 제암산이다. 장흥의 진산답게 웅장한 모습을 자랑하고 골짜기가 많으며 골짜기마다 샘이 많다. 장흥 인근 산들이 이 산을 향해 기립하고 있는 듯하고, 모든 산들이 이 산을 바라보고 있다 하여 제암帝岩이란 이름이 붙여졌다.

관산읍과 대덕읍을 사이에 두고 솟아오른 산이 천관산이다. 예전에는 천풍산 혹은 지세산이라고 불렀던 천관산은 가끔씩 흰 연기와 같은 이상한 기운이 서리는 산이라 하여 신산이라고도 하였다. 고려 때까지만 해도 울창한 산림이 우거져서 천관사, 옥림사, 보현사 등 89곳의 암자가 있었다 하나, 지금은 몇 개의 폐사지와 석불이 남아 있을 뿐이다.

남도의 한과 질펀한 노랫가락이 절절히 스민 장흥은 아무렇지도 않게 흰 구름 아래에 있다. 구름 속에서 억불산 봉화대 위에 피어오르는 봉홧불이 광주로 전주로 서울로 올라가는 것을 환각처럼 보았다. 어느 산기슭에선가 노랫소리 들리고, 그 소리는 육자배기가 되고, 울부짖음이 되고, 파랑새 노래가 되고, 함성이 되어 봉홧불을 따라 온 나라로 번져가는 것을 보았다. 지천에 피어난 패랭이꽃, 찔레꽃, 싸리꽃은 구름 속에서 얼마나 태양을 그리워할까.

내려갈 때는 다른 길로 내려가야지, 마음먹고 능선길을 따랐다. 나무숲을 따라 한참 내려오다가 또다시 길을 잃었다. '길 없는 길'이란 이를 두고 하는 말인가. 평화마을로 내려가리라던 마음과는 정반대방향인 보성, 회천으로 빠지는 여암마을 입구에 도착하고 말았다.

이슬에 젖고 땀에 젖은 몸을 이끌고 장흥읍 쪽으로 난 길을 걸어가며 억불산을 다시 한 번 바라보았다. 그때까지도 억불산 산정에는 구름이 머물고 있었다. 억불산(518m)보다 높은 제암산(779m)이나 사자산(666m)은 구름이 머무르지 않는데 억불산 산정에는 저리도 구름이 떠나지 않고 머무는 이유는 뭘까. 장흥 읍내를 휘돌아가는 탐진강가에 서서 물끄러미 강물을 들여다보았다. 저 강물은 흘러서 바다로 들어가리라. 흘러가고 되돌아오는 것이 이 땅의 역사다. 갑오년 이전부터 백 년이 지난 지금까지도 흐르고 흐르는 저 강물이 이 땅의 진리이고 순리라는 것을 그 누가 부정하랴.

신라 천 년의 고도 경주에서 시작된 동학이 전라도에서 꽃을 피웠고, 충청도, 강원도 황해도를 비롯한 전역에서 활활 타오르다가 사라져 간 그 흔적을 찾아 부단히 떠나고 부단히 돌아왔다. 남에서 북으로, 해지는 서해에서 해 뜨는 동해로, 내가 찾아 헤맨 길들이 파노라마처럼 눈앞에 펼쳐졌다가 접혀졌다. 나를 살게 하고 부단히 깨어나게 한 길이여! 내가 오른 산들이, 도착했던 바다가, 끝없이 바라본 평야가 영혼에 속삭이는 소리가 들렸다. 어서 다시 짐을 꾸려 또 다른 길을 준비하라. 하나의 길이 끝나고 또 다른 길이 나를 데려갈 것이다. 길이여! 죽음이 나를 데려가는 그 날까지 걸어가고 또 걸어갈 길이여!

갑오동학농민 답사지도

❶ 고부 두승산
❷ 고창 소요산
❸ 고창 문수산
❹ 영광 불갑산
❺ 나주 금성산
❻ 완주 모악산
❼ 전주 고덕산
❽ 남원 교룡산
❾ 완주 서방산
❿ 여산 천호산
⓫ 이인 칠봉산
⓬ 공주 주미산
⓭ 정읍 입암산
⓮ 경주 구미산
⓯ 보은 보습산
⓰ 지리산 형제봉
⓱ 장흥 억불산

신정일의
동학농민혁명
답사기

초판 1쇄 발행 2019년 08월 20일

글쓴이 신정일

펴낸이 김왕기
편집부 원선화, 김한솔
디자인 푸른영토 디자인실

펴낸곳 **푸른영토**
주소 경기도 고양시 일산동구 장항동 865 코오롱레이크폴리스1차 A동 908호
전화 (대표)031-925-2327, 070-7477-0386~9 · 팩스 | 031-925-2328
등록번호 제2005-24호(2005년 4월 15일)
홈페이지 www.blueterritory.com
전자우편 designkwk@me.com

ISBN 979-11-88292-87-5 03810